Lies, fraud, and psychic ability school
野宮有
Illustration kakao
Design 近藤ひろ（草野剛デザイン事務所）
嘘と詐
異
園
JN073398

「俺はあんたには一切興味ないの」
ジン・キリハラ
無能力者であるにもかかわらず、入学試験を突破した天才詐欺師。ある目的のため、学園の頂点を目指す。

「私も、あなたのことが
目障りだと思ってた」
「クラスで見かけても
話しかけないでくれる？」
こうなったらもう、
歯止めが利かなくなる。
ポイントを全て賭けた
〈決闘《コンバット》〉――――。
ニーナの台詞は
宣戦布告に等しかった。
「それじゃ甘いでしょう、
どちらかを学園から追放する
手段もあるっていうのに」
ニーナ・
スティングレイ
〈災禍の女王《メイルストロム》〉という強力な特異能
力をもち、帝国中から恐れられる異
能力者。しかし、その正体は――。

ニーナは雨の上がった世界に足を踏み出し、
差し出された右手を握り返した。
「あなたの野望に乗ってあげる。
一緒に世界を騙し通そうよ」

「よし、これで
俺たちは共犯者だ」

「前置きが長いな。さっさとやろう」

「それもそうだね。早速始めよう」
ベネット・ロアー
入学試験免除となる実力と圧倒的なカリスマ性を備えたエリート異能力者。学園の頂点を目指すジンにとっては避けることのできない強者。

Lies, fraud, and psychic ability school

CONTENTS

エマ・リコリス

かなりの天然で純粋かつ善良な少女。棒付きのキャンディを舐めている間だけ身体能力が2倍になる〈獰《ブルー》猛な甘味料《ベリーナイツ》〉という能力をもつ。

嘘と詐欺《ペテン》と異能学園

野宮 有

Illustration
kakao

真に精巧な嘘《うそ》というのは、一種の芸術のようなものだ。
だから人は、いつの時代も嘘《うそ》に惹《ひ》きつけられる。

——ラスティ・イエローキッド＝ウェイル
獄中で病死する前日に、看守に語った言葉

第一章　急停止するバス、浮遊する球体と騙しの哲学

Lies, fraud, and psychic ability school

　奇跡は純白のドレスを纏《まと》っている。

　我が国が〈怪物どもの巣窟《そうくつ》〉と畏れられるようになった理由を訊《き》かれたとき、政治家や学者たちはよくそんな表現を使う。

　三〇年ほど前のあの日、首都の空を純白の光で埋め尽くした新型爆弾がもたらしたのは戦争の終焉《しゅうえん》だけではなかった。

　巨人のドレスのように天へと立ち昇る光の柱の真下、死と静寂に覆われた瓦礫《がれき》の山の中に、一粒の奇跡が産み落とされたのだ。

　その少女が初めてペンを空中に浮遊させたのは、終戦から一年と三か月が経過した頃だった。

　彼女は不慮の事故でその短い生涯を閉じることになったが、今もなお帝国の象徴であり続けている。少女の死と同時期に生まれた子供たちの中に、彼女以上の奇跡を平然と飼い慣らす特異能力者たちが続々と現れ始めたのだ。

　小さな怪物たちはやがて大人になる。

その頃には、帝国はかつての栄光を完全に取り戻していた。

特異能力者の中でも選《え》りすぐりの精鋭だけで、特務機関〈白の騎士団〉が組織された。

他国との戦闘、諜報《ちょうほう》活動、治安維持、要人の暗殺——あらゆる任務を確実に遂行する彼らは、奇跡に見初められなかった他国の人々にとっては恐怖の対象となり、帝国で生きる人々にとっては光り輝く未来そのものになった。

ハイベルク国立特異能力者養成学校。

ここは、〈白の騎士団〉の候補生たちが集う最高峰の教育機関だ。

三〇〇人近い入学生のうち、卒業まで漕《こ》ぎ着《つ》けるのは毎年十数名だけ。熾烈《しれつ》を極める生存競争の中で、生徒たちは己の特異能力と知能と悪意をぶつけ合い、足首を摑《つか》んでくる学友を蹴落としながら、遥《はる》か彼方《かなた》にある頂を目指していく。

この学園こそ、我々が他の追随を許さない強国であり続けるための心臓部なのだ。

これから厳しい競争社会に足を踏み入れる諸君には、是非とも、そのことを胸に刻んでおいていただきたい——。


乗車する前に配られた冊子の序文を読み終わると、ジン・キリハラは大きな欠伸《あくび》をした。眠気と疲労と退屈のせいで、夜の底と同色の瞳はこれ以上ないほどに澱《よど》んでいる。

かれこれ三時間はバスに揺られていた。

おかげで、どこかの誰かがでっち上げた仰々しくも中身のない文章を、興味もないのに何往復もする羽目になってしまった。今なら、全文を一語一句間違えずそらんじることさえできてしまいそうだ。

最後列の右端から、ジンは車内を見渡してみる。

三〇人分の座席を埋め尽くしているのは、お揃《そろ》いの制服を着た少年少女たち。誰も彼も、困惑の表情を浮かべて周囲の様子を伺っている。

それも当然だ。事前に通達されたルートには、こんな山奥を通る道は含まれていなかったのだから。

隣の席に座っている少女が、深緑色の瞳を忙《せわ》しなく動かしながら問い掛けてくる。

「ねえ、ジンくん。これってどういう状況だと思う？」

自己紹介をした際に、彼女は確かエマ・リコリスと名乗っていた気がする。不穏な状況と、オレンジに近い色のショートカットが醸《かも》し出《だ》す明るい雰囲気はあまり噛《か》み合《あ》っていない。

寝たフリでやり過ごしてもよかったが、どうせバスが停《と》まるまでは他にやることもない。

ジンはひとまず、彼女の疑問に答えてみることにした。

「あー、あの運転士は業界じゃ相当有名って聞いた」

「そうなの？」

「バスごと遭難したのも一度や二度じゃないらしいよ」

「そっ、遭難⁉　これから入学式なのに……」

ジンにはバスがこのルートを進んでいる理由がわかっていたし、そもそも舗装された車道がある時点で遭難も何もない。冷静に考えればわかることだ。

適当な作り話を簡単に信じてしまったエマが少し可笑《おか》しかったので、更に嘘《うそ》を塗り重ねていくことにした。

「そういや、こんな話も聞いた」

本当によく回る口だなと、自分でも思う。

「片道三〇分の隣町が目的地だったのに、道に迷い過ぎて牧草地帯やら砂漠地帯やらを延々走り回った挙句、最終的に国境付近で警備隊に止められたこともあるって。よく今までクビにならなかったよね」

「もう方向音痴ってレベルじゃないよね……」

「その通り。実はあの人は、乗客を無茶な場所に連れて行くのが趣味の変態なんだよ。今日なんか特に張り切ってるんじゃない？」

「そんなの一体誰から聞いたの？」

「ウチの父親。あの運転士が勤めてる会社の社長と呑《の》み友達なんだ。早くあいつをクビにしろって散々言ってたらしいんだけど」

「あれ？　これって作り話だよね？　どうしよ、何が真実なのかわかんなく……」

「作り話で、こんなふうにエピソードがどんどん出てくると思う？」

ほとんど無意識のうちに嘘《うそ》を量産してしまえるのは、職業病だとつくづく思う。

エマは話の真偽がわからず混乱しているようだが、そのおかげで彼女を覆い尽くしていた不安や恐怖は相対的に薄れているように見える。良いことをした後は気分がいい。

エマは余計な疑問は捨てることに決めたらしい。車内にいる他の生徒たちも、程なくして落ち着きを取り戻してきた。

そうだ、この学園ではどんなことでも起こり得る。

それに自分たちだって、これまで世界の常識を否定して生きてきたじゃないか。

降りかかる災難など、いつものように物理法則を書き換えて切り抜ければいい。漏れなく特異能力者である少年少女たちは、そんな当然のことを再認識した。

やがて、バスはこれ以上ないほど乱暴に停止する。

不安と緊張が入り交じるなか、四〇代半ばと思《おぼ》しきスーツ姿の男が車内に乗り込んできた。

「到着だ。早く手荷物を持って降りろ」

バス一台がギリギリ通れる幅しかない林道の両脇には、木々が鬱蒼《うっそう》と生い茂っていた。周囲に建物らしきものは見当たらない。ここが目的地というのは信じがたい話だったが、生徒たちに従う以外の選択肢はない。

バスから降りると、エマが怪訝《けげん》そうな表情で振り返った。

「ほら、やっぱり遭難じゃないじゃん！」

「ごめんごめん。ちょっとした冗談だよ」

「もう、何であんな嘘吐《うそつ》いたの？」

「俺たちがこれから入学するのは本当に過酷なところなんだよ。騙《だま》し合《あ》いや蹴落とし合いなんて日常茶飯事。俺はただ、あんたに気を引き締めてもらいたいと思って」

「えっ、そんな考えがあったんだ……。ありがとうね」

「いえいえ。これから協力してやっていこう」

ジンは完璧なタイミングで笑顔を作った。

「ところでエマ、やっぱりあんたには緊張感が足りないと思う。俺でよければ、ハイベルク校で生き残っていくためのコツを教えてやろうか？」

「ほんと⁉　いいの？」

「当たり前だろ、これも何かの縁だし。普段なら情報料は三〇万エルなんだけど、エマだけは特別に一五万で……」

澱《よど》みなく動いていた口を、ジンは右手で慌てて押さえる。

「違う違う、今のは忘れてくれる？　あまりにもチョロかったからつい……」

エマはキョトンとした顔でこちらを見つめている。周囲の生徒たちの騒《ざわ》めきに掻《か》き消《け》されて、今の誘導トークはエマに届いていなかったようだ。

内心で胸を撫《な》で下《お》ろしつつ、ジンは勝手に動き出してしまう舌先を呪った。職業病も、ここまで来ればもはや末期症状だ。

今ここにいる目的は金儲《かねもう》けなどでは断じてないと、ジンは改めて自分に言い聞かせる。これから始まる三年にわたる大仕事は、これまでとは難易度の桁が違う。こんなところで軽率な行動を取ってはならないのだ。

「でもさ、ジンくん。今から何が始まるんだろ」

「さあね。そろそろ説明があるんでしょ」

一団の前に現れたスーツ姿の男が、咳払《せきばら》いを一つ落とす。たったそれだけで、生徒たちの間を満たしていた騒《ざわ》めきが一瞬で霧散していった。

全員の注目を一身に浴びて、スーツ姿の男が重々しい口調で語り始める。

「ようやく揃《そろ》ったな、入学希望者諸君」

生徒たちの瞳に、一抹の不安が滲《にじ》む。

異を唱えようとした誰かを手で制して、教官は淡々と続けた。

「ああ、貴様らが喚《わめ》きそうなことくらいわかっている。『自分たちは入学試験を潜《くぐ》り抜《ぬ》けたはずですが』『これから入学式に向かうのではないのですか？』『こんなのは不当です』――毎年毎年同じような台詞《せりふ》を聞かされるこちらの身にもなってくれないか？　あまりの心労で休職したくなってくる」

敵意と侮蔑を剝《む》き出《だ》しにした言葉に、生徒たちは息を呑《の》む。

「思い違いがあると悪いので初めに言っておく。〈ハイベルク国立特異能力者養成学校〉の運営は慈善事業などではない！　利用価値のない凡人どもの入学を認めることはできないんだ。少し考えてみろ、我が帝国はどれだけの予算をこの計画に注ぎ込んでいると思ってる？　在学生全員に毎月支給する多額の補助金がいい例だ。あれは〈白の騎士団〉を目指す有望な特異能力者への支援金であって、薄汚い凡人どもへの施しでは断じてない！」

「いやいや、流石《さすが》に言い過ぎだろ……」

ジンは誰にも聴こえない声で呟《つぶや》いた。

才能なき者への差別意識を隠そうとしない口調はあまりにも容赦がなさすぎて、逆に笑えてきそうなほどだ。

「本来なら入学試験の成績下位者——貴様らのような卑《いや》しいブタどもなど一律に除籍しても構わないのだが、心優しい学園長はなんと慈悲を与えてくれた。今から始まる最終試験に合格した者には、ハイベルク校に正式入学する権利を授けよう。……理解したか、ブタども。貴様ら三〇人は当落線上にいるんだ」

——〈振るい落とし試験《セレクション》〉。

誰かの呟《つぶや》きが、ジンの鼓膜の表面に触れた。

その存在を噂《うわさ》程度に聞いたことがある者は何人かいたようで、それぞれが拳を固く握りしめて屈辱に耐えている。これまで特異能力者として周囲の期待を一身に背負ってきた彼らには、自分たちが下位一〇％の『振るい落とされる側』に回るなど想像もできなかったのだ。

つまり、ここはそういう場所なのだ。

特異能力者であることそれ自体には何の価値もない。

何かを掴《つか》み取《と》ることができるのは、三年間の学園生活を生き抜いた者だけ。

「では試験内容を説明する」

全員の目の色が変わったのを確かめてから、教官は切り出した。

「ここから北西方向に山を下れば学園のすぐ近くに出る。少し急げば一時間ほどの距離だ。入学式が始まる二時間後までに麓に辿《たど》り着《つ》いた者には正式な入学資格を授けよう。逆に、時間内に辿《たど》り着《つ》けなかった愚図は即刻追放させていただく。本来なら退学者には提携校への転入も認めているのだが、ここで脱落するようなブタどもにはそんな待遇すら勿体《もったい》ないな」

ペナルティの重さはともかく、試験内容自体は実にシンプルなものに思える。

ジンは話の続きを慎重に待った。

「ルールは二つある。今後ハイベルク校で生活する上でも重要になってくるから、よく聞いておくといい。……実は、お前たちには入学試験の際に学園長による暗示がかけられている」

学園長ジルウィル・ウィーザー。

彼より高名な特異能力者は、帝国には数えるほどしかいない。

〈白の騎士団〉の主要メンバーにして、数々の伝説で知られる神話的存在。生徒たちの誰一人として暗示を受けた記憶などないが、学園長ならば決して不可能な話ではないだろう。どれほど人智《じんち》を超えた所業ができるとしても、今更驚きはない。

騒《ざわ》めき始《はじ》めた生徒たちを無視して、教官の説明は続く。

「暗示は非常に強力なものだ。特異能力で外そうなどとは考えない方がいい」

教官は自らのこめかみを人差し指で叩《たた》きながら言った。

「内容は実にシンプル。対象者が特定の条件を満たした瞬間、本人の意思とは関係なく強力な催眠状態に陥る。そして時間をかけて脳内情報が処理されていき、次に近隣の病院で目覚めた時には、学園に関する記憶の一切を失っていることになる。……今回は特別に、二時間後に目的地に辿《たど》り着《つ》けなかった時点で発動するよう設定されているから気を付けろ」

生徒たち全員の表情が一気に曇った。

ハイベルク校は教育機関であると同時に、様々な国家機密を抱える重要施設でもある。外部に情報を漏らさないための手立てを講じているのは当然だろう。

今教官が言ったことはハッタリなどではない。

自分たちは本当に、記憶を人質に取られているのだ。

「二つ目のルールはもっとシンプルだ」

教官はやはり淡々と締めくくった。

「人を死に至らしめる行為は原則として禁止する。以上」

教官の号令によって〈振るい落とし試験《セレクション》〉は開始され、三〇秒ほどの間隔を開けて一人ずつ森の中へ入っていくことになった。

自分の名前を呼ばれるまでの間、生徒たちは互いの様子を伺っていた。普通に考えれば、目的地まで歩くだけの試験で誰かが脱落するなどあり得ない。何らかの罠《わな》が仕掛けられている可能性もあるが、これだけ広大な森では非効率的にも思える。

どれだけの生徒が気付いているのだろう。

あの教官が、最も重要なルールをあえて伏せていたことに。

「普通に行けば一時間で着くんだよね？　こんな試験、何の意味があるのかな」

そう訊《き》いてきたエマは、声に不安を滲《にじ》ませてはいるものの、そこまで深刻な表情を浮かべているわけではなかった。

「まあ、ゴールまでの時間でも測ってるんでしょ。早く着いたらいいことあるかもね」

「あ、そういうことか！　よかった、足の速さにはけっこう自信あるんだよね」

「それはよかった。記録更新を目指して頑張って」

本当は試験の本質を伝えてあげてもよかったが、下手に緊張させるよりは適当な嘘《うそ》を信じ込ませた方がマシだ。

まあどうでもいいけど、と内心で呟《つぶや》きつつ、ジンは周囲を見回してみた。

この場所にいるのは入学試験の成績下位者だけなので、当然ながら入学前の段階で名が知れ渡っているような有名人の姿はない。

たとえば、学年首席の最有力候補と噂《うわさ》されるギルレイン・ブラッドノートや、幼少期から数々の悪名が語られているニーナ・スティングレイなどは、入学式の会場に直接向かっているのだろう。

ただ、この中に警戒すべき相手がいないわけではない。

バスの裏側——森の入口にいる教官からは見えない位置で、二人の男子生徒と睨《にら》み合《あ》っている少年がそうだ。

エマと適当に会話を続けつつ、少年の容姿を確認する。

全体的に一五歳とは思えない風貌。縦にも横にも大きい身体。獰猛《どうもう》な目つき。野太い声。足元に幼い子供なら収納できそうな大きさのバッグを置いており、それも不気味さを際立《きわだ》たせる要素の一つとなっていた。

「だから、言いがかりだって言ってるだろ！」

泣きそうな声を張り上げる二人組に嫌な種類の笑みを向けて、体格のいい少年が呟《つぶや》いた。

「いいや、お前らは反抗的な態度を取った。学園に相応《ふさわ》しくない振る舞いだ」

「ちょっと愚痴を言っただけだろ、こんな場所でいきなり降ろされて……」

「よし、それは学園長への批判と受け取っていいな」

言い終わらないうちに、男子生徒の姿が消えた。

いや、彼は凄《すさ》まじい勢いで後方に吹き飛ばされてしまったのだ。決して軽くはない身体が三メートルほどの距離を転がり続け、茂みの中に突っ込んでようやく停止する。

「お前っ、いきなり何を……！」

残る少年は慌てて特異能力を発動。右手に電流のような輝きを纏《まと》ったが、反応が遅すぎる。

攻撃態勢に入るよりも先に、数秒前の光景をその身で再現する羽目になった。

自らが引き起こした超常現象の結末を恍惚《こうこつ》とした表情で見送った後、体格のいい少年が突然こちらを振り向いてきた。

「……で、何見てんだ。そこの東方人《オリエント》」

ジンは突然向けられた敵意に困惑する、フリをしてみた。

「言いがかりだよ。そこまであんたに興味ないし」

「いいや、お前は反抗的な目をしている」

周囲から、同情を帯びた視線が集まってくる。隣にいるエマが袖を引っ張って逃亡を促してくるが、ジンは相手の挑発を受け入れることにした。

「お前も粛清されてみたいか？　今、ここで」

「粛清って……言葉遣いがおかしくない？　あんたもただの生徒じゃないの？」

「俺はお前らブタどもとは違うんだよ。学園長から命じられてここにいる」

「それは初耳だな。テッド・リーバーくん」

「へえ、お前みたいな移民《クズ》も俺の名前を知ってるのか。だったら、この俺がわざわざ〈振るい落とし試験《セレクション》〉に参加することの意味も理解できるな?」

ジンは薄く笑いながら言い放った。

「わかった、自己犠牲精神にでも目覚めたんでしょ」

「……どういうことだ? わかりやすく教えてくれよ」

「だって、あんたはこのあと俺のストレス解消グッズになってくれるわけだし」

あまりに命知らずな発言に、周囲の生徒たちが騒《ざわ》めき始《はじ》める。異変を察した教官もこちらに注意を向けてきた。

それにも構わず、テッドは鼻先が触れ合う距離でジンを睨《にら》みつける。

「何か勘違いしてねえか? 森の中でお前をブチ殺すくらい造作もねえんだぞ」

「あれっ、殺しは駄目ってルールは俺の空耳かな?」

「お前のようなゴミがくたばるのは、学園長の望みでもあるんだよ。安心しろ」

「どうでもいいけど、ちょっと近くない? 変な誤解されたらどう責任取るつもりだよ」

「……てめえ、さっきからふざけてんのか?」

ジンがのらりくらりと躱《かわ》し続《つづ》けるせいで、テッドはなかなか会話の主導権を握ることができない。

苛立《いらだ》ちが頂点に達しようとしたとき、遠くにいた教官がテッドの名前を呼んだ。ようやく、彼が森に入る順番が回ってきたらしい。

「とにかく、お前の顔はもう覚えた。今更棄権すんじゃねえぞ」

「心配しなくていいよ、テッドくん。後でたっぷり遊ぼう」

ジンを呪い殺さんばかりに睨《にら》みつけたあと、テッドはやけに大きなバッグを抱えて森の入口へと歩いていく。

「ちょっと、どうするのジンくん！　なんか大変なことに……」

「別に大丈夫だよ。ほんとは俺たち仲良しだから」

最後に適当な嘘《うそ》を吐《つ》いて、ジンは遠ざかっていく標的の後ろ姿を見送った。

◆

最後から三番目くらいにようやく名前を呼ばれ、ジンも森の中に入っていくことになった。

腐葉土の地面や大木の根に、何度も足を取られながら進む。普通に歩けば一時間で着くと教官は言っていたが、並の一五歳にはそれも容易ではないはずだ。少し先にスタートしたエマも、きっと苦戦しているに違いない。

茂みや木の幹をくり抜いた中にはカメラがいくつか仕掛けられていた。ただ、広大な森を全てカバーできるような数ではない。

つまり、この試験には本当に振るい落とし以外の意味はないということだ。教官たちは入学式の準備で忙しく、落ちこぼれどもには最低限の労力しか割けないのだろう。

視覚と聴覚を限界まで研ぎ澄ませながら進んでいると、大木に背を預けて座っている少女の姿を発見した。

「……何してんの、エマ」

周囲を警戒しつつ近付き、呆《あき》れとともに声をかける。

場違いなほどに朗らかな笑みに、頭が痛くなるのを感じた。

「あ、やっと来た！　ねえジンくん、一緒に行動しない？」

「何これ、新手の悪夢かな？」

計画を修正する必要性を感じて、ジンは溜《た》め息《いき》を吐《つ》く。

「あー……。エマ、どうしてこんなところに？」

「だってジンくん、さっき他の子と喧嘩《けんか》になってたよね？　一人にするの心配だったから」

「だから大丈夫だって」

お人好《ひとよ》しだな、という言葉はどうにか呑《の》み込《こ》む。

恐らくエマは、勘が鈍いというよりはただ純粋すぎるだけなのだろう。人の悪意に触れた経験が乏しいから、こんなふうに一か所に留まっていることの危険性を理解できないのだ。

もちろんそれは、一般社会では美徳とすら呼べるものかもしれないけれど。

「あのさ、エマ。今が〈振るい落とし試験《セレクション》〉の真っ最中だってことには気付いてる？」

「もう、当たり前じゃん」

「じゃあ俺たちが今、何人かの生徒たちから狙われてることは？」

「えーっ！　そうなの？」

「ちょっ、大きい声出すなよ」ジンは慌ててエマの口を手で塞ぐ。「……この試験では、生徒たちが三〇秒に一人ずつ森の中に入っていっただろ？」

彼女が頷《うなず》くのを確認して、ジンは慎重に続けた。

「つまり、これは先に森に入った奴《やつ》が圧倒的に有利になるゲームってことだよ。森の中に隠れて後発組の様子を伺い、隙を見つけて奇襲することもできる。俺たちの順番は最後の方だったから、もう誰かの標的になっててもおかしくないんだ。だから、こんな入口付近で立ち止まってるなんて、バ……だめだ、言っちゃいけない言葉しか思い浮かばない」

「で、でもさ。なんで生徒同士で戦うようなことが起きるのかな？　先生はそんなこと一言も言わなかったよね？」

こうなったら、もう真実を伝えてあげるしかない。

「入学試験のときに、禿《は》げ面《づら》のおっさんに説明されただろ。試験の成績によって、生徒一人一人にポイントが割り当てられるって」

「えっと、進級するためには、毎週の試験でポイントを稼がなきゃいけないんだよね？」

「そう。学園では、毎月ポイントが最も低かった数人が除籍処分になるんだ。特に俺たちみたいな成績下位組はポイントが低く設定されてるから、いきなり崖っぷちに立たされてるわけ」

「それが今の状況とどう関係してるの？」

「なんで教官はさっき、そんな基本的なルールを伏せてたんだと思う？」

エマは必死に考えてはいるが、明確な回答は出てこないようだ。

少し待ってから、ジンは切り出した。

「水面下ではもう、ポイントの奪い合いが始まってるんだよ」

開始前に教官が『人を死に至らしめる行為は禁止』というルールをわざわざ宣言したのが最大のヒントだった。

そこで何人かはこの試験の本質を理解し、呑気《のんき》にハイキングを楽しんでいる生徒たちを一方的に襲撃する権利を手に入れた。

裏を返せば、そんなことにも気付かない間抜けは学園に必要ない、ということだ。

「ここで立ち止まってちゃ駄目だって理解してくれた？」

「……うん。ありがとうね、私ぜんぜん気付かなかった」

「まあ、必要以上に怖がる必要はないよ。そこまで酷《ひど》いことは起きない。あの教官だって優しそうな顔してただろ？」

「え、恐ろしい軍人さんにしか見えなかったけど……」

「その奥には温かい何かがあるんだよ。たぶん事務机に家族写真とか貼ってるタイプだ」

「ジンくんってさ、たまに物凄《ものすご》く適当なこと言うよね」

「俺はいつだって真剣だよ。ほら見て、この真《ま》っ直《す》ぐな目」

「なんかものすごく濁ってるけど……」

「ちょっと光の加減がアレなだけだよ。……まあいいや、とっとと進もう」

単独行動を考えていたジンにとっては、完全に想定外の状況だ。

ただ、二人組を積極的に狙おうとする人間は少ないというのも事実。今はエマという不確定要素を作戦に組み込んで、柔軟に動いていくしかない。

嫌がらせのように不安定な足場に体力を奪われつつ、二人は着々と歩を進めていく。

少しだけ行動を共にしてわかったことだが、エマの運動能力はかなり並外れている。

二〇分近く早足で進んでいるのに息を切らしている様子はなく、大木の根や地表に露出した岩石を飛び越える動きは実にしなやかだ。棒付きのキャンディを咥《くわ》えながら、涼しい表情のまま軽快に進んでいく。基本的に運動とは距離を置いて生きてきたジンには、離されずについていくことすら難しい。

「エマ、なんか、歩くの、速くない？」

「あっ、ごめん！　ゆっくり歩いてたつもりだったんだけど」

エマが喋《しゃべ》るたびに、口から飛び出した白い棒も揺れる。

「このキャンディを舐《な》めてる間だけ身体能力が二倍になるのが私の能力なんだ。中学の先生たちがね、〈獰猛な甘味料《ブルーベリーナイツ》〉って名前を付けてくれた」

「……てか、俺に明かして大丈夫なの」

特異能力の詳細は、誰にも知られないように立ち回るのが基本とされている。

特異能力には『発動条件』『持続時間』『効果範囲』『使用回数』などの様々な制約があり、それらを知られると簡単に攻略されてしまう可能性があるからだ。

ただ、キャンディを舐《な》めるという発動条件はかなり緩いし、能力自体も特別なデメリットのないシンプルなものであれば、誰かに教えてしまっても問題はないのかもしれない。

怪我《けが》の功名だな、とジンは思った。

当初の計画こそ狂ってしまったものの、比較的強力な能力を持つエマが側にいれば、誰かから襲撃されても充分に対処できるかもしれない。

しばらく歩いていると、少し先を進むエマが問い掛けてきた。

「ジンくんはさ、なんで〈白の騎士団〉を目指そうと思ったの？」

「路地裏で出会った占い師のおばさんに言われたんだよ。ハイベルク校を卒業して〈白の騎士団〉に入らないと、五年以内に地獄に堕《お》ちるって」

ハァ…
ハァ…
ハァ…

「やけに具体的なアドバイスだね……」

「ついでにバカ高い壺《つぼ》も買わされたけど、合格できたのはそのおかげなのかな」

「ぜっ、絶対騙《だま》されてるよ！　目を覚まして！」

「いや、壺《つぼ》のおかげだよ。だって俺は特異能力者じゃないんだし」

「それは流石《さすが》に嘘《うそ》だってわかるよ……。無能力者が入学できるわけないじゃん」

本心を悟られないよう、適当なエピソードを捏造《ねつぞう》して話を有耶無耶《うやむや》にしてしまうのはジンの悪い癖だ。

とはいえ、ここで本当の目的を話すわけにはいかないだろう。

「……ねえジンくん。何だろ、あれ」

突然立ち止まったエマの視線の先には、破壊の光景が広がっていた。

半径五メートルほどの空間にある木々には獣に喰《く》い破《やぶ》られたような痕があり、一部は根本から折れて倒壊していた。人の手が届かない高さの幹も抉《えぐ》れているところを見ると、これをやったのがまともな存在ではないことが窺《うかが》い知《し》れる。

「あっ、誰か倒れてるよ。助けに行かなきゃ……」

「あー、待って」

ジンは駆け寄ろうとしたエマの腕を掴《つか》み、茂みの中へと強引に連れていく。

説明を求めるエマに、ジンは周囲を警戒しつつ慎重に呟《つぶや》いた。

「アレをやった奴《やつ》はまだ近くにいる。ああして仕留めた獲物を撒《ま》き餌《え》として利用してるんだ。狩りの基本だよ。無策で近付いたら、不意打ちを喰《く》らって一瞬で終わる」

「で、でもあの男の子怪我《けが》してるよ」

「よく見なよ。出血してる様子はないし、呼吸が止まってるわけでもない。ただスヤスヤ気絶してるだけだよ」

「擬音ってそれで合ってる？」

「とにかく、しばらく隠れてなきゃ駄目ってこと」

大袈裟《おおげさ》な仕草でエマが何度も頷《うなず》いたのを確認して、ジンは溜《た》め息《いき》を吐《つ》く。

――その瞬間、凄《すさ》まじい衝撃がジンの肩口に襲い掛かった。

激痛が電流の速度で脳内を駆け巡り、苦悶《くもん》に満ちた喘《あえ》ぎとなって体外に放出される。搔《か》き回《まわ》された視界の中で、ジンはどうにか襲撃してきたものの正体を探り当てた。

それは、空中に浮遊する球体だった。

黒く塗られた表面は金属質の輝きを放っており、まともに直撃すればただでは済まない硬度と重量であることが窺《うかが》い知れる。

「……なんだ、直前で身体をひねったのか。一撃でくたばってくれると思ったけどな」

大木の陰から姿を現したのは、先ほどバスの前でジンと小競《こぜ》り合《あ》いを繰り広げていた筋肉質の生徒――テッド・リーバーだった。

テッドの周囲には、今ジンを攻撃したのと同じ球体が二つほど浮遊している。

テッドを中心にして円を描くように回転する様は、惑星とその衛星を思い起こさせた。

「〈反重力の衛星〉《ガルガンチュア》だろ。評判は聞いてるよ、その能力」

ジンの指摘に、テッドはわざとらしく口笛を吹いた。

「だったら、これから自分がどうなるかくらいわかるよな？」

「さあ。大道芸でも見せてくれるの？」

「相変わらずふざけてるな、お前。やっぱり粛清すべきだ」

「まあ落ち着いて、あんた今凄《すご》い顔してるよ。一回鏡とか見てみたら？」

「……もういい。話してる時間が無駄だ」

言い終わらないうちに、三つの黒い球体がジンたちへ殺到してきた。

戦略性を感じさせない全力疾走で、二人は必死に球体から遠ざかる。とはいえ速度の差は歴然。特異能力の効果範囲から出る前に、球体の餌食《えじき》になることは必定だった。

「ちょっ、沸点低すぎでしょ！　落ち着け！　ちゃんとカルシウムを摂取しろ！」

「ジンくん、それって迷信らしいよ」

「エマ、緊張感って言葉知ってる？」

そもそも、エマと行動を共にすることになった時点で当初の計画からはズレてしまっているのだ。早急に修正案を考えなければ、本当に殺されてしまうかもしれない。

「エマ、〈獰猛な甘味料《ブルーベリーナイツ》〉を発動してくれる？　あんたの力が必要だ」

「むっ、無理だよそんなの！」

「身体能力を二倍にできるんでしょ？　なにそれ凄《すご》いじゃん。あの球体より速く動いて、本体《テッド》を殴り飛ばすくらい余裕だろ」

「ちがっ、そういうことじゃなくて！」

エマは気まずそうに言った。

「その能力、一日に一回しか使えないんだ……」

「………はっ？　何て言いました？」

「だ、か、ら！　さっきジンくんに見せるために能力を使っちゃったでしょ？　今日はもう発動できないよ！」

「ばっ……」今まで遠慮して言わなかった単語が、ついに漏れ出てくる。「このバカ！　どんだけお花畑な思考回路してんだよ！」

上空を飛翔《ひしょう》していた球体はいとも容易《たやす》く二人に追いつき、速度をもう一段階上げて垂直に落下してくる。

ジンは半ば自棄《ヤケ》になって山の斜面に滑り込み、重力に任せて転がり続けることで攻撃を回避した。

予想通り、球体はエマには目もくれずにこちらへと追い縋《すが》ってくる。

凄《すさ》まじい速度で迫ってくる球体を睨《にら》みながら、ジンは叫んだ。

「エマ！　俺のことはいいからさ、先に逃げてくれる？」

「そんな！　できないよ！」

「いいから！　俺の特異能力じゃ、あんたも巻き込みかねない」

返事を待っている時間をテッドが与えてくれるはずもない。

ジンは迫り来る球体から逃れるため、痛む身体に鞭《むち》を打って立ち上がった。

斜面から生えている木の幹や岩石を遮蔽物にしながら走り、紙一重で攻撃を躱《かわ》していく。

テッドはあまり深追いせず、じわじわとジンを追い詰めていく構えを取っている。どうやらじっくり遊ぶのがお好きらしい。

遠隔操作系の能力であるにもかかわらず、斜面をゆっくりと下りて近付いてくるのは、嗜《し》虐心《ぎやくしん》が強い傾向にある人間特有の行動だ。

この男は、敵が恐怖と苦痛に蹂躙《じゆうりん》されていく様子に興奮を覚えるタイプ。

「……追わなくていいの、テッドくん？　ほら、一人逃げたけど」

ひとまずエマを売ろうとしてみたが、意味がないことくらい流石《さすが》にわかっている。むしろ、一対一の状況になったことで当初の作戦に立ち帰ることができたのを喜ぶべきだ。

テッドは嫌な種類の笑みをこちらに向けていた。

「もう四人も粛清したから、役目は充分果たしただろ。最後にお前をぶっ殺せば仕舞いだ」

「なーんか今、殺すって聞こえた気がするなあ。幻聴？」

「耳がいいな。健康なのはいいことだ」

「それはどうも。褒められてもうれしくないけど」

余裕の表情を向けてみても、テッドの自信が揺らぐことはない。

自身の周囲を回転する衛星に守られたまま、一歩ずつこちらに接近してくる。

「そういえばまだお前の名前を聞いてなかったな。ブチ殺される前に話してみな」

「悪いけど、怪しい人間に個人情報は話せないな」

「怪しい人間、か。お前は本当に何もわかっちゃいない」

呆《あき》れたように笑いながら、テッドはポケットの中から白い封筒を取り出した。よほど大切なものなのか、汚れないようにビニールで保護されている。

「学園長からの任命状だ。俺はこの〈振るい落とし試験《セレクション》〉で、雑魚《ざこ》どもを間違って通過させないために門番の役目をいただいてるんだよ」

「すごく独創的な妄想だね。いつ考えたの？」

「勝手に言ってろ。あの学園長と手紙をやり取りするなんて、お前のようなド底辺には想像もつかないことだろうからな」

「……なるほど、それは大したもんだ」

すでに、二人の距離は三メートル程度まで詰まっている。

完全に勝ち誇った様子のテッドは、三つの球体をジンの頭上で旋回させた。逃げ道を失った生贄《いけにえ》を嘲るように回転する球体が、少しずつ半径を狭めながら下降してくる。

もはや、テッドの合図一つで全てが終わる算段が整ってしまった。

回避など到底間に合わない。

次々に黒い球体を叩《たた》きつけられ、全身の骨を粉砕される結末は見え透いている。

「あー、ところでテッドくん。俺を見逃してみるって選択肢は……」

「あるわけねえだろ、バカかお前」

「ほんとに？」

「しつこいな」

「なあ、マジで一回冷静になって話し合おう。俺はあんたのために言ってるんだけどな。まともにぶつかり合ったら、俺だって手加減できる保証はないし」

「お前、マジか。この期に及んでまだそんな嘘《うそ》を……」

「俺は嘘《うそ》なんて吐《つ》かないよ。本当だ。俺ほど正直な人間はこの世にいない」

ジンは右手で銃の形を作り、銃口となった人差し指でテッドの心臓を指し示した。

「……そんな子供じみた脅しが、俺に通じるとでも？」

「なら試してみる？　逃げるならこれが最後のチャンスだけど」

長い溜《た》め息《いき》を吐き出したあと、テッドは心無い怪物の表情でまた一歩を踏み出した。

「御託はいいからさっさと死ね。クソ野郎」

――これで、彼は最後のチャンスを逃してしまったことになる。

冷静さを欠いて罠《わな》にかかってしまった男を憐《あわ》れみつつ、ジンは言い放った。

「じゃあ残念だけど、あんたはこれで終わりだよ」

その瞬間、テッドの背後で地面が破裂した。

突然の爆音に硬直してしまった身体に、巻き上げられた腐葉土が降りかかっていく。

ジンの人差し指の先から白煙が上がっているのを見て、テッドは今のが特異能力によって引き起こされた現象なのだと理解した。

「嘘《うそ》だろ、何も見えなかっ……」

「あれっ、テッドくん。立ち止まってて大丈夫かな？」

人差し指を再び向けられて、テッドは全身が総毛立つのを感じた。

たとえ球体をジンに襲い掛からせたとしても、その隙に今の攻撃を五回は食らってしまうだろう。そのくらい、スピードに致命的な差がある。

学園長に門番の使命を与えられたというプライドを捨て、テッドは逃げに徹することにした。

ほとんど転がりながら斜面を駆け抜け、距離を少しでも稼ごうとする。

なおも炸裂音《さくれつおん》が響き続け、すぐ近くの地面がささくれ立ち、死の恐怖がじわじわとテッドを追いつめていく。

「くそっ！　岩が邪魔で進めねえ……」

この辺りでは大量の岩が地表に露出しており、逃走ルートが一つに限定されてしまう。動きを完全に読まれているためか、攻撃の照準も少しずつ合ってきている。

――どうせ逃げられないのなら、開き直ってしまうしかない。

テッドがそう判断するのは至極当然のことだった。

「なに、もう諦めちゃった？」

最初に相対した時のような不敵な笑顔で、ジンがゆっくりと接近してくる。

「じゃあ大人しく降参してくれるかな。怒らないでやるから」

「……俺は学園長に使命を言い渡されたんだ。お前を潰さなきゃ、胸を張って入学できねえ」

「ちょっとちょっと、瞳孔開ききってんじゃん。一旦落ち着かない？」

「いいか、東方人《オリエント》。お前は絶対に殺す。全力で磨《す》り潰《つぶ》してやる」

人差し指を向けられても、テッドは怯《おび》えることなくジンを睨《にら》みつけた。

確かに、軌道すら見えないほどに速い攻撃を潜《くぐ》り抜《ぬ》ける術はない。

――だが、この男は本当に自分を攻撃するつもりがあるのだろうか。

実際にこいつは、確実に仕留められそうな場面でも地面を撃って降参を迫ってきた。もし相手に殺意がないのなら、攻撃を避ける必要などどこにもない。自分はこの場から動かず、三つの球体を最高速度で激突させるだけでいい。

結局、いつもと同じだ。一方的な暴力の時間が始まるだけ。

「せっかく相性のいい特異能力だったのに、残念だったな」

再び破裂音が聴こえるが、どれも見当違いの方向からだ。

――やはりこいつには、人間を攻撃する覚悟がない。

テッドは軽薄に笑い、上空を浮遊させていた球体の軌道を操作。直撃すれば確実に即死する速度で、前方に立ち尽くしているジンへと殺到させた。

「……ずっと言おうと思ってたけど」迫り来る死の気配を前にしても、ジンは不敵な笑みを崩さなかった。「チョロいね、あんた」

ジンの頭上で、耳を劈《つんざ》くような爆音が鳴り響く。

もちろんそれは、球体がジンに激突する直前に起きたことだ。突如として三つの球体がジンの頭上で破裂し、無数の黒い欠片《かけら》を周囲に飛び散らせてしまった。

驚愕《きょうがく》に目を見開き、テッドが喚《わめ》き立《た》てる。

「何が起きた……！　てっ、鉄の硬度だぞ！　お前っ、どうやって……！」

「特異能力で硬化させてるだけで、正体はただのゴム球でしょ。じゃなきゃ、バッグに三つも入れて持ち運べるはずがない」

「何でそれを……！　くそっ！」

勝ち筋を完全に失ったテッドは、今度こそジンに背を向けて走り出してしまった。

「あー、そっちは駄目だ。危ないから」

ジンは岩や木の根の間を縫って逃げ惑うテッドに人差し指を向けた。薄い唇を皮肉に歪《ゆが》めつつ、悪戯《いたずら》めいた声色で言い放つ。

「バン！」

その瞬間、テッドの姿が消失した。

もちろん、本当に存在が消えてなくなったわけではない。爆発に巻き込まれて身体が四散してしまったわけでもない。

ただ、彼の足元の地面が突然崩壊し、凄《すさ》まじい速度で地中へと引きずり込まれていったのだ。

ジンがそこまで辿《たど》り着《つ》いたとき、テッドは粘度の高い泥に腰まで浸《つ》かったまま、完全な放心状態に陥っていた。思考回路がショートしてしまったのか、自分の身に何が起きたのかをまるで把握できていない。

自分を地中に引きずり込んだものの正体がただの落とし穴であることなど、到底気付くことができないだろう。

ジンは当初の予定通り、近くの茂みに隠していた黒い棒を手に取った。この辺りに監視カメラが仕掛けられていないことは、事前の偵察《リサーチ》でわかっている。

穴の中のテッドはようやく我を取り戻した。

「……いっ、一体これはどういうことだよ⁉　どうやってお前は鉄球を……！　お前の特異能力は何なんだっ！　教えろっ！」

「質問が多いよ、答える気力が失せる」

「てかお前それっ、スタンガンじゃねえか！　そんなの反則じゃ……」

「いやいや、ルールも忘れたの？」

ジンは火花の散る先端を、テッドの首元に押し付けた。

激痛に見舞われて絶叫する男を見下ろしながら、ジンは謳《うた》うような口調で続ける。

「制限時間内にこの森から抜け出せなきゃ、あんたは記憶を奪われて追放されるんだよ。今ここで起きたことを、記憶喪失の人間がどうやって報告するつもり？　……てか、まだ自分が騙《だま》されてたことにすら気付いてないんだろ？」

騙《だま》されていた？　なんのことだ？

まさか、最初からここに誘導されていたとでも？

次々に沸いてくる疑問が、体内を駆け巡る電流によって掻《か》き消《け》されていく。

薄れゆく意識の中でテッドが最後に見たのは、切れ長の目の奥で煌《きら》めく凶悪な輝きだった。

「あんたは終わりだよ、異端者《フリークス》。騙《だま》し甲斐《がい》もなかったな」

◆ 一ヶ月前 ◆

「〈振るい落とし試験《セレクション》〉?」

ハイベルク国立特異能力者養成学校があるアッカスの街のカフェに、ジン・キリハラの大袈《おおげ》裟《さ》な声が響く。

テーブルを挟んだ向かいに座る長身の少年は、得意気な表情で続けた。

「そう、成績下位組を対象にして毎年実施されてるんだよ。学園の近くにある森の中で、劣等生たちが生き残りをかけて戦う」

ジンは目を輝かせながらメモ帳にペンを走らせていた。さながら、華々しくも過酷な学園での日々に憧れを抱く少年のようだ。

実際、今日のジンは「地元にある中学校の新聞部部長」ということになっていた。

その中学校の卒業生で、ハイベルク校の一年生でもある少年にコンタクトを取り、学校新聞の企画の一環としてインタビューを依頼したのだ。

当初は機密保持の観点から拒否されたのだが、彼を説得するためには同じ学校を卒業した著名な特異能力者による過去のインタビュー記事を見せるだけで充分だった。

使われている写真は国営新聞の小さな記事を切り取って貼り付けただけのものだし、本文やレイアウトも知り合いの印刷業者に作らせた偽物《にせもの》でしかなかったが、少年には気付けるはずもない。ジンが中学生ではないことも、制服が街の古着屋で投げ売りされていたものであることも、偽名を使っていることももちろん知る由《よし》もない。

結局彼は「生徒の個人情報や学園の内情などに関わらない範囲で」という条件でインタビューを引き受けてくれた。

とはいえ、特異能力者とは往々にして自己顕示欲の塊だ。下から適当におだててやれば、いくらでも情報を吐き出してくれる。

「……詳しく聞かせてもらってもいいですか？　もちろん記事にはしませんので」

一週間後に控えた入学試験を突破する策はあるが、計画がどれほど順調に進んだとしても、成績下位者になることは避けられないだろう。

だからジンは、〈振るい落とし試験《セレクション》〉が実施されている場所や毎年恒例の試験内容など、学園の外には漏れてこない情報を聞き出していった。

「……そういえば、もう来週には入学式か。今年の新入生もまた有名人揃《ぞろ》いで嫌になるよ。ほら、あのスティングレイ家の娘も入ってくるらしいし」

「ニーナ・スティングレイですね。噂《うわさ》はよく聞きます」

「あんな怪物が同級生にいたらと思うと鳥肌が立つよ。まあ、もうすぐ脱落しそうな俺には関係ない話だけど。……あ、そういえば君も特異能力者なんだっけ？　やっぱりハイベルク校を目指してるの？〈白の騎士団〉に入りたいのかな？」

「イエイエ、僕みたいな凡人がとんでもない。どこか民間の養成学校でも目指しますよ」

白々しく言った後、ジンは質問の角度を変えた。

「ところで、さっき言ってた森は生徒の皆さんも入ることができるんですか？ やっぱり、立入禁止だったりしますよね？」

「ないない。何の機密情報も隠されていない、本当にただの森だから。学園からも少し離れてるしね」

「あはは、ですよね。失礼しました」

これで、欲しい情報はすべて手に入った。

残りの質問項目を適当に片付けつつ、ジンは既に〈振るい落とし試験《セレクション》〉を潜《くぐ》り抜《ぬ》けるための作戦を練り上げ始めていた。

ただ生き残るのが目的なら、そんなに難しい試験内容ではない。

とはいえ今後の学園生活を考えるなら、できるだけ多くのポイントを稼ぎつつ、生徒たちに強烈なインパクトを残さなければならないだろう。ここである程度の知名度を獲得しておけば、その先の計画も格段に進めやすくなる。

だからまずは、よく目立つ上に騙《だま》しやすいカモを用意する必要がある。

◆　三日前　◆

「……代金は受け取ってるからいいけどよ。一体、何のためにこんなことやってんだ？」

　真夜中の森で作業着姿の男が放った疑問は、至極真っ当なものだろう。

　何もない森の至る所に遠隔発破できる火薬を埋め込み、おまけに精巧な落とし穴まで作り上げる——そんな意味不明な依頼を受けたら、クライアントに真意を確認するのは当然のことだ。

　作業を進めている三人の部下たちも怪訝《けげん》そうな表情を浮かべていた。

「いつもと同じだよ、ガスタさん。詐欺《ペテン》にかけたい奴《やつ》がいるんだ」

「例の、異端者《フリークス》どもの巣に潜入するって話か？　……じゃあこれは、火薬で特異能力者だと錯覚させるための仕掛けってわけだ」

「まあそんな感じかな」

　四十絡《しじゅうがら》みの粗暴な男には似つかわしくない勘の良さに、ジンは思わず苦笑した。

〈造園業者〉のガスタとは、もう六年以上の付き合いになる。

　彼に手掛けてもらった作品は多岐に渡る。今回のように火薬やブービートラップを設置してもらうのは初めてではないし、賭博場《とばくじょう》と馬券売り場をビルの一室に作り、エキストラまで用意するという大仕事を依頼したこともある。

ジンの正体を知り、学園での生存競争に有償で協力してくれる人物の一人だ。

「これだけ障害物が多い場所だと逃走ルートが限定されるから、何も考えずに逃げれば確実に落とし穴にハマるってわけか」

「いい場所を見つけるのにホント苦労したんだよ」

落ちこぼれしか参加しない試験とはいえ、運営側が監視の目を全く用意しないというのは考えにくい。数は少なくとも、監視用のカメラが仕掛けられているはずだ。

とはいえ、現代の技術では映像を撮影できるカメラの小型化は進んでいないため、隠せる場所はおのずと限られてくる。周囲に背の高い茂みがなく、地表に露出した岩などで死角ができやすい場所なら問題はない。

苦労したと口では言ってみたが、森の中を半日歩き回る程度の労力で事は足りた。

「で、敵から逃げるフリをしてここまで誘い込むってわけか。だが、そんなにうまく行くのか？　相手だって特異能力を持ってるわけだろ？」

「あー、大丈夫。これまでの数週間で、たっぷり時間をかけてカモを育て上げてるから」

「……いや、まだ入学前だろ？　恐ろしいガキだな」

ガスタは紫煙を吐き出しながら笑った。

「で、その哀れな犠牲者くんは何て名前なんだ？」

「テッド・リーバー。生まれも育ちもアイブリック州で、誕生日は八月二日。好きな食べ物はリブステーキで、ガキの頃からクラスで一番身体がデカくて凶暴だったらしい。

特異能力は〈反重力の衛星《ガルガンチュア》〉。黒い鉄球を三つ同時に操作する能力だけど、それはあくまで表向き。本当はただのゴム球を鉄みたいに硬化させて操る能力だってさ。特注の黒い鞄《かばん》にゴム球を入れて持ち歩いてるから、よく何かにぶつかってしまうのが悩みなんだ」

「おいおい、やけに詳しいな」

「地元ではずっと敵なし。ヤンチャすぎて、一年前には特異能力を使って強盗をしたこともある。近しい人間は皆テッドが犯人なのを知ってたけど、殺されるのが怖くて黙ってたらしいね。田舎だと特異能力者の警官もいないから、完全にやりたい放題だったみたいだ」

「いや、なんでそこまで知ってんだ。探偵でも雇ったのか？」

「いいや」ジンはポケットから白い便箋を何枚か取り出した。「本人が教えてくれたんだ」

ガスタは懐中電灯で便箋を照らし、びっしりと書き込まれた文言に目を走らせる。

『どうすれば特異能力の出力を上げられますか？　アドバイスをください！』

『周りの連中は本当に馬鹿ばっかりだ。早く入学して、あなたの指導を受けたい』

『学園長、〈振るい落とし試験《セレクション》〉では必ずあなたの期待に応えてみせます！』

全部に目を通す気力はなかったが、粗暴な少年らしい汚い字と、相手に心酔しているような文章が上手《うま》く嚙《か》み合《あ》っていないことだけは確かだ。

「入学試験の結果発表のとき、会場に集まった奴《やつ》らの中でもテッドは特に目立ってた。意味もないのに周りを威嚇したり、張り出された順位が下の方だったことに怒り狂ったり……。自信過剰で慎重さに欠けるあいつは、最初のターゲットに相応《ふさわ》しいと思ったんだ」

「目立ちたがりを最初に倒しておけば、周囲から舐《な》められにくくなるってことか」

「そういうこと。やっぱりあんたは察しがいい」

「一五のガキに褒められて光栄ですよ」

ポイントの奪い合いが繰り広げられるハイベルク校では、実力に劣る〈振るい落とし試験《セレクション》〉の参加者が真っ先に狙われるのは目に見えている。不特定多数の生徒から一斉に狙われてしまえば、その瞬間にめでたくゲーム・オーバーだ。

だから最初の段階で、実力者を倒したという実績を作っておく必要がある。

「あいつのポケットの中に忍ばせたのは、学園長の署名が書かれた封筒と、その中に入った一枚の手紙だよ。〈振るい落とし試験《セレクション》〉の概要と、そこで門番の役割を担《にな》ってほしいというお願いを書いておいた。

学園長のジルウィル・ウィーザーって言えば、この国で知らない奴《やつ》なんて一人もいないほどの特異能力者でしょ。そんな奴《やつ》からの手紙が突然ポケットの中に入ってたら、あいつは間違いなく自分が期待されていると勘違いするはず。あとは文通を繰り返して個人情報とか特異能力の弱点とかを抜き取ってしまえばいい」

「文通って……。まさかずっと学園長のフリをしてテッドとやり取りしてたのか？　流石《さすが》にバ

「威光効果《ハロー》ってやつだよ。ああいうタイプは、権威のある人物の言葉なら疑わないレないか？」

「だが、住所はどうした？　学園長の家に送らせるわけにはいかないだろ」

「学園の近くにある安宿に二週間近く住んでたんだ。そこに手紙を送らせてた。テッドはたぶん、郊外にある大豪邸に届いてるとでも思ってただろうね。あいつは遠方にいるから、住所の真偽を確かめる手段もない」

　そこまで聞いて、ガスタは腹を抱えて笑った。

「お前なあ、流石《さすが》にやり過ぎだろ」

「そのくらい手間をかけなきゃ、カモを釣り上げるなんてできないよ」

「いやいや、頼もしくなったもんだ」ガスタはしみじみと言う。「しかし、ラスティさんにくっついてたガキがねえ……」

「何を感傷に浸ってんだよ、おっさん」

「そりゃ感動もするさ。立派な詐欺師に育ってくれてな……。で、当日はどうやってハメるんだ？　いくら罠《わな》を仕掛けても、特異能力でぶっ潰されたらどうにもならないだろ」

「入学式当日の午前六時二四分、アイブリック発の蒸気機関車の五号車にテッドは乗る。学園長の名前を借りて、あいつに鉄道券《チケット》を送っておいたんだ」

「何でまたそんなことを？」

「すり替えだよ、ガスタさん」

ジンはこれから訪れるスリルを歓迎するかのように、軽やかに笑った。

「あいつが使ってるゴム球と鞄《かばん》の製品名は手紙で把握済み。あとは長旅で眠り込んでる隙を突いて、ゴム球が入った鞄《かばん》を俺が用意した偽物《にせもの》とすり替えればいい。もちろん、そっちには遠隔発破できる火薬が入ってる」

「なるほど。丸腰のお前と対峙《たいじ》して勝利を確信した瞬間、自慢の鉄球が粉々に破壊されるってわけだ。まるで悪夢だな」

ガスタは、ジンが紡《つむ》いだ詐欺《ペテン》の餌食《えじき》になる少年への同情を禁じ得なかった。まさか彼も、入学する何週間も前から自分が狙われていたとは露ほども思っていないだろう。

もしかしたらテッドは、ジンに倒されてしまうその瞬間まで、自分が騙《だま》されていたことにすら気付けないのかもしれない。

「なあ、一つ聞いていいか？」

「プライベートに関すること以外なら」

「どうしてお前はそこまでする？　まさか、〈白の騎士団〉になるのが子供の頃からの夢だったわけじゃないだろう」

「うわっ、思いっきりプライベートな質問じゃん」

「復讐《ふくしゅう》か？」

「……違うよ。俺はただ、人を騙《だま》すのが大好きなだけ」

月の光が分厚い雲に遮られ、ジンの真意は闇の中に紛れていく。

「ただの詐欺師が、特異能力者《バケモノ》だらけの学園に生身で乗り込むなんて喜劇みたいでしょ？」

◆

バッグに入れていたロープを使い、気絶したテッドを落とし穴から引き揚げる。そしてテッドに止めを刺したスタンガンを穴に投げ入れてから土を被《かぶ》せていく。あとは後日、ガスタたちに証拠を隠滅してもらえばいい。

「……ああ、忘れるところだった」

ジンはテッドを少し離れた場所まで引《ひ》き摺《ず》ってから、上着の中に一枚の紙切れを忍ばせた。

そこには、テッド自身が打ち明けてくれた悪事の証拠の数々が記載されている。

小切手の送付先と請求金額を添えておけば、今回の経費分くらいは取り戻せるかもしれない。

彼の父親の収入から考えれば、痛《いた》くも痒《かゆ》くもない額のはずだ。

もちろんテッドはこれから学園に関する記憶を失うため、口止め料が手に入らない可能性も大いにある。だがどうでもいいことだ。別に金儲《かねもう》けが目的じゃない。

学園長による暗示の影響なのか、ジンの脳内に突然『九五』という数字が浮かんできた。

恐らく、テッドが他の生徒から奪っていた分も一緒に加算されているのだろう。最初に思い描いていた数値には届いていないが、まあ及第点くらいは与えられる。

その後は敵に出くわすこともなく順調に進み、ジンはあと三分を残して目的地に到着した。

涙声で駆け寄ってくるエマを宥《なだ》めていると、あらゆる方向から視線が向けられていることに気付いた。

「おい、あいつ……」

「何だよ、生き残ったのか」

「あのテッドとかいう奴《やつ》の方が強そうに見えたけど」

生徒たちの反応は、おおよそ予想通り。

わざわざ皆に目立つようにテッドとの因縁を演出したおかげだ。これでジンは必要最低限のポイントと、『迂《う》闊《かつ》にちょっかいをかけるべきではない人物』という評価を獲得できた。

残り時間がゼロになると、教官がようやく口を開いた。

「これでタイム・アップだ。一八人か……随分残ったな」

労《ねぎら》いの言葉がないことに顔をしかめる生徒たちをよそに、ジンは早くも思考を次に切り替えていた。

最高峰の教育機関たるハイベルク国立特異能力者養成学校に、ただの人間の身で入学したペテン師など後にも先にも自分くらいのものだ。

自分はここにいる誰よりも弱い。それは間違いない。目的を達成するためには、ただの一度の失敗も許されないだろう。

──ああ、なんて刺激的なゲームだ。

勝負師の笑みを口許《くちもと》に携えて、ジンは目の前に広がる光景を睨《にら》みつけた。

第二章 噴水に語る秘密、パーティは誰のことも救わない

Lies, fraud, and psychic ability school

――


その少女にまつわる伝説は、一〇年前から始まった。

当時五歳だった彼女は、執事とともにハイキングに向かった山で『大事件』を引き起こしたのだ。彼女が何の気なしに遠くの山を指差した瞬間、その斜面が凄《すさ》まじい音と土砂を撒《ま》き散《ち》らしながら崩落。その後も無邪気な破壊者は数々の伝説を積み上げていき、いつしかニーナ・スティングレイの名は帝国中に広がることになった。

つまるところ、つい先ほど彼女に戦いを挑んだ三人の男子生徒の不幸は、その伝説の真偽を疑ってしまったことに起因している。

最初はただ、少し悪戯《いたずら》をするだけのつもりだったはずだ。

入学試験を免除されるような有名人を挑発し、何者にも恐れない強さを周囲にアピールして生き残りレースの先頭に立つ。

二〇分後に入学式が始まる状況では戦闘に発展する可能性はないと踏んでいたし、もし戦うことになっても自分たち三人なら対抗できると錯覚していた。

それが大きな間違いだと彼らが知るのに、そう時間はかからなかった。

ニーナは三人を品定めするように眺めたあと、無表情で呟《つぶや》いた。

「本当にわかっていますか？　私を敵に回すことの意味が」

綺麗《きれい》に編み込まれた白金色の髪と、美術作品のような輝きを放つ紺碧《こんぺき》の瞳。その美貌も、今は不穏さを際立《きわだ》たせる要素でしかない。

途方もない破壊衝動を押さえつけるように、ニーナは慎重に続けた。

「私がこれまで戦った相手は、例外なく手足を捥《も》がれてしまいました」

太陽が雲の陰に隠れ、ニーナの表情に不吉な陰影が浮かび上がる。

紺碧《こんぺき》の瞳が妖しく光り、三人の身体を無遠慮に舐《な》め回《まわ》していく。生物としての決定的な欠落を感じさせる、壊れ切った笑み。

こんな相手に話が通じるはずはないと、哀れな犠牲者たちは一瞬で理解した。

「単純なサイコキネシスですから、抵抗する手段も特にないみたいですね。……ああ、別に彼らが悪かったわけではないんですよ？　ただ、私がいまだに能力をうまく制御しきれないのが原因なんです。もちろん今回も、皆さんが殺されてしまわないよう善処はしますが……」

どこまでも他人事《ひとごと》のような台詞《せりふ》に射竦《いすく》められて、三人の呼吸が止まる。

「そういえば、不思議なことに私は今まで罪に問われたことがないんです。なぜなんでしょうね？　もしかして、私の父親が司法にも強い影響力を持っているからなのでしょうか」

ニーナは一転して、世の中の仕組みがわからない子供のように首を傾《かし》げた。

一秒ごとに切り替わっていく表情に、戦慄を覚えずにいられる者など存在しない。

強大な力を持ち、そのうえ不安定で制御の効かない怪物。おまけに、罪をもみ消すだけの強力な後ろ盾も持っている。

この場にいる全員が、ニーナに関わってしまったのが大きな失敗だったと理解した。

三対一なら対抗できるだと？　何を甘いことを考えている？

この怪物は、もはやそういう領域にはいない――――。

散歩でもするように戦場を進み、通り道に無数の死体を生産していく、不可避の災害のような存在。

今自分たちが生存を許されているのは、彼女の気紛《きまぐ》れに過ぎないのだ。

「では始めましょうか。せめて、少しくらいは楽しませてくださいね？」

どんな感情にも該当しない笑顔とともに、ニーナは掌《てのひら》を正面に翳《かざ》した。

恐慌《きようこう》状態になった三人は、次の瞬間には無様に尻餅をついていた。腰が抜け、意味のない懇願をしながら後退《あとずさ》っていく。

「ひっ、助けて！　助けてくれっ！」

蟻《あり》を踏みつける幼子のような、無邪気な殺意がニーナの全身から迸《ほとばし》っている。地面を這《は》って逃げ去っていく三人に向けて、彼女は謳《うた》うように言った。

「顔は覚えましたよ、皆さん。また会う時を楽しみにしています」

◇

講堂が開場すると、ニーナは教官に導かれるまま最前列へと向かった。

この学年ではたった六名の、入学試験免除組しか座ることを許されない区画。すり鉢状になった講堂の底部に位置するここには、ありとあらゆる方向からの視線が注がれていた。

「初めまして。ニーナ・スティングレイとは君のことかな?」

いきなり、隣の椅子に座っていた男子生徒が微笑《ほほえ》みかけてきた。

ニーナは紺碧《こんぺき》の瞳を細めて、整った容姿の少年を観察する。ベネット・ロアーと名乗ったその少年の表情からは、すでに親密さが見え隠れしていた。

幼少期から英才教育を受けてきた人間特有の、高度な社交能力。スラリとした長身や、センター分けされた黒髪からも気品が漂っている。

仕方なく、ニーナも自分の中の社交性を総動員して微笑を返した。

「いえ、少し驚いていたんです。同年代に、こんなに多くの特異能力者がいたなんて」

「千人に一人の割合といっても、なかなか実感はできないよね」

「はい。私の周りにも数人しかいませんでした」

出生数に占める特異能力者の割合は年々増加しているとはいえ、ニーナたちの世代では全体の〇・一％ほどだ。

それに、そのほとんどは戦闘や諜報《ちょうほう》活動には到底活用できないほど非力な能力にすぎない。スプーンを少し浮かせたり曲げたりできるくらいでは、国内最高峰のハイベルク校まで辿《たど》り着《つ》けるはずもない。

帝国中から集まった様々な人種の新入生たち――この講堂にいる二七八名は、国内でも有数の怪物たちなのだ。

「しかし、君ほどの有名人と並んで座ることができて嬉《うれ》しいよ」

「そんな、買《か》い被《かぶ》りですよ」

「ついさっきも、絡《から》んできた生徒たちを撃退していたよね？　そこら中で話題になってるよ」

「目の前でチラつく羽虫を潰してあげただけです。よくあることですよ」

善悪の基準がわからない幼子のような表情で軽く威嚇してみたが、ベネットは肩を竦《すく》めて微《ほほ》笑《え》むだけだった。やはり、この特別席に座っている六人は怪物たちの中でも別格ということなのだろう。

定刻になり、ハイベルク校の入学式が幕を開けた。

開会挨拶のあと、役人や地元の名士らによる祝辞が長々と読み上げられていく。国内最高峰の教育機関でも、こうした式典が凡庸で退屈なのは他と変わらないらしい。

不気味だったのは、学園長のジルウィル・ウィーザーが未《いま》だに姿を見せないことだ。

挨拶文を代わりに読み上げていた若い教官が「学園長は多忙につき不参加」と釈明していたが、自分が運営する学園の入学式より優先すべき用事などあるのだろうか？

彼が相当な変人なのは帝国民の誰もが知るところだが、ここまでだとは思わなかった。

その後も式はつつがなく、それでいて退屈なまま進行した。生徒たちの眠気が覚めたのは、入学式のプログラムが全て終わり、一人の女教官が壇上に現れたときだ。

「……さて、お祝いの時間はこれで終わりだ。ブタども」

講堂の空気を凍《い》てつかせた美しい女教官は、銀縁の眼鏡の奥にある爬虫類《はちゆうるい》のように冷たい目で、唖然《あぜん》とする生徒たちを舐《な》め回《まわ》した。

生徒全員の注目が集まったのを確認してから、女教官が口を開く。

「学年主任のイザベラだ。以後よろしく」

挨拶もそこそこに、冷徹な言葉が続けられる。

「まず最初に言わせてもらうが、このハイベルク校で楽しい学生生活を夢見ている哀れなブタは、今すぐ退学を申し出ろ。もちろん友人や恋人を作るのは一向に構わないが、ここがただの教育機関ではないことを忘れてはならない」

大戦が終結してからの三〇年間で特異能力者は爆発的に増えたが、この国の全人口に占める割合はまだ微々たるものだ。これまで同世代の特異能力者が周囲にいなかった者がほとんどだろう。だから、多くの生徒は新しい仲間との出会いに目を輝かせていた。

それなのに、女教官の言葉が彼ら彼女らに現実を思い出させていく。

「入学試験の際にも説明したが、ハイベルク校の基本ルールをおさらいしておこう」

追い打ちをかけるように、女教官は事務的な説明を始める。

一五分ほどかけて行なわれた説明は、要約すると次のようになる。

◇ルールその一　全生徒には入学試験の成績に応じてポイントが割り振られている。
◇ルールその二　隔週末に実施される〈実技試験〉の結果によってポイントが増減する。
◇ルールその三　毎月の最終日にポイントが最も低かった五名は退学処分となる。
◇ルールその四　ポイントが○点になった生徒は、月の最終日を待たずに退学処分となる。
◇ルールその五　退学処分となった生徒には、ただちに記憶封印処置が施される。

女教官はわざわざ説明しなかったが、生徒たちの脳内には数字の羅列がそれぞれ浮かび上がっていた。

軽く念じれば自分の所持ポイントを感覚的に把握できる仕組みらしい。これも、例の学園長がかけた暗示の影響なのだろう。

女教官の説明によると、自分以外の生徒の所持ポイントは、毎週月曜日に教室棟前の案内板に張り出されるとのことだった。

「ちなみに、一部の優秀な生徒——入学試験免除組の六人には、一律に一〇〇〇点が最初に与えられている。だが一方で、〈振るい落とし試験《セレクション》〉に参加した最下層のブタどもは平均五〇点にも満たないだろう。わかるか？　この意味が」

つまりイザベラはこう言いたいのだろう。

——最初の脱落候補はもう決まっている。

ニーナは講堂の上の方で立ち見を強いられている、泥だらけの生徒たちに目をやった。

ほとんどが不安と恐怖に圧《お》し潰《つぶ》されそうになっている中、ただ一人だけ、圧倒的に不利な生き残りレースを不敵な笑みで歓迎している男子生徒がいた。無造作な黒髪の隙間から覗《のぞ》く瞳が、凶悪な輝きを放っている。

「そういえば、もう一つのルールをまだ聞かせていなかった」

女教官の冷淡な言葉で、ニーナは我に返る。

「六つ目のルールだが……、ここでは生徒間での〈決闘《コンバット》〉が認められている。当該の生徒間でルールを自由に決めてゲームをするのだ」

女教官は口《くち》の端《は》を妖しく歪《ゆが》めていた。

「〈決闘《コンバット》〉では各々《おのおの》に振り分けられたポイントを賭け合ってもらう。わかるか？　この制度はつまり、成績下位組への救済措置なのだ」

——救済措置。

生徒たちの多くが、その言葉を胸の奥に刻み込んだ。

確かにこの制度は、成績下位者が学園で生き残るための切り札になり得る。

入学時点で不平等なほどにポイントが低く設定されている生徒は、毎月のように退学の危機に晒《さら》されてしまうことになる。隔週末の試験で獲得できるポイントはたかが知れているし、そもそも月に二回しかポイント獲得のチャンスがないというのは希望がなさすぎる。

それでも、〈決闘《コンバット》〉という制度があれば下剋上の可能性が増大するのだ。

「〈決闘《コンバット》〉の実施方法は簡単だ」

女教官は、何も書かれていない紙切れをどこからか取り出した。

「後で配布する用紙に、生徒間で取り決めた『ルール』『実施日時』『参加者全員の氏名および学籍番号』『それぞれが賭け合うポイント数』を記入する——これだけで〈決闘《コンバット》〉は成立だ。もちろん、別の人間が氏名を偽って記入した場合は不成立となる」

「用紙を提出する必要はないのですか？」男子生徒の誰かが質問を投げる。

「その必要はない」

女教官は表情一つ動かさずに答えた。

「貴様らも既に実感しているだろうが、現在のハイベルク校のシステムは学園長の特異能力によって成り立っている。〈決闘《コンバット》〉も同じだ。用紙に必要事項が記入された時点で、彼の能力が自動的に発動する仕組みになっている」

『その続きはオレ様が説明するぜ』

女教官の説明に割り込んできた声の正体に、すぐ気付けた生徒は一人もいない。

壇上に立っているのは間違いなくイザベラ一人だけだ。

『なにザワついてんだてめーら。ちょっとは静かにしろ』

変声期前の男児のようにも、幼さを残した女性のようにも聴こえる声。所々にノイズのような音が混ざったり、イントネーションに抑揚がまるでなかったりと、生身の人間から発せられる声というにはどこか違和感がある。

まるで、ラジオから聴こえてくる音声を無理矢理繋《つな》ぎ合《あ》わせているみたいだ。

「……あっ！」

少し後ろに座っていた女子生徒が何かに気付いたようだ。周りの生徒たちと同様に、ニーナも彼女が指をさした方向に目を向ける。

演台の前に、猫の姿をしたブリキ人形が二本足で立っていた。

『やっと気付いたか。今年の新入生もニブい奴《やつ》ばっかだな』

猫の人形は口の部分を開閉させながら、身体を左右に揺らしていた。

愛くるしい姿をしていなかったら、ただの恐怖映像にしか見えない光景だ。

『〈決闘《コンバット》〉はてめーらの人生を左右するからな。とにかく公正じゃなきゃいけねー。だから、このジェイク様が立会人を務めてやるって話だ』

生徒たちの混乱を気にも留めず、猫の人形は語る。

『ビビる必要はねーぞ、てめーら。オレ様の役目はただ〈決闘《コンバット》〉を見守るだけ。〈決闘《コンバット》〉当日に学園長サマの命を受けて会場に馳《は》せ参《さん》じて、てめーらが決めたルールが守られてるかチェックするだけだ。もちろん、どんなにイカレたルールだろうと口出しは一切しねー。てめーらが勝手に決めたことだからな』

恐らくジェイクは生徒たちの実力を監視する役目も担《にな》っているのだろうと、ニーナは冷静に分析する。

こんな人智《じんち》を超えた存在を用意するほどに、学園はこの制度を重視しているのだ。

特異能力者が出現してから三〇年経《た》ってもメカニズムがほとんど解明されていないことを考えると、こうした実戦に重きを置く教育方針は理に適《かな》っていると言える。

「貴様ら一年生に割り当てられるジェイクは四体まで。つまり、同時刻に〈決闘《コンバット》〉を実施できるのは四組までということだ。月末は特に集中するから、早めに誓約書を用意しておけ」

不可解な現象があまりに続くと、人は言葉を失うものだ。

ここにいる生徒たちの全員が物理法則を書き換える力を持っているとはいえ、無機物に命を与えるような真似《まね》は理解の範疇《はんちゅう》を明らかに超えている。

「説明は以上だ。昼休憩のあと、それぞれの教室で授業のオリエンテーションを実施する。教室棟の前にクラスの割り当て表を貼り出しておくから、各自確認しておくように」

沈黙する講堂を無感情に見回したあと、女教官のイザベラは締めくくった。

「それでは、楽しい学園生活を」

長い静寂の中で、生徒たちはようやく理解した。

ここで三年間生き残っていくには、余計な疑問は棄《す》てなければならないのだと。

あんなブリキの化け物にいちいち驚いていたら身が持たない。そんなことよりも、ここにいる全員にチャンスがあるという事実に目を向けるべきだ。

「楽しそうだね、ニーナ。笑いを堪えきれないって感じだ」

微笑《ほほえ》みかけてきたベネットに、ニーナも同じ種類の表情を向けた。

「ええ。スティングレイ家の名に恥じないよう、努力させていただきます」

「謙虚な姿勢だね。僕も見習わないと」

内面で渦を巻く感情に蓋をして、友好的な握手を交わす。それは、ニーナがこれまでの人生で培《つちか》ってきた得意技だった。

講堂を出る生徒たちの騒《ざわ》めきを見つめながら、ニーナはこっそり拳を握り締める。

これから、三年間に及ぶ戦いが始まる。

誰にも知られることのない、たった一人きりの戦争が始まるのだ。

各教室でオリエンテーションが始まるまでには一時間もある。ニーナは教室棟から離れた場所にひっそりと佇《たたず》む噴水の前に辿《たど》り着《つ》いた。

円形の噴水は完全に涸《か》れており、使われなくなってしばらく経《た》つのかコンクリートの至るところに苔《こけ》が生《む》している。そもそも、こんな目立たない場所に噴水を作ったこと自体が失敗だったのかもしれない。

◇

噴水と向かい合わせになったベンチに腰を下ろし、小さく溜《た》め息《いき》を吐《つ》く。

「……私の人生も似たようなものか」

周りに誰もいないことを確認して、ニーナは鞄《かばん》から小指ほどの大きさの物体を取り出した。

それは雨蛙《あまがえる》を模した可愛らしい人形で、スパンコールで派手に彩《いろど》られたスーツを着せられていた。幼い頃に姉から貰《もら》った、彼女にとって唯一の大切なもの。

掌《てのひら》の上に乗せた雨蛙《あまがえる》の人形に向けて、ニーナは今日初めて感情を吐き出した。

「……ほんっっとにやってらんないっ！」

無表情の雨蛙《あまがえる》から相槌《あいづち》が返ってくるはずもないが、構わず続ける。

「ほんと、この学園のシステムを考えたやつって頭おかしいよ！　学生なら大人しく勉強とかスポーツとかしてワイワイしてればいいのに、何なの〈決闘《コンバット》〉って！」

世界の誰にも聞かせることができない本心も、この人形にならら話すことができる。もはや、いつも人前で被《かぶ》っている仮面は完全に剝がれ落ちていた。

「生徒もみんな、上流階級のエリートみたいな連中ばっかだしさ！　もうやだ、疲れた！　さっそく登校拒否になりそうっ！」

こんな異常な環境で、三年間もやっていくなんて考えられない。もちろん、三年後もこの学園で生き残っている保証などどこにもないけれど。

——いや、何としてもやり遂げなければならないのだ。

ニーナは、愛想《あいそ》ゼロの表情で見上げてくる雨蛙《あまがえる》を強く握り締めた。

万が一スティングレイ家の末子である自分が学園から追放されるようなことがあれば、世間体を異常に気にする父親に何をされるかわかったものではない。

社交界に連れ回されていた頃、まだ幼かったニーナの肩に手を置きながら父親が語っていた言葉の数々が蘇《よみがえ》ってくる。

「二人の兄ほどではありませんが、この子も高名な特異能力者に……」

「こんな小さな子供が、一つの山を崩落させるほど強力なサイコキネシスを……」

「はは、大袈裟《おおげさ》な。〈災禍の女王《メイルストロム》〉だなんて……」

「ハイベルク校を首席で卒業？　それは気が早いことだ……」

大人たちの無遠慮な視線を、ニーナは無邪気な笑顔を纏《まと》ってやり過ごしていた。

その頃にはもう、ニーナは気付いていたのだ。

父親が肩に置いてくる手に愛情が宿っていないことに。父親が、政治力を高めるための道具として自分を利用していることに。

もしあの秘密を打ち明けたら、自分がどうなってしまうのかということに。

「しっかし、さっきのは本当に危なかった……」

入学式の前、三人の生徒たちに絡《から》まれたときの記憶が鮮明に蘇《よみがえ》る。意志の力で引っ込めていた汗が、今頃になって頬を伝う。

「……たまたまうまくいったけど、こんなのいつまでも続けられないよね」

気付いたら独り言モードに入ってしまう悪癖も、今は抑えられそうにない。

いつもと同じ感情――恐怖や焦燥や罪悪感といった種類のざらついた不純物が、心の内側に降り積もっていく。

ふと、目の前に小指ほどの大きさのコンクリート片が転がっているのが見えた。老朽化が進んだ噴水から剝がれ落ちたものだろう。

ニーナはその破片に掌《てのひら》を伸ばし、全神経を集中させて念を送ってみた。

「……動け、動け、動けっ！」

どれだけニーナが願っても、破片はびくともしない。浮遊することも粉砕されることもなく、ただずっと先程までと同じ状態を維持している。

「まあ、当たり前だよね……」

ニーナは本日何度目かもわからない溜《た》め息《いき》を吐《つ》く。

彼女は特異能力者などではないのだから、あんな破片を動かせるはずがない。

本物の特異能力者たちが、どうやって物体を浮遊させたり発火させたりするのかがニーナにはまったくわからない。

見よう見まねで掌《てのひら》に力を込めてみても、それらしい表情を浮かべて精神を集中させてみても、超常現象を起こせたことは一度もない。

そんな人間が強力な特異能力者として恐れられ、入学試験を免除されてハイベルク校に入ることになったのは、小さな嘘《うそ》を積み上げ続けてきたからに過ぎないのだ。

「……なーんで、こんなふうになっちゃったかなぁ」

最初は、ただの偶然から始まった。

通常、特異能力は物心がつきはじめる四～五歳の頃に発現するといわれている。どういうメカニズムなのかはまるで判明していないが、とにかくそういうふうになっているのだ。

スティングレイ家に生まれた子供は、ちょうどその時期に選別を受けることになっている。

仮に特異能力の発現が全く見られない場合は、たとえ実子であったとしても本家を追放され、遠縁に里子に出される。逆に、特異能力が発現した分家の子を、スティングレイ家が半ば強引に迎え入れることもあった。

三兄妹《きょうだい》の末子として生まれたニーナも、例に漏れず選別の対象になった。

その期間中、幼いニーナは四六時中監視の目に晒《さら》された。まだ特異能力をコントロールできない子供は、いつ発作的に能力を発現させるかわからないからだ。

それが起《い》こったのは、選別が始まってから二週間ほど経《た》った頃だった。

執事のスワンソンに連れられて、ニーナはスティングレイ家が所有する山に登っていた。広大な自然が特異能力の発現を助けるという怪しい論文が、父親の琴線に触れたかららしい。

とはいえ、なだらかな散歩道は子供の足でも充分登れるくらいだったし、久しぶりに外の空気を吸うことができたのは純粋に嬉《うれ》しかった。

「……わあ、きれい」

山の中腹辺りまで来た頃、ニーナは遠くに見える山の斜面を何の気なしに指さした。

そこには周囲の森林とはまったく違う色の木々が生えており、それが幼い彼女の興味を惹《ひ》いたのだ。

だが、周りの大人たちは誰一人としてそのようには認識してくれなかった。

それも当然のことだろう。

——ニーナが指をさした瞬間、その方向にあった斜面がいきなり崩落を始めたのだから。

「……え？　な、なに？　なにが起きてるの？」

凄《すさ》まじい轟音《ごうおん》とともに、珍しい色の木々や岩石や土砂の塊が滑り落ちていく。

もちろん、ニーナ自身が一番困惑していたことになど誰も気付かない。破滅的な光景は、その場にいた全員に新たな才能の誕生を予感させたのだった。

その後も、ニーナの周りには不可解な現象が起き続ける。

触れてもいないのに食器棚が崩れ、空を飛んでいた鳥が突然落下し、水道管が破裂して大量の水が撒《ま》き散《ち》らされた。

ニーナだけが、それらが全くの偶然であることを知っている。

食器棚は木材の老朽化が進んでいただけだし、あの鳥は空中で別の鳥にぶつかっただけだし、水道管が破裂したのは前日に起きた地震の影響だろう。

それでも大人たちはニーナに特別な才能があると信じて疑わなかった。最初から娘になど興味がなかった父親に至っては、執事の報告を受け取っただけでもう満足してしまっていた。

もちろん、真実を明かしてしまおうと考えたことは何度もある。

しかしニーナは偽物《にせもの》と判断された子供たちがどうなってしまうのかを知っていたし、何より、期待の眼差《まなざ》しを向けてくる執事たちを落胆させたくなかったのだ。だから彼女は、自分が特異能力者である振りをし続けた。

ただ幸いにも、ニーナには超越的なまでの演技の才能があった。

能力が強力すぎて制御しきれないという設定を作ったことも功を奏し、今の今まで誰かに秘密を暴かれたことはない。

「……誰かにぜんぶ打ち明けたら、楽になれるのかな」

そんなことを、もう何度思ったことだろう。

もはやそれも叶《かな》わない夢だ。ハイベルク校にまで流れ着いてしまったからには、もうどこにも逃げることはできない。

◇

教室棟のエントランスには案内板が設置されており、そこにクラスの割り当て表が貼られていた。昼休憩が終わるギリギリまで噴水の前で粘っていたからか、周辺に生徒の姿はほとんどない。

ただ一人だけ、案内板を真剣な表情で見つめる生徒がいた。

ペールオレンジの肌と無造作な黒髪、夜の色をした切れ長の目。不真面目に着崩した制服は所々が破れており、全体的に泥で汚れている。

入学式の時にも見かけた、〈振るい落とし試験《セレクション》〉の参加者だ。

「……なに？」

東方人《オリエント》の血が入っていると思《おぼ》しき少年は、怪訝《けげん》そうな顔をニーナに向けてきた。気付かないうちに凝視してしまっていたようだ。

「……あ、ごめんなさい」

「あれ？　あんたってもしかして」

こちらに向けられたのは笑顔だった、と思う。少年の口角は吊《つ》り上《あ》げられ、白い歯まで見せて模範的な笑顔を作っている。

それなのに、彼の瞳には一切の光が射《さ》し込《こ》んでいないように思える。まるで、この世界には面白いことなど一つもないとでもいうように。

気まずい沈黙を取り繕うように、少年はようやく口を開いた。

「……そうだ、ニーナ・スティングレイだろ。本当に同級生だったとはね」

「知ってくださっているなんて光栄です。ちなみに、あなたのお名前は？」

「あー……答える必要ある？」

「はい？」

この流れで、自己紹介を拒否する人間など存在するはずがない。質問が正確に伝わらなかったのだろうか。

「少し聞き取りにくかったようですね、ではもう一度。お名前をお聞きしてもよろしいですか？」

「スティングレイさん、あんた自分のクラスを探しに来たんだろ？」

「あの、人の話を……」

「さっき誰かが言ってたよ。あんたは『八組』に入ったって」

「……あ、ありがとうございます」

どこか釈然としないやり取りだったが、とりあえず感謝を述べてみることにした。

軽く手を挙げて足早に去っていく少年を見送ったあと、念のため案内板に目を向ける。やっと見つけ出した自分の名前の隣には、あろうことか『六組』と記載されていた。

――言ってることが全然違うじゃん！

ニーナは慌てて周囲を見回す。さっき嘘《うそ》の情報を伝えてきた少年は、すでに奥の廊下へと進んでいた。

普段なら黙って見逃すところだったが、なぜか今回は我慢できそうにない。

「ちょっと、どうやら私は『八組』ではないみたいですけど？」

まさか追いかけてくるとは思っていなかったのか、少年は一瞬だけ驚いた顔をした。

しかしすぐに冷めた表情に戻り、いかにも低血圧そうな口調で呟《つぶや》いてくる。

「ごめんごめん。ちょっと勘違いしてたっぽい」

「さっさと会話を打ち切るために適当なこと言ったんでしょう？」

我ながら、核心を突いた指摘だと思う。

この少年の態度から漂う違和感は、恐らく敵意からきているものなのだろう。

ニーナの二人の兄は〈白の騎士団〉に所属している。彼らは救国の英雄と持《も》て囃《はや》されてはいるが、密《ひそ》かに恨みを抱く者がいても別におかしくはない。

「本当にただの勘違いだよ」

それでも、少年に動揺は見られなかった。

「アレだ、この学園は随分厳しい場所らしいでしょ。入学初日にちょっとした試練があった方が、気が引き締まっていいんじゃないかと思って。別に感謝しろとまでは言わないけど」

「どんな論理展開ですか」

「『不運こそ神の導き』ってことわざもあるだろ。ツイてない出来事には必ず理由がある。あんたのこれからの学園生活は、間違ったクラスを伝えられたことの意味を探求していくものになるのかも」

「そんなことわざ、初めて聞いたんですけど……」

「だろうね、今適当に作った」

開いた口が塞がらない、という状態に陥ったのは本当に久しぶりだ。

入学式から蓄積されてきたストレスによって、あと少しで理性の堤防が崩れてしまいかねない。

「本っっっ当に、よく回る口ですね……。数字もまともに読めないくせに」

「世の中には色んなやつがいるってことだよ。じゃ、またいつか」

最後まで煙《けむ》に巻《ま》くような言い方で、少年は去っていってしまった。

——ああもう、なんなのあいつっ！

理性が決壊する寸前に、ニーナは深呼吸で気持ちを落ち着けることができた。

大丈夫、何も問題はない。

同じクラスにでもならなければ、今後あいつと関わることはないのだから。


優雅かつ穏やかな表情を纏《まと》って足を踏み入れた瞬間、教室の空気が一瞬だけ固まったのをニーナは感じ取った。

まだ席につかず自己紹介代わりの雑談に興じていた生徒たちが、値踏みするような視線をチラチラと向けてくる。

このくらいの扱いは慣れている。

たとえ化け物扱いをされたとしても、裏を返せば、誰かに危害を加えられる心配はいらないということだ。それで充分だと思う。

ニーナは黙って階段を上り、最上段の右端の席に腰を下ろした。

ここを選んだのには大した理由はない。単に、周りに誰も座ってないから面倒事が少ないだろうと踏んだだけ。

このまま大人しく一日をやり過ごそうとしていたニーナだったが、一人の生徒が教室の空気など気にも留めずに話しかけてきた。

「ニーナちゃん……だよね？　隣空いてる？」

朝の日差しを思わせる、開放的な笑顔だった。

深緑色の瞳はきらきらと輝いていて、オレンジ色のショートカットが活発な印象を周囲に振《ふ》り撒《ま》いている。

思わず面食らってしまったが、ニーナはすぐに冷静さを取り戻した。

「もちろん空いてますよ。そちらにどうぞ」

「ありがと！」言い終わるより先に、彼女は隣の席に身体を滑り込ませてきた。「私、ニーナちゃんと話してみたかったんだよね」

エマ・リコリスと名乗った少女は、クラスにうまく馴染めるか不安だったらしい。

これだけ明るい性格なら友人くらいすぐに作れそうな気がしたが、どうやらエマは本気で心配しているようだ。ニーナは彼女の様子を微笑《ほほえ》ましく思った。

自己紹介もそこそこに、エマは矢継ぎ早に質問を浴びせてきた。

四歳のときに特異能力を発現させたニーナが、家の近くにある山を崩落させたという噂《うわさ》の真偽。胸につけているブローチに嵌《は》まっている宝石の種類。国内屈指の名家と名高いスティングレイ家での生活について。

「えっ、ニーナちゃんも寮生活なの？　この辺りに別荘とかがあるのかと思ってた」

「そんなわけないじゃないですか。全生徒の入寮が学園の決まりですから。そこはしっかり従っています」

「へー！　じゃあこれからいっぱい遊べるね！」

ニーナには透明の壁を相手との間に立ててから人と接する悪癖があったが、エマの質問には不思議と自然に答えることができた。

期待と興奮に目を輝かせているエマの姿が微笑《ほほえ》ましかったのもあるし、何より、彼女の立ち振る舞いに計算のようなものが感じられなかったからかもしれない。

――もしかしたら、やっと普通の学生生活を送れるかもしれない。

不意に浮かんだ甘い考えを、ニーナは密《ひそ》かに握り潰した。

確かにエマはいい子だし、彼女と過ごす日々は喜びに満《み》ち溢《あふ》れているかもしれない。

ただ、出会った場所が悪すぎる。

この学園は、青春が奨励されるような場所ではないのだ。あくまで生存競争の場でしかないし、どちらかが脱落すれば一緒に過ごした記憶すら消えてしまう。そんな環境で、友情などというものが育まれるはずがない。

それに、とニーナは思う。

いくら善良な彼女でも、あの重大な秘密を知ってしまったら、今のようには接してくれなくなるだろう。

「……あ、いたいた！　ずっと探してたんだよ！」

ニーナが感傷に浸っていることなど露知らず、エマは教室に入ってきた友達に手を振った。

その男子生徒は一度無視を試みようとしたものの、エマが諦めなかったので折れることにしたようだ。わざとらしく溜《た》め息《いき》を吐《つ》き、気怠《けだる》げに階段を上ってくる。

——というか、あいつはまさか。

ニーナは悪い冗談でも聞かされたような顔で、エマを問い詰める。

「エマさん？　もしかして、彼とお友達だったりします？」

「そうだよ？」

「あの、ごめんなさい。私、ちょっと人見知りなので……」

「私だって初対面じゃん。大丈夫、ジンくんはいい人だから」

いい人？　あれが？

どうやらエマと自分は善悪の概念が根本的に違うのだろう。

ついさっき案内板の前でひと悶着《もんちゃく》があった記憶が、目の前の不機嫌な顔に重なる。

「……どうも」ニーナは最後の力を振り絞り、友好的な挨拶をした。「あなたも同じクラスだったんですね」

「…………げ」

はい、今また迷惑そうな顔を！　あといい加減自己紹介くらいしろっ！

周囲に向けて訴えかけたいところだったが、それは名家の令嬢にはそぐわない行為だ。

大丈夫、彼は試験のせいで疲れているのだ。そうでなければ、ただ人見知りというだけ。

好意的に受け取るための理由を何個かでっち上げていると、その男子生徒は二人から少し離れた席に腰を下ろした。

「ジンくん、こっち来ないの？」

「いいよ、二人で楽しんでて」

「あれれー、もしかして美人のニーナちゃんに照れてるのかなー？」

「んなわけないだろ」

ジンと呼ばれた男子生徒は、照れや恥じらいとはかけ離れた視線をこちらに向けてきた。

「そんな金持ちと、どんな会話をすればいいかわかんないだけ」

さすがに、これ以上は黙っていられそうにない。

「エマさん、彼はきっと人間が嫌いなんですよ。そっとしておきましょう」

「お、庶民の気持ちがよくわかってる。えらいえらい」

「……だそうです。わざわざ相手をしてあげる必要はありませんよ。きっと、森の中でカエルさんやヘビさんたちと遊んでいる方が楽しいんでしょう」

「ちょっとちょっと、なんで二人ともいきなり仲悪いの？」

目も合わせずに言い合う二人に挟まれて、エマは困惑の表情を浮かべている。

ニーナは慌てて取り繕った。

「ごめんなさいエマさん。彼とはその、色々あったものですから」

「あ、そういう関係だったんだ！　ごめんね、気を遣えなくて！」

「エマさん？　違いますよ？　なんか凄《すさ》まじい誤解をされてる気が……」

六組の担当教官の男性がカリキュラムの説明をしている間、ニーナは毅然《きぜん》とした表情の裏で延々と毒づいていた。

――ただでさえいけ好かないエリートたちの相手してヘトヘトだったのに、あのジンとかいうやつはほんと何なの？

――初対面の相手にあんな態度ってアリなんだっけ？　そんなの道徳の教科書に載ってましたっけ？　私の常識が間違ってる？

――一回前世からやり直して来いよ！　今度はもう初対面の相手に生意気な態度取りませんって、ちゃんと誓約書に記入してからまた生まれてこい、このバカっ！

――あーもうやだ、ほんともう無理！　こんなところで三年間もやってらんないっ！

ニーナが必死に押し隠している本心は、早くも悲鳴を上げてのたうち回っていた。

全身に殺意が突き刺さっていることにも気付かず、ジンは眠気と戦いながら担当教官の説明を聞いていた。

◆

この前インタビューした男子生徒が話していた通りだ。

一週間の時間割は、ほとんどが国語や数学といった一般科目や、体力強化のプログラムで占められている。特異能力に関する講義もあるにはあるが、その多くが座学となっているようだ。

それだけ、特異能力について科学的に明らかになっている情報は少ないということだろう。

かつては投薬や催眠療法、その他諸々《もろもろ》のスピリチュアルなアプローチによって潜在能力を高める訓練も行なわれていたそうだが、効果が全くないため三年前に廃止された。

今では、特異能力の成長度合いを測定するのは月に一度の能力測定と、隔週で実施される〈実技試験〉、さらに生徒同士の〈決闘《コンバット》〉に限られている。

担当教官は冷たく断言した。

「ハッキリ言っておこう。ハイベルク校では競争こそが全てだ。我々は選《え》りすぐりの才能を〈白の騎士団〉に送り込まなければならないからな。警察や警備会社に入れれば満足だの、特異能力を産業に役立てようだの、そういうヌルい考えの生徒は今すぐ提携校への転入届を出してくれ。もちろん、当校に関する記憶は封印させてもらうが……」

毎度のことながら、極端な選民思想。

それに、この学園の大人たちは判を押したように高圧的な態度だ。裏で喋《しゃべ》り方《かた》の指導でも受けているのだろうか。

笑いを堪えるジンとは裏腹に、他の生徒たちの眼差《まなざ》しは真剣そのものだった。

救国の英雄とも称される特務機関〈白の騎士団〉の候補生となる手段は、今のところハイベルク校を成績上位で卒業する以外にない。幼い頃からエリート街道を進んできた彼らにとって、提携校への転入など到底考えられないことなのだろう。

そういった意味では、生徒間の競争を煽《あお》る制度は理に適《かな》っている。

「ねえジンくん、ねえってば」

「なに？　今教官が話してるんだけど」

「……全然真面目に聞いてないくせに」

もっともな指摘をしてきたあと、エマが四つ折りにされた紙をこっそりと手渡してきた。

「これは？」

「新入生の歓迎パーティがあるんだって！」

紙を開くと、そこには綺麗《きれい》な字で歓迎パーティの概要が簡潔に記されていた。

夜七時スタート。二年生の第二男子寮にて。新入生は参加費無料。

「毎年、二年の先輩たちが企画してくれてるらしいよ」

「歓迎、ねえ……」

あまりにも胡散臭《うさんくさ》い。

心底気乗りしなかったが、こんな序盤から悪目立ちしてしまうのはジンの生存戦略には適さない。一応参加だけして、機を見て抜け出してしまえばいい。

ジンは隣に座っていたクラスメイトに紙切れを渡しながら、エマの横にいる有名人の姿を盗み見てみた。

優等生の仮面を被《かぶ》っているが、ニーナ・スティングレイの本質は制御の効かない怪物だ。

まさか彼女も、こんなくだらないパーティに参加するのだろうか。

「……なんですか？」

生ゴミに集《たか》る蠅《はえ》でも見るような目を向けられて、ジンの内部に反抗心が芽生える。

「いちいち絡《から》んでくんなって。俺に一目《ひとめ》惚《ぼ》れでもした？」

「自信過剰にもほどがありますね」

「しーっ、静かに。ちょっと理解が難しいと思うけど、実は今授業中だから」

「なっ……！」

——ミスった、ちょっとやりすぎたかな。

ニーナ・スティングレイは、学年でたった六人の入学試験免除組。

存在を無視されない程度に近付いておく必要はあるが、敵に回してしまうのは得策ではない。

いや、まだ早すぎる。

あとで軽くフォローしておこうと考えながら、ジンは絶句する怪物から目を背けた。

オリエンテーションが終わると、生徒たちは学園に届けられていた荷物を寮まで運ぶ作業に移った。男子寮も女子寮も農園にある豪邸のように壮大な造りで、品の良い装飾が施されたエントランスに誰もが安堵《あんど》の溜《た》め息《いき》を吐《つ》いた。

これと同じ寮が各学年の男女に三棟ずつ用意されているのだから、どれだけ莫大《ばくだい》な国家予算が学園の運営に投じられているのか想像もつかない。とはいえ、一人に一部屋が割り当てられているのはジンにとってもありがたいことだった。

自室で荷物の整理をしているうちに、パーティの開始時間が近付いてくる。

◆

パーティ会場に来てから一〇分もしないうちに、ジンは一刻も早く抜け出したい衝動に駆られていた。

そもそも、この待遇の差が気に食わない。

会場となった寮の中で豪華な食事にありついているのは、入学試験免除組の六人を始めとした成績優秀者だけ。それ以外の生徒は定員オーバーという理由で中に入ることを許されず、寮の前の広場に放置されてしまっているのだ。

広場に設置された大きなテーブルの上に料理や飲み物が並べられているが、この場にいる全員の腹を満たすには明らかに足りていない。たまに会場内から高級な肉料理を盗んでくる奴《やつ》がいて、そのたびに彼らは英雄として崇《あが》められていた。

広場にいる生徒たちは、どう考えても入学を歓迎されていない。

上級生が誰一人こちらに顔を見せないのがその証拠だ。どうせいずれ脱落するだろうから、親睦を深めるだけ無駄ということなのだろう。

不機嫌な表情を悟ったのか、他の女子生徒と談笑していたエマが突然話を振ってきた。

「ジンくん。ほら、皆と仲良くなるチャンスだよ」

「あれ？　いつ俺の保護者になったんだっけ？」

「あ、もしかして人見知りなんだ！」

幼い頃から特異能力者として周囲の期待を背負って生きてきたエマたちには、このパーティに満ちている悪意が伝わりづらいのかもしれない。

自分たちが軽んじられ、冷遇されているという事実を深刻に受け止められないのだ。まあ、人の悪意に敏感になっても何もいいことはないけれど。

ジンはこの場を切り抜けるための嘘《うそ》を一瞬で練り上げた。

「……俺さ、実は持病があるんだ」

「え？　どんな病気なの？」

「長時間パーティに参加してるとアレルギー症状が出てしまうってやつ。たぶん病名を言っても知らないと思う。初期段階なら軽い痒《かゆ》みとか湿疹《しっしん》くらいで済むけど、悪化すると呼吸困難になって、最悪の場合は……」

「えー、そんな病気があるの？」

「あ、疑ってるだろ。まあそうだよな、今まで誰にも理解されたことないし。どうせ、この学園でも同じことの繰り返しなんだ……」

声色を落として、ついでに咳《せ》き込《こ》んでみると、エマは面白いほどに狼狽《ろうばい》し始《はじ》めた。

「わ、私は信じるよ！　あんまり無理しないで、ジンくん」

「ゴホッ、ありがとう。信じてくれたのはあんたが初めてだよ」

よし、釣れた。

「じゃあエマ。大事を取って、そろそろ寮に帰ることにするから」

「えっと、気を付けてねジンくん！　何かあったら呼んで！」

「ありがとう。恩に着るよ」

ジンは笑いを堪えるので精一杯だった。

よくない傾向だ。いくらエマが騙《だま》されやすいとはいえ、どのくらいの嘘《うそ》までなら大丈夫なのかを試して遊ぶのは倫理的によくない。

とはいえ、角を立てずにパーティから退散するには最適解だったとも思う。

一切れのパンと水の入った瓶だけを持って、ジンはパーティ会場を後にした。


なんとなく自室に戻る気にはなれず、ジンは夜道を目的もなく歩き続けた。

ふと、街灯に照らされてぽつりと浮かび上がる噴水が見えた。

いや、もう水は流れていないようなので、厳密には噴水の形をしたコンクリートの塊と表現した方がいいのだろうか。

涸《か》れた噴水の前には、木製のベンチが設置されていた。少し休憩したい気分だったので、ジンは残りのパンを水で流し込みながらそちらに向かう。

物言わぬオブジェを眺めながら、指先で一〇〇エルの偽造硬貨《コイン》を弄ぶ。

いつもの癖だ。何か考え事をするときは、身体の一部のように馴染《なじ》んだコインが落ち着きをもたらしてくれる。

そういえば、ハイベルク校に潜り込むことができたのもコインのおかげだった。

筆記試験を難なく突破したジンは、最終面接で三人の教官たちの前で特異能力を披露することになった。

そこでジンが仕掛けたのは、霊能詐欺などでよく使われる古典的な手法だ。

愛犬や行きつけの酒場の名前、娘の誕生日に用意したプレゼントまで言い当てられた面接官たちは、ジンのことを心理系の特異能力者だと認定した。だがそれは、探偵を雇って面接官たちの個人情報を徹底的に調べ上げただけの話だったのだ。

もちろん、駄目押しとなる仕掛け《ギミック》も用意した。

ジンは、面接官の一人が会場にくる直前に一〇〇エル硬貨を拾ったことを言い当ててみせた。彼の通勤路にコインを落としておき、拾ったかどうか仲間に確認させていただけの簡単なトリック。それでも、疑う者は誰もいなかった。

入学試験から〈振るい落とし試験《セレクション》〉まで、今のところ全て順調に進んでいる。とはいえ、入学前に描いたロードマップはまだ始まったばかり。次に取り組むべきは、同学年に六人いる入学試験免除組への接触だ。

ギルレイン・ブラッドノート。特異能力は〈謳われない者《デリンジャー》〉。

ニーナ・スティングレイ。特異能力は〈災禍の女王《メイルストロム》〉。

カレン・アシュビー。特異能力は〈陽気な葬儀屋《アンダーテイカー》〉。

アリーチェ・ピアソン。特異能力は〈血まみれ天使《ブラッディ・メアリー》〉。

ベネット・ロアー。特異能力は〈火刑執行者《エグゼキューター》〉。

キャスパー・クロフォード。特異能力は不明。

ただ一人を除き、入学試験免除組の特異能力はある程度まで知れ渡っている。対策に対策を重ねられてもなお頂点に君臨し続けてきた彼らは、凡百の生徒たちとは格が違うということだ。

もちろん、ジンが正面から戦って勝てる相手など一人もいない。

とにかく、この六人の中に〈羊飼いの犬〉がいるのはほぼ間違いない。

そいつこそが、最終目的に辿《たど》り着《つ》くための鍵を握っている。倒して脅迫するにせよ、懐《ふところ》に入って情報を引き出すにせよ、ジンはまず、生徒の中に紛れ込んでいる〈羊飼いの犬〉の正体を暴かなければならない。

とはいえ、今のところまともなヒントは手に入っていない。つまり、当たりを引くまでは彼ら全員と対峙《たいじ》しなければならないということだ。

それにしても、とジンは思う。

ただの詐欺師の身で、そんな怪物たちを相手取らなければならない状況は異常だ。狂っていると言ってもいい。ゲームは難易度が高いほど盛り上がるのが相場だが、それにしてもこれはやりすぎだろう。

たまに訪れる身震いは、興奮と愉悦によるものか、それとも恐怖によるものなのか。

親指に弾《はじ》かれて宙を舞うコインを眺めながら、ジンは凶悪に笑った。

「……さて、どう進めようかな」

誰から攻めるかは、まだ決めていない。

順当に考えるなら、カレン・アシュビーかベネット・ロアー辺りになるのだろう。だが他の生徒たちの動きも読めないし、彼らの特異能力についてもまだ詳しく調べる余地がある。

まずは一ヶ月。

盤上に多くのカードが伏せられているうちは、あまり動かず情報収集に徹するべきだろう。

計画を微調整するのはそれからでいい。


しばらく思考を巡らせていると、ジンはこちらに近付いてくる人影に気付いた。

綺麗《きれい》に編み込まれた白金色の髪と、赤色の宝石がさりげなくあしらわれた品の良いブローチが、家柄の良さを一目で周知させてしまう。

ニーナ・スティングレイ。

いずれ対峙《たいじ》しなければならない、入学試験免除組の一人。

そして、現時点では〈羊飼いの犬〉である可能性が最も高い生徒でもある。

今の段階で彼女とぶつかるのは得策ではないが、既にジンはこの場を離れるチャンスを逃してしまっていた。

ひとまず噴水の陰に身を隠すことにしたが、向こうがこちらに気付く様子はない。ニーナはそのまま、ジンがさっきまでいたベンチに座り込んでしまう。

月明かりに照らされた彼女の瞳から伸びる、一筋の光がジンの目を捕らえた。

——まさか、泣いている？　なぜ？

彼女は膝を抱え、呆《ほう》けたように噴水を見つめていた。

講堂の最前列や教室にいたときは嫌味なほどに輝いていた瞳も、今は完全にくすんでしまっている。

ニーナはどこからか、キラキラと輝く物体を取り出した。

スパンコールで彩《いろど》られた派手なスーツを無理矢理着せられている、無表情のカエルの人形。

ジンにはデザインの意図があまり読めなかった。

あろうことか、ニーナはその人形に向かって喋《しゃべ》り始《はじ》めてしまう。

「あー、疲れた……。何でああいうエリートたちはパーティが大好きなんだろうね。あんなの中身のない社交辞令が飛び交うだけの茶番じゃんか。笑顔作りすぎて、表情筋が攣《つ》るかと思ったよ」

あれ？　誰か別の人間と話してるのか？

ジンはこっそり周囲を見渡してみたが、やはりベンチに座っているのはニーナだけだ。

「あーもうほんとくっだらない。あんなしょーもない会合に参加するくらいなら、部屋で本でも読んでた方がマシだよ」

あまりの異常事態に、思わず後ずさりしてしまったのがいけなかったのだろう。

僅かな物音に反応したニーナが、こちらを振り向いてきた。

「ひゃっ⁉」

ニーナは目を大きく見開いて小さく悲鳴を上げた。華奢《きやしや》な身体は、ほとんどベンチから転げ落ちそうなほどに仰《の》け反《ぞ》っている。

弁明する必要性を感じたジンは、できるだけ慎重な動作で噴水の陰から姿を現した。

「……いやその、驚かせるつもりはなかったんだよ」

「いっ、いつからそこに！」

「さっきからずっといたよ。突然あんたが現れたから、咄嗟《とつさ》に隠れてしまったというか」

「…………見てた？」

目に涙を溜《た》めながら現れ、無愛想なカエルの人形に向かって独り言を言うヤバめな少女。どう考えても、帝国中から恐れられている特異能力者には相応《ふさわ》しくない姿だ。

不可解な状況だが、少なくとも半端《はんぱ》な嘘《うそ》が通じるはずがないことは確かだった。

「見てた……けど、大丈夫。誰にも言わないから」

「私に、あなたを信用しろっていうの？」

そういえば、教室でニーナはこんな喋《しやべ》り方《かた》をしていただろうか。

もっとこう、名家のお嬢様に相応《ふさわ》しい口調だった気が……。

ただ、今考えなければならないのはそんなことではない。

いくら変人だとしても、ニーナが入学試験免除組であることは事実なのだ。今彼女とぶつかるのはジンの計画には含まれていない。

「何というか、つらいことがあるなら誰かに相談した方がいいよ」

「……あなたには関係ない」

「まあ、それは確かに」

もう、全部放り出して寮に帰ってしまおうか――。

ふと、そんな思いに駆られた。

そもそも、教室棟の前で初めて会ったときからこの少女のことが苦手だったのだ。

持つべきものを全て持って生まれ、将来を渇望《かつぼう》されているくせに、一丁前に苦悩を滲《にじ》ませた表情で俯《うつむ》きながら歩く少女。

その姿はまるで、ジンがこれまで辿《たど》ってきた人生を嘲っているようにも見えた。

穏便に立ち去ろうとしたジンを射止めたのは、ニーナの溜《た》め息《いき》交じりの呟《つぶや》きだった。

「……はあ、よりによってこいつに」

「なに？」

「……なんでもありません」

「言いたいことがあるならハッキリ言いなよ」

適当な理由を繕って、さっさとこの場から立ち去ってしまうべきだ。

自分の心がささくれ立っている理由はわかる。だが今は冷静にならなければ。

「あなたみたいな凡人には関係のないことです。私に取り入ってどうするつもりですか？　お金を集《たか》ろうとしてるなら、無駄足なのでやめた方が賢明です」

いつの間にか、ニーナはいつもの過剰なほどに丁寧な口調に戻っていた。

そのまま、機械的な笑みを顔に貼り付けて続ける。

「もういいから、貧乏人は早く消えていただいてもいいですか？　ほら、しっしっ」

いつものジンなら、うまく受け流すことができただろう。

肩を軽く竦《すく》めてから踵《きびす》を返して、寮へと歩き出すだけ。三歳児にもできる簡単な動作だ。

だが、彼の内側にある繊細な部分にニーナの言葉は触れてしまった。

土埃《つちぼこり》の舞う路上、知らない大人たちの視線、身体の芯まで凍えるような夜――かつて脳内から消去したはずの記憶が、鮮明に呼び起こされていく。

――こうなったらもう、歯止めが利《き》かなくなる。

「こっちは心配してやってるだけだろ。ほら、スティングレイ家の連中は人の心がない怪物だらけってよく言うし。つらいこともさぞ多いだろうな」

「あなたに、スティングレイ家の何がわかるというのでしょう」

「〈白の騎士団〉にいるお兄さんたちの悪い噂《うわさ》もいっぱい聞くよ。そういや、あんたのとこでは殺した相手の頭蓋骨を皿代わりにしてるって噂《うわさ》はホント？」

「私の家庭環境を詮索するより、ご自身の生活について考えた方がいいんじゃないですか？　きっと、ここの学生に毎月支給される補助金でご家族を養っているんでしょう？」

「それこそ不必要な詮索だな。そんなプライベートなことをあんたに話したっけ」

「聞かなくてもわかりますよ。あなたが履いている安物の靴を見れば。特異能力者なのに随分貧しい暮らしを強いられているみたいですね。かわいそうに」

「俺は服装なんかに興味がないの。文句ある？」

「へえ。庶民の間ではそんな言い訳の仕方が流行《はや》ってるんですね。勉強になります」

「さすが、スティングレイ家のお嬢様はメンタル強者だね。紛争やら暗殺やらで稼いだ金でブランド物を買うなんて、普通は恥ずかしくてできないもんな」

相手への配慮も、回りくどい比喩表現もそこには存在しない。

相手が最も触れられたくない場所へ、互いの鋭利な言葉が容赦なく突き立てられていく。

「……ああもうっ！　私の家のことは関係なくない？」

「あんたこそ、俺の家庭のことをとやかく言う権利はないだろ」

「それはあなたが突っかかってきたからで……」

「先に攻撃してきたのはそっちだろ」

「はあ？　元はと言えば、あなたがストーカー紛《まが》いのことをしてきたからでしょ？」

「はあ？　俺の趣味の良さを馬鹿にしないでほしいね」

「苦し紛れの言い訳はいいから、正直に認めてよ。通報しないであげるから」

「どんだけ自信過剰なんだよ。さっきも説明しただろ、今のはたまたま……」

「じゃあ、こんな辺鄙《へんぴ》な場所にどんな用事があったのか説明してよ」

「そこの噴水を設計したのはウチの父親なんだよ。だから様子を見に来ようと思って」

「そんな作り話が通じると思ってる？」

「……てかさ、そもそもあんたの方が後を尾けてきたんだろ？　自分がストーカーだと認めたくないから、慌てて俺に罪をなすりつけたんだ」

「いきなり攻守を逆転させないで。そんなわけないでしょ？」

「呼吸が早くなってる。動揺してる証拠だ。それにさっきからやたらと目線が下に行ってるけど、それは隠し事をしてる人間の典型的なサインだよ」

「はあああっ？　そんなの言いがかりでしょ？」

「はい出ました、『そんなの言いがかりでしょ』。後ろめたいことがある人間が事実を追及されたとき、高い頻度で出てくるのがその台詞《せりふ》だよ。リィングストン大学の教授による研究結果も出てるけど、もっと詳しく聞きたい？」

「そんな大学、聞いたことないんだけど」

「外国の大学だから当然でしょ。心理学界隈《かいわい》じゃかなり有名な論文だから、耳が早いやつは普通に知ってる」

「……そんな研究結果がほんとにあったとしても、私はストーカーなんかじゃないから」

「へえ。スティングレイ家のお嬢様ともあろうお方が、神聖な学問を否定するんだ？」

「ちょっと待って！　いつの間に論点がズラされたの⁉」

「いいから謝罪しなよ。今なら賠償金も発生しないから」

「もうっ、謝るのはそっちの方でしょ！　別に、ここで大きい声出してもいいんだよ？」

「……こいつ、ついに最終手段をチラつかせてきたな」

「ほら早く。盗撮した写真もちゃんと全部出して」

「くそっ、ふざけんなよ異端者《フリークス》。ほんとに話が通じないな……」

「そんな汚い言葉使わないで。というか、あなたも特異能力者でしょ」

「うるさいな。……とにかく、俺はあんたには一切興味ないの。もう二度と関わりたくないくらいには」

「珍しく同感。私も、あなたのことが目障《めざわ》りだと思ってた」

「それはよかった。クラスで見かけても話しかけないでくれる？」

「いやいや、それじゃ甘いでしょう」

ニーナは底冷えのする笑みを口元に浮かべて告げた。

「どちらかを学園から追放する手段もあるっていうのに」

ポイントを全て賭けた〈決闘《コンバット》〉――――。

ニーナの台詞《せりふ》は宣戦布告に等しかった。

もちろん、どう考えてもジンに勝ち目などはない。入学試験を免除されたニーナの持ち点は一〇〇〇点であるのに対して、ジンの方は〈振るい落とし試験《セレクション》〉でテッドから巻き上げた分を合わせても九五点だけ。

これではそもそも、まともな賭けすら成立しないだろう。

「考えが短絡的だね。そうやってすぐに戦いたがるのが、スティングレイ家の悪いところ……」

「怖いんですか？」

ニーナは聞き分けの悪い子供に向けるような笑みを浮かべていた。

「別に私は中止でも構いませんよ。いくら相手が気持ちの悪いストーカーさんでも、無闇に殺してしまうのはちょっと忍びないですし」

もしここで引き下がってしまえば、ジンの評価は地に墜《お》ちてしまうだろう。そうなればすべての計画が泡となってしまいかねない。

もはや、ジンに撤退という選択肢は残されていなかった。

「……わかった、受けて立ってやるよ」

「後悔しませんか？　やめるなら今のうちですけど」

「気遣いありがとう。でも大丈夫、あんたを倒す算段ならついてるし」

「へ、へえ……。まあ、手加減してあげるつもりはないですけどね」

「それはこっちの台詞《せりふ》だよ。〈決闘《コンバット》〉は二日後でいい？」

「私は今すぐでも大丈夫です」

「いやいや、そんなに強がるなよ。本当は心の準備が必要なんだろ？」

「ま、まあ、あなたがそう言うなら。仕方ないですね、二日だけ待ってあげます」

お互いの視線と視線がぶつかり合い、怒りや焦燥が化学反応を起こして火花を生じさせる。

そんな幻影が見えた時にはもう、ジンは自分の軽率さを怒鳴りつけたくなっていた。

もう、どこにも引き返すことはできない。

口論を聞きつけた数人の生徒たちが、いつの間にか噴水の周りを取り囲んでいたのだ。

学年屈指の有名人であるニーナと得体の知れない東方人《オリエント》の自分が〈決闘《コンバット》〉をするという情報は、瞬《またた》く間《ま》に学年全体に広まってしまうだろう。

騒《ざわ》めき始《はじ》めた野次馬たちを背に、ニーナ・スティングレイは勝利を確信したような笑みをこちらに向けていた。

第三章　嘘吐きが明かす真実、木漏れ日の中の顚末《てんまつ》――

Lies, fraud, and psychic ability school

目覚まし時計が鳴り始める前に、ニーナはベッドから出ることができた。

ほとんど眠れなかったからか、全体的に身体が重たく感じる。

昨日、パーティから抜け出して向かった噴水の前で、ジンと〈決闘《コンバット》〉の約束を取り付けてしまったのは致命的なミスだった。

特異能力を持たない彼女は、恐怖心を煽《あお》る逸話の数々と洗練された演技力を駆使して、あらゆる戦いを遠ざけるしか生き残る道がないというのに。

きっと、すべてはあの歓迎パーティーのせいだ。

社交性を総動員させてどうにか乗り切ることはできたが、正体を隠しているという後ろめたさが彼女にずっと付きまとっていた。周りが笑顔でいればいるほど、自分の異質さが浮かび上がってくるように感じた。

そんなどうしようもない疎外感で苦しんでいたから、あのとき冷静さを保てなくなったのだ。

とはいえ、そんなことは言い訳にならない。

今考えるべきなのは、ジンに学園から去ってもらうための作戦だけだ。

本日最初の溜《た》め息《いき》を吐き出して、ニーナはようやく朝の支度を始める。

髪型を整え、化粧台の前でメイクを施している間にも、すべての嘘《うそ》がバレてしまうという悪い想像は頭から消えてくれなかった。

「うー……。本当にどうしよ」

緩急をつけた演技による脅しが、もし通用しなかったら？

あるいは彼が自棄《ヤケ》になって襲い掛かってきたら？

何の能力も持たないニーナには、もはやどうすることもできない。

失うポイントはたった九五点かもしれない。

だが、彼女の秘密が暴かれてしまう代償はそれどころでは済まない。瞬《また》く間《たま》にハイベルク校は彼女を問《と》い質《ただ》し、弁解の余地もなく追放してしまうだろう。

その先に待っているのは、スティングレイ家による身も凍るような『罰』だけだ。

「あっ、やばっ」

無意識の内に手先が震えていたのだろう。

気付いた時には、メイクが全体的に歪《ゆが》んでしまっていた。もともと薄化粧の彼女だったが、流石《さすが》にこれでは目敏《めざと》い女子生徒には気付かれてしまうかもしれない。

まだ時間はあるので、一度顔を洗ってやり直さなければ。

誰もいないことを確認して共用の洗面所へと向かいながら、ニーナは必死に〈決闘《コンバット》〉の勝ち筋を探し続けた。他の子の部屋から目覚まし時計の音が聞こえるたびに身を縮み上がらせながら、ボロボロになって捨てられる最悪のイメージを振り払いながら。

鏡の前で青ざめた自分の顔を見た瞬間、彼女の脳裏を一筋の閃《ひらめ》きが走り抜ける。

壁に掛けられていた時計を確認。始業までは、まだ一時間以上ある。

「……よし、まだ間に合う！」

ニーナは化粧を落とす作業を取りやめ、慌てて自室へと引き返していく。

◆

笑えないほどに目覚めの悪い朝だった。

夏でもないのにシーツは寝汗でぐっしょり濡《ぬ》れており、運動をした翌日でもないのに身体の節々が軋《きし》んでいる。硬いベッドから出たときに足がぐらついたのは流石《さすが》に笑えなかったし、足元に転がっていた鞄《かばん》に躓《つまず》いたときには叫び出しそうになった。

昨晩、あの噴水から寮の自室に戻ってくるまでの間に、ジンは何度も自分自身を責めた。

これでは、詐欺師失格だ。

冷静さを失い、必死に組み上げた緻密な計画をふいにしてしまった。これでは最終目的に辿《たど》り着《つ》くことはおろか、同学年で最初の脱落者になってしまいかねない。

ジンは朦朧《もうろう》とした意識のまま、制服に着替えて一階の食堂へと向かう。

名前も知らない同級生の男子たちで食堂は混み合っていて、喧騒《けんそう》がジンの鼓膜を乱れ打ちした。どうやら昨日のパーティを経てグループが出来上がっているのか、一人で黙々と食事をしている生徒は数え切れるほどしかいない。

食欲もないので水だけ貰《もら》おうと配膳の列に並んでいると、無数の視線が背中に突き刺さってくるのを感じた。

「あいつが脱落第一号か」

「……かわいそうに」

「あんな化け物に喧嘩《けんか》を売る方が悪いよ。同情の余地はないね」

「とにかく、救いようのないバカだってことだよ」

隠す気ゼロの囁《ささや》き声《ごえ》が一つ聞き取れるごとに、ジンの表情は余命宣告を受けた病人のようなものに変わっていく。

受け取ったグラスを持って隅の席に座り、ジンは改めて己のミスを呪った。

確かに、〈羊飼いの犬〉を探す上では最有力候補であるニーナとの対峙《たいじ》は避けられないだろう。

だが彼女は、幼少期に能力で土砂災害を引き起こしただの、能力を制御できないので殺してもいい相手にしか向けないことにしているだの、不吉極まりない噂《うわさ》が絶えない怪物だ。こんな早い時期に敵に回すのは完全に悪手。

どう考えても、明日までに対抗策を準備できるような相手ではない。

「……ちょっと、お前」

「え？」

怪訝《けげん》そうな表情をした男子生徒は、ジンの手元を指差していた。

恐る恐る目を向けると、コップを握る手が冗談のように震えており、零《こぼ》れた水でテーブルに水溜《みずた》まりができてしまっていた。コップの中身は、もう半分ほどしか残っていない。

――まさか、ビビってる？　この俺が？

恐怖を自覚するとさらに震えは大きくなり、寒気が背筋をゆっくりと上っていくのを感じた。

「まあアレだ。……殺されるなよ」

慈愛に満ちた表情でジンの肩に手を置くと、男子生徒は逃げるように退散していった。

「ど、どうしたのジンくん。顔が真っ青だけど……」

教室に入るなり、エマ・リコリスが心配そうに声を掛けてきた。

彼女は他の友達との会話を中断させてまで、教室の隅へ向かうジンを追いかけてくる。

「ちょっと、生気がぜんぜんないよ！　医務室に連れてかないと！」

「ダイジョウブダイジョウブ」

「どっ、どこ見てるのジンくん。そっちは壁だよ！」

「ほんと大丈夫だから。今までありがとうな」

「自分を取り戻して！　そんな、人にお礼を言うような人じゃなかったじゃん！」

ふらつく体勢をどうにか整えながら周囲を見渡すと、あの忌々《いまいま》しい怪物がどこにも見当たらないことに気付いた。

念のため何度確認しても、やはりニーナの姿はない。

——な、なんだ！　怖気《おじけ》づいて逃げ出したのはあいつの方か！

淡い期待に凭《もた》れ掛《か》かるようにして、ジンは何とか平静を取り戻す。

だが、近くに座る男子生徒たちの噂話《うわさばなし》が希望を粉々に砕いてしまった。

「そういや、ニーナ・スティングレイの姿が見えないな。入学早々に無断欠席か？」

「あのジンとかいう東方人《オリエント》と〈決闘《コンバット》〉をするんだろ？　なんでも、そいつを徹底的に潰すために山に籠って精神を高めてるらしいんだよ」

「はえー。怖すぎんだろ、よくそんなの敵に回したよな」

視界が一気に暗転しそうになったが、ジンは意志の力でどうにか堪えてみせた。

午後の授業が終わる頃には、ジンはいつもの飄々《ひょうひょう》とした態度を取り戻しつつあった。

特異能力者研究の歴史やら、精神統一の技法などの講義が、あまりにも退屈だったのが要因の一つかもしれない。

　やるべきことは今までと同じだ。

　冷静に執拗《しつよう》に、騙《だま》しの戦略を考えればいい。

　技術と経験と濃密な悪意をもって、軽々と窮地を乗り越えてしまうだけだ。多少計画が破綻したくらいで動揺するなど、あの人の教えに反する。

「ジンくん、ちょっといい？」

　終業のチャイムと同時に声をかけられる。

　笑顔でこちらに手を振るエマ・リコリスは、今日新たに仲良くなったらしい友達を傍《かたわ》らに連れていた。

　少し癖のある赤毛と、凛《り》々《り》しさを感じる黒い瞳が印象的な少女。もちろん、ジンがまだ話したことのない相手だ。

　先に口を開いたのは赤毛の少女の方だった。

「あんたがジン？」

「……そうだけど。そちらは？」

「あたしはケイト。そういやエマに聞いたよ？　あのニーナ・スティングレイとやり合うんだって？」

　念のため、ジンは警戒レベルを引き上げることにした。

「あー、何かアドバイスでもしてくれるの？」

「アドバイスっていうか……」ケイトと名乗った少女は遠慮がちにエマの方を見る。「さっき二人で話してたんだけど」

エマが結論を引き継いで言った。

「ジンくん、ニーナちゃんに謝りに行こうよ！」

「はあ？……何言ってんだよ」

もちろん今回の一件をやり過ごすだけなら、それもありかもしれない。

〈決闘《コンバット》〉は両者が同意した上で誓約書に記載しなければ実施できないルールなので、ここで引き返すことは一応可能だ。万が一謝罪を受け入れられなかったとしても、今なら一方的に〈決闘《コンバット》〉をすっぽかすことだってできる。

だが、その後はどうなる？

臆病者のレッテルを一度貼られてしまえば、これからどんな詐欺《ペテン》を仕掛けても説得力が生じなくなってしまう。

それでは駄目だ。

この壮大な計画を完遂するためには、『ジン・キリハラは得体の知れない実力者だ』と周囲に思わせておく必要がある。それが最低条件。

「……なんでそんな頑固になってんの？」ケイトは溜《た》め息《いき》混じりに続けた。「あの子には逆ら

わない方がいいって」

「見た目に似合わずお節介だなあ。ギャップ萌《も》えでも狙ってんの？」

「余裕そうなフリしてるけどさ、勝ち目があると思ってる？」

「まあ、結局あいつなんてただのお嬢様だから。本当の戦いってやつを知らない。いくら強力な特異能力を持ってようと、そんなの戦場じゃ何の役にも立たないよ」

「ただの一五歳が、なに歴戦の兵士みたいなこと言ってんの」

「そっか、初対面だから知らないか。実は昔、辺境の国で少年兵をやってたんだ。なあエマ？」

「えっ？　私もいま初めて聞いたよ！　本当なのジンくん？」

「あー、言ってなかったっけ。確かにヘビーすぎる過去だから、今まで隠してたのかも」

「そんな作り話はいいから、ちょっと来な」

のらりくらりと躱《かわ》そうとするジンを、ケイトは呆《あき》れた表情で見つめていた。

「あの子の本当の恐ろしさを知ったら、そんなふうに平気な顔はできなくなるから」

　断る理由が特に思いつかなかったので、ひとまずケイトについて行くことにした。喧騒《けんそう》に満ちた教室を抜け出し、長い廊下を歩いて中庭に向かう。

　どうやらケイトは人気の少ない場所を探しているようだった。エマを教室に置いてきたのも、やはり聞かれたくない話があるからなのだろうか。

中庭にたむろする生徒たちの間を縫って進みながら、ジンはできるだけ小声で問い掛ける。

「ニーナ・スティングレイとは知り合いなの？」

「知り合い、ってほどじゃないかな。あの子の方はあたしのことなんて眼中にないだろうし。ただ、中学で同級生だったってだけだよ」

当然、ジンはニーナの経歴を徹底的に調べている。

ニーナが通っていたステラー校は国内でも有数のお嬢様学校で、正式な学歴すらないジンには縁遠い世界だった。

目の前の少女がそんな学校に通っていたというのは驚きだ。『人は見かけによらない』とは、まさにこのことを指すのだろう。

「……それで、あんたは俺にどんな情報をくれるつもり？」

「あの子に喧嘩《けんか》を売るのが、どんなに愚かな行為かってことについて」

ケイトは同情混じりの声で続けた。

「あの子は特異能力者としてあまりに強力すぎる。流れてる噂《うわさ》のほとんどは正しいよ。サイコキネシスで山の斜面を削り取ったのは確か四歳の頃だったらしいから、今ではどこまで成長してるのかもわからない。地元で噂《うわさ》になってる程度だけど、もう〈白の騎士団〉から密《ひそ》かにスカウトされてるって話もあるし」

「噂《うわさ》でいいなら、俺にも気合だけで海を半分に割いたってヤツがあるよ」

「あたしは真剣に心配してやってるんだけど？」

「俺も真剣に言ってる」

「……このバカ」

ケイトの黒い瞳に、一瞬だけ躊躇《ためら》いの色が浮かんだ。

「本当に恐ろしいのはあの子じゃなくて、スティングレイ家そのものだってことも話さなきゃなんないの？」

「……どういうことだよ」

「言葉通りの意味。地元じゃ有名だよ？　スティングレイ家が、どれだけの数の事件をもみ消してきたのかなんて」

空は暗い色の雲に埋め尽くされ、冷たい雫《しずく》が天から降り注いできた。中庭にいた生徒たちはそれに気付き、少しずつ建物の中に引き上げ始めている。

波が引くように人が消えゆく光景を背に、ケイトは悲しげな表情で続けた。

「ニーナに悪意があるのかどうかはわからない。もしかしたら本当に能力を制御しきれないだけなのかもしれないし、全部ただの偶然という可能性も捨てきれない」

「前置きはいいから、早く教えなよ。何か決定的なことがあったんでしょ？」

「わからない」

「は？」

「……何があったのかわからないから、怖いんだよ。とにかく、ニーナに因縁を付けていた人間が行方不明になる事件が何度も起きたんだ。学生たちは皆怖がって手を出せなかったから、被害にあったのはほとんどが大人だったよ。中には、その、ボロ雑巾みたいな姿になって発見された人も……」

「……まさか」

「あたしだって、ただの悪い噂《うわさ》であってほしいと思うよ。だってあの子は学校では礼儀正しい名家のお嬢様って感じでしょ？　裏で何人もの人を殺してるなんて想像もしたくない。……もしかしたら、本当に何も覚えてないのかもしれないし」

ニーナ・スティングレイはその強力な能力を、完璧に制御することができない。

そんな俗説が、急に存在感を増し始める。

「で、スティングレイ家がニーナの暴走事故を何度ももみ消していると」

「どの事件も、どこかから圧力がかかって途中で捜査が打ち切られてしまうってわけ。当然新聞に載ることもない。こんなの知らなかったでしょ？」

「ハイベルク校は国営機関だよ。地元の警察や新聞社と同じやり方が通用する？」

「忘れたの？　あの子は入学試験を免除されてるんだよ。それこそが、スティングレイ家が学園と密接に繋《つな》がってることの証明にならない？」

雨の勢いはどんどん増していき、遠くの方では雷の音すら聞こえてきた。

人智《じんち》を超えた存在が怒り狂っているような空を背景に、ケイトは沈鬱な表情で締めくくる。

「わかってくれた？　あんたが、あの子に喧嘩《けんか》を売っちゃいけない理由」

「……よくわかったよ。教えてくれてありがとう」

「あー、礼なんていいから。明日になったらちゃんと謝りなよ？」

ジンは曖昧に笑い、ゆっくりと庇《ひさし》のある壁際《かべぎわ》に歩いていった。

ここは中庭なので、庇《ひさし》の下で雨宿りをする必要などない。さっさと渡り廊下に戻ってしまえばいいのだ。

それでも、ケイトは行動の意図を疑うことができなかったようだ。

ごく自然な流れで、庇《ひさし》の下にいるジンの隣に並んでくる。

「ところで、俺からも一つ質問していいかな」

刃のように鋭い眼光とともに、ジンは決定的な言葉を投げかけた。

「いったい何が目的だ、ニーナ・スティングレイ」

◇

「……はあ？」

彼女は絶叫したくなる自分を必死に押さえつけた。

今はただ、冷静に対応しなければならない。

「あんたさあ、視力検査受けてきた方がいいよ。よく見なよ。髪とか目の色もそうだし……、声だって全然違うじゃん」

「確かに」ジンは遮るように言った。「確かに容姿も声も全くの別人だよ。こうして目の前にいても、あんたとニーナ・スティングレイが同一人物だとは到底思えない」

「あのさ、自分が何言ってるかわかってる？」

「どう見ても、全くの別人としか思えないって言った」

「そう思うならそれが正解なんだよ。頭大丈夫？」

自分がニーナ・スティングレイと同一人物に見えるはずがない。

ここまで精巧なカツラや色付きのコンタクトレンズが存在していること自体、普通の市民はよく知らないだろう。それこそ、これほどの品質のものはまだ演劇界の一部でしか使われていないはず。それに声だって、「一〇代少女」のレパートリーの中から、最もニーナ・スティングレイのイメージとかけ離れているものを選んだ。

もちろん声だけじゃない。一つ一つの単語の発音や息継ぎのタイミング、歩き方や細かな仕草の一つ一つまで徹底的に作り込んだのに。

ミスの要因を一つ一つ検討していると、彼女は違和感に気付いた。

いや、これはもはや異変だ。違和感などという曖昧な単語で片付けられるレベルじゃない。

——彼女は、両手を手錠で拘束されていた。

「……いつの間に」

「いや、こんな精度で他人に成りすませるやつは見たことないよ。隙だらけなのはさておき」

ニーナは無力な質問を絞り出すことしかできなかった。

「………どうしてわかったの？」

ジンの口許《くちもと》に、金塊を掘り当てた鉱夫のような笑みが浮かび上がる。

「正直、今あんたが認めてくれた瞬間までは半信半疑だった」

「は？」

「だから、目の前のあんたがニーナ・スティングレイだなんて本当に信じられない。似たようなことをやる業者もたくさん見てきたけど、あいつらと比べても全然レベルが違う」

「まさか、カマをかけてただけ……？」

「いや、不自然な点はいくつもあったよ」

ジンは冷静に続ける。

「まず一つ目。自分で言うのもアレだけど、俺に親切心から話しかけてくる女子生徒なんてそうはいない。エマはちょっと例外なだけで、こんな学園で俺を助けようとするやつには何かしらの打算があると思った」

「本当に善意だったかもしれないでしょ」

「生憎《あいにく》だけど、無邪気に人を信じられるような人生じゃなくてさ。そして二つ目。あんたの偽装は確かに完璧だったけど、言動の節々に人を騙《だま》そうとする人間の兆候が見えたんだ」

「兆候……」

「喋《しゃべ》ってる途中に唇を噛《か》んだり、口をすぼめたりする回数がやたらと多かった。ストレスで口の中が渇いてる証拠だ。それだけならまあ初対面の相手と話すのに緊張してるだけかもしれないけど、それにしてはやけに呼吸の深さや瞬《まばた》きの頻度が一定に保たれてた。あんなの逆に不自然だよ。演技でコントロールしてるとしか思えない」

ジンの指摘はまだ終わらない。

「そして何より決定的だったのは、会話をしている間、あんたが一度も目線を下に向けようとしなかったことだよ」

ニーナの表情が急速に凍り付いていく。

「噴水の前でニーナとやりあったとき、俺は向こうの反応に合わせて『隠し事をしてる人間はやたらと下を見る傾向がある』みたいな嘘《うそ》を吐《つ》いた。あの場でニーナを追いつめるためだけの、適当な作り話だよ。で、どうしてあんたは下を向かないように警戒してたんだ？　ニーナ・スティングレイしか聞いていないはずの偽《にせ》情報を、なんでケイトが知ってたんだろう」

何も言い返せないニーナを満足そうに眺めた後、ジンはさらに続ける。

「そんで三つ目」

「嘘《うそ》でしょ、まだあるの？」

「てか、これが一番大きな理由なんだけど。あんたみたいな女子生徒は同学年にいないはずなんだよ。ケイトって名前の子は三組に一人いるけど、もう少し小柄だし、その子は確か眼鏡をかけてた」

「……まさか、学年全員の顔と名前が一致するとでも？」

「もちろん」

それが当然のことであるかのように、ジンは淡々と言った。

もはや、言葉が見つからない。

まだ入学式から一日しか経《た》っていないのに、他の生徒たちはまだ学園のシステムに慣れておらず、それどころか昨晩の歓迎パーティで浮かれてすらいるのに、この少年だけがどんどん先に進んでいるのだ。

──でも、どうしてそこまでする必要があるのだろう。

新たに生まれた疑問を口にする前に、ジンが顔を近付けてきた。

「で、最初の質問に戻っていいかな？　あんたの目的はなに」

ニーナは凍りついた頭を無理矢理動かして、突破口を探し求める。

まだ使えるカードはどれくらいある？

昨日三人の男子生徒を退けたときの演技を、また発動させてみようか？

「……あー、余計な抵抗はもういいから。あんたが皆に言われてるような化け物じゃないことはもうわかってる」

「な、何言って……」

「いや、姿を変えて近付いてくる時点でさ。自分で証明してるようなもんだろ。それにもし強力なサイコキネシスが使えるなら、手錠なんて捩《ね》じ切《き》ってしまえばいいし」

「それはっ、特別な条件を満たさないと使えないからで……」

「あのさ、一つだけ言っとくけど」

ジンの黒い瞳は澱《よど》んでおり、どんな光も宿ってはいない。

「騙《だま》し合《あ》いで俺に勝とうなんて思わない方がいい」

これで勝負は終わったのだと、ニーナは流石《さすが》に理解した。

もはや逆転の目はどこにもない。これで全部終わりだ。

「あんたの特異能力はたぶん、自分の容姿や声色を少しいじる程度の微力なもの。それも、骨格や性別を変えるなんて大それたことはできないって制限付きだ。……まあ俺に言わせれば、制御できないサイコキネシスなんかよりもよっぽど利用価値がありそうだけど」

ジンの指摘はほとんど頭に入ってこなかった。

別に、絶望に打ちのめされているわけではない。こんな状況なのに、ニーナは奇妙な充足感に包まれていたのだ。

――ああ、そうか。私はずっと、この瞬間を待ち望んでいたんだ。

スティングレイ家の末子として怪物を演じ続けてきた日々。積み重なっていく摩耗と罪悪感。これ以上秘密を一人で抱え込むことに、彼女はもう耐えられなくなっていたのだ。

感情の決壊を抑えきれず、ニーナの口から真実が溢《あふ》れ出《で》ていく。

「……わかった、白状するね。私は特異能力者なんかじゃない」

「…………はっ？」

ジンの表情は驚愕《きょうがく》に染まっていた。

予想通りの反応だ。さすがの彼も、特異能力者であること自体が嘘《うそ》だとまでは見抜けていなかったのだろう。

「別に容姿を変化させてるわけじゃない。こんなの、ただの変装だよ」

ジンの目の前で、カツラとカラーコンタクトを外してみせる。巧妙な化粧のせいで印象こそ随分違うものの、綺麗《きれい》に編み込まれた白金色の髪と紺碧《こんぺき》の瞳は、ニーナ・スティングレイの特徴に合致していた。

「いやいや、どんな変装技術だよ。本当に別人だったじゃんか……」

種明かしをしてもなお、ジンの驚きは止まらないようだった。

「じゃあ声も、特異能力で変えてるわけじゃないのか」

「うん、ただの特技。あと一六種類くらいは使い分けられるけど、聞いてみる？」

野太い男性の声でそう言うと、ジンは呆《あき》れたように笑った。

変装はこれまでたった数回、それも遊びの範囲でやったことがある程度だ。それなのに、ここまで異常な洞察力を持つジンすらも欺いてしまった。スティングレイ家の令嬢には全く必要ない才能だと、ニーナは自嘲気味に笑った。

晴れやかな気分のまま、致命的な独白が始まる。

「ぜんぶ演技だったんだ。不安定な怪物のフリをして大人たちを騙《だま》し続《つづ》けてきた。自分が特異能力者じゃないって家族にバレたら、どんな酷《ひど》い目に遭うかもわからないから」

「……演技だけで、そう何年間も家族を騙《だま》し通《とお》せるものかな」

「あの人たちは私に興味なんてないんだよ。執事からの報告を適当に聞いてるだけで、一度も私自身を見てくれたことはない。だから嘘《うそ》がバレなかったの」

彼女の人生は、耐《た》え難《がた》い孤独とともにあった。

友人を作ることも許されず、誰にも打ち明けられない秘密を抱え込み、全てを失う恐怖と必死に戦いながら生きてきた。

常に孤独だったからこそ秘密を隠し通せたなんて、皮肉めいた話だ。

「なんか、今は不思議と清々《すがすが》しい気分なんだ。教官に知らせるなり、生徒たちに噂《うわさ》をバラ撒《ま》くなり、あなたの好きにすればいい」

「なに、随分潔《いさぎよ》いけど。開き直り？」

「……そうかも。私はずっと、このくだらない人生を壊してみたかった」

雨の降りしきる中庭に、沈黙の幕が下りてくる。

雨音さえも見えない何かに吸収されて、世界が完璧な静寂に埋められていく。

隣で壁に背を預けたまま、ジンは目を閉じて何かを考えていた。

彼の口からどんなに残酷な提案が出てきたとしても、今の自分なら受け入れることができるだろう。ニーナは不思議と確信していた。

「……要するに」ジンはようやく口を開いた。「国営の特異能力者養成学校に、ただの人間が二人も紛れ込んでるってことだ」

「……二人？　どういうこと？」

「あんたと同じだよ。俺も異端者《フリークス》なんかじゃない」

「…………えっ？」

「俺はただ嘘《うそ》を吐《つ》くのが得意なだけの一般人。周囲の連中を騙《だま》し続《つづ》けてたら、いつの間にかこまで辿《たど》り着いちゃっただけ」

「でも、おかしいよ。入学試験はどうやって乗り切ったの？」

「だから、嘘《うそ》と詐欺《ペテン》で」

その時ジンの横顔に浮かんでいた表情を、ニーナはうまく読み取ることができなかった。

安堵《あんど》、悪意、憐憫《れんびん》、憎悪《ぞうお》、葛藤、解放——とても一言で形容することができないほど、様々な感情がその中に込められている。

なぜ自分がそう感じたのかはわからない。ただ、彼が隠しているもの、背負っているものの濃密さだけははっきりと伝わってくる。

しばらくして、ジンは何かを決心したように呟《つぶや》いた。

「……あのさ。本当はあんたも、この学園から追放されるのは避けたいよな？」

「まあそうだけど……流石《さすが》にもう諦めてるよ」

突然、ジンは前に歩き始めた。

そこはもう庇《ひさし》に覆われていない部分なので、大粒の雨が容赦なくジンを水浸しにしていく。白く染まる景色。その中で、ジンは不敵な表情でこちらを振り向いてきた。

「いくらなんでも、たった一人で学園中を騙《だま》し続《つづ》けられるとは思ってない。デカい仕事には、それにふさわしい強力な仲間が要る。最初からそこまでは計画に入れてたんだ。まあ、入学試験免除組を仲間に引き込むのはもっと先の予定だったけど……ちょうどいいや」

彼は凶悪な笑みを浮かべながら、左手で手錠を弄んでいた。ニーナは気付かないうちに拘束から解放されていたらしい。手錠を外したのは、彼なりの意思表示なのだろう。

これは弱みを握った上での脅迫ではなく、対等な取引なのだ。

「もしかして私、勧誘されてる？」

「察しがよくて助かるよ。さすが優等生」

「それは……その、二人で協力して生き抜いていこうってこと？」

「『生き抜く』なんて目標は消極的だなあ」

「じゃあどうするの？」

「決まってるだろ。俺とあんたで、学園の頂点を目指すんだよ」

このハイベルク校では、卒業まで辿《たど》り着《つ》くことができるのは毎年十数人程度とされている。

そんな過酷な生存競争に、特異能力を持たないただの嘘《うそ》吐《つ》きたちが挑むなんて無謀にもほどがある。まして、頂点を目指すなど馬鹿げた妄想でしかない。

「……無理だよ、そんなの」

「なんで？」

「はあ？　だって私たちはただの人間なんだよ？　入学試験免除組どころか、その辺にいる生徒たちにも絶対に勝てない」

「あんたが、そんなふうに悲観的でいられる理由がわかんないな」

こんな悪天の中でも、ジンの瞳には一点の曇りも見受けられなかった。

夢想に浮かされている様子でもない。ただ冷静に成功を確信している目だ。

「だって実際に、あんたはスティングレイ家の連中を騙《だま》し続《つづ》けてきたんだろ？〈白の騎士団〉のメンバーすら欺けるような名役者が、ただの学生に遅れを取るはずがないじゃん」

「それとこれとは、話が……」

「俺が脚本を書いてやる」

冷たい雨に全身を晒《さら》されながら、ジンが右手を伸ばしてきた。口許《くちもと》には薄い笑み。演技でも虚栄でもない、確固たる自信に裏打ちされた表情。

「最終目的から逆算して、計画はもう組み立ててある。あんたが協力してくれるなら、実行難易度はもっと低くなるよ。あんたはただ、役者として脚本を演じてくれるだけでいいんだ。さて、改めて聞くけど……どこに悩む要素があんの？」

「いや、悩む要素しかないよ……。私はまだあなたを信頼しきれてないし」

「信頼なんて必要かな」

「……どういうこと？」

「まず、俺たちはお互いの弱みを握り合っている。どちらかが密告したら速攻で道連れになる以上、裏切りのリスクなんてゼロに等しいよ。というか、同じ理由であんたに断る選択肢はそもそもないんだけど」

「うう……。確かにその通り、だけど」

「そしてもう一つの理由。俺たちは、本質的に同類なんだよ」

同類。

その単語をすぐに否定しきれなかったのは、ニーナの脳裏にも似たような考えが浮かんでいたからなのだろうか。それとも、自分の運命がどう転ぼうと受け入れることに決めたからなのだろうか。

「俺もあんたも、人を騙《だま》すのが楽しいだけの人格破綻者なんだ。図星でしょ？」

「わっ、私は楽しんでなんか……！」

「あれ、自覚はないのか。まあいいや」

降りしきる雨の中で、詐欺師は口の端《は》を凶悪に歪《ゆが》めた。

「想像してみなよ。俺の詐欺《ペテン》と、あんたの演技《ペテン》が合わされればどうなる？　一流の嘘吐《うそつ》きが二人いれば——俺とあんたが組めば、世界すら騙《だま》し通《とお》せる」

ジンが言い終わらないうちに雨の勢いが弱まっていき、雲の切れ間から一筋の光が降り注いできた。

あまりにも出来過ぎだ、と思う。これではまるで、運命が彼女を唆《そそのか》しているみたいだ。

もしかしたら。天才的な騙《だま》しの技術を持つジンと、彼の脚本を完璧に演じることができる自分が組めば、もしかしたら。

——本当に、世界すら騙《だま》し通《とお》せるかもしれない。

ニーナは、自分の口許《くちもと》に笑みが浮かんでいることに気付いた。

「その表情は、了承の合図と受け取ってもいいのかな？」

身体の内側から高揚感が湧き上がっていることを否定できない。たった数分前まで、自分は全てを失うことまで覚悟していたのに。

「……ああ、もう！　わかった、わかったから！」

ニーナは雨の上がった世界に足を踏み出し、差し出された右手を握り返した。

「あなたの野望に乗ってあげる。一緒に世界を騙《だま》し通《とお》そうよ」

これでもう、どこにも引き返すことができなくなった。

別にそれでもいいと、ニーナは腹を括《くく》る。

同じ開き直りなら、少しでも希望に結び付く可能性が高い方を選ぶべきだ。全てを諦めて終わりの時を待つよりも、その方が遥《はる》かに救いようがある。

少女の覚悟を受け止めて、ジン・キリハラは白い光の中で呟《つぶや》いた。

「よし、これで俺たちは共犯者だ」

◆　〈決闘《コンバット》〉当日　◆

その日は、朝から張り詰めた空気が教室棟全体を満たしていた。

〈決闘《コンバット》〉という制度が学年で初めて実施されることはもちろんだが、対決する両者の組み合わせが生徒たちの好奇心を刺激しているのだ。

高名な特異能力者を何人も輩出する名家で育ち、〈災禍の女王《メイルストロム》〉と呼ばれる強力無比なサイコキネシスを有するニーナ・スティングレイと相対するのは、入学試験の成績が振るわず

〈振るい落とし試験《セレクション》〉に参加させられたような無名の凡人。生意気な弱者が徹底的に蹂躙《じゅうりん》されるショーを見たいという、昏《くら》い期待を抱いている者も少なくないだろう。

ついに終業のチャイムが鳴り響き、二人は連れ立って教室を後にした。

〈決闘《コンバット》〉は教室棟から少し離れた雑木林の中で行なわれるため、生徒たちは狭いベランダで、数個の双眼鏡を回しながら勝負の行方を見守ることになった。『近くにいると巻き込みかねない』というニーナの忠告があったためだ。

好奇心と興奮に満たされたベランダで、エマ・リコリスだけは他の生徒たちとは違う種類の感情を抱えていた。

どんな理由があって、二人が決裂したのかはわからない。

ただ、それは本当に避けられなかったことなのだろうか。

あと一時間も経《た》たないうちに、どちらかが学園を去ることになるなんて……。

「面白そうなことをやってるね」

突然の声に振り返ると、長身の美少年がエマに微笑《ほほえ》みかけていた。真ん中で分けられた黒髪はやけに大人びていて、仕草の一つ一つから気品が感じられる。

ニーナと同じ、入学試験免除組の生徒。名前は確か――――。

「ああ、急に話しかけてごめんね。僕はベネット・ロアー。友達のニーナが厄介なことに巻き込まれてると聞いて、ちょっと様子を見に来たんだ」

暗黙の了解として、〈決闘《コンバット》〉が行なわれる場所はクラスの外には漏らさないことになっていたはずだ。とはいえ、ベネットは確か『五組』に所属している。隣のクラスなら、情報が流れてきても不思議ではないだろう。

ひとまずこちらも自己紹介してみると、ベネットは教科書の最初のページに載っているような完璧な笑顔を返してきた。

「よろしくね、エマ。……しかし、ニーナに決闘を挑もうなんて命知らずが本当にいるんだね。もしかして本当に勝てると思ってるのかな」

「うーん……どうなんだろう」

ベネットの口調に呆《あき》れが混じっているように感じたので、エマは居心地の悪さを覚えずにはいられなかった。

本当に、ジンはどうして勝負を挑んでしまったのだろう。〈振るい落とし試験《セレクション》〉の時は、もっと理性的で、慎重に事を進めるタイプに見えたのに。

「おい、二人が現れたぞ！」

一人の男子生徒が叫んだのを合図に、ベランダにいる全員が一斉に息を呑《の》んだ。双眼鏡の順番がまだ回ってこないエマには、二人は林の中で動く豆粒のようにしか見えない。

「どうしたの？　二人とも、向かい合ったままじっとして……」

自分の順番になって双眼鏡を覗《のぞ》き込《こ》んだ女子生徒が、怪訝《けげん》そうな声を上げる。

新たに投げ込まれた疑問を元に、生徒たちは自然と議論を始めた。

「お互いに牽制《けんせい》し合《あ》ってんのかな」

「ニーナの〈災禍の女王《メイルストロム》〉なら、あんなやつ問答無用でぶっ潰せるはずでしょ。警戒する理由なんてねえよ」

「とはいっても、あのジンとかいうやつも得体が知れないからな……」

「いやいや、〈振るい落とし試験《セレクション》〉に参加させられてたようなレベルだぜ？」

「でも、その時に有名なやつを倒してポイントを稼いでるんでしょ？」

「落ちこぼれ同士の喧嘩《けんか》なんて参考にならねえよ。……たぶん」

入学前から実力が知れ渡っているニーナはともかく、エマを除くクラスメイトたちとの関係が希薄なジンの情報は極端に少ない。賭けの対象にもならないくらい結果が見え透いていると考える者がほとんどだろう。

そういえば、あの子はどこにいるのだろう。

昨日仲良くなった、ケイトと名乗る少女の姿がどこにも見えない。今日もずっと一緒に授業を受けていたのに、この一大イベントには興味も示さずに寮に帰ってしまった。

「……どうしたのかな、エマ？」

顔を覗《のぞ》き込《こ》んでくるベネットに、エマは曖昧な笑みを返す。

何か、自分たちの想像を超えるようなことが起きている予感がする。

それが単に不吉なことなのか、それとも何か別の意味を持つものかどうかは、エマにはわからなかった。

彼女の疑問を吹き飛ばすように、爆発音が鳴り響く。

ようやく始まった本格的な戦闘に、誰もが目を離せなくなってしまった。

爆音は断続的に響き、雑木林の至る所で白い煙が立ち昇り始める。しかし肝心の二人は一歩も動かず向かい合っているままだ。

「きっと、あの二人のサイコパワーがぶつかり合ってるんだ……」

「え、ここは安全……だよね？」

「見ろ、ニーナがブローチを外した！　能力を解放する合図だ！」

特異能力者同士の見えない力がぶつかり合う現象があるなど聞いたこともなかったが、自分が知らないだけで一般常識なのかもしれない。

エマが疑問を言葉にする前に、生徒たちは我先にと部屋の中に避難していく。

内訳のわからない微笑を浮かべたベネットだけが、雑木林で向かい合う人影をじっと見つめていた。

◇

白い煙と火薬の匂いが充満する雑木林の中で、ニーナとジンは向かい合っていた。

指示された通りに胸元のブローチを取り外すと、なぜかジンが地面に膝をついて苦悶《くもん》の声を漏らし始めた。右手をジンの方に差し出すと、彼は汗まで流して絶叫し始める。

少し大袈裟《おおげさ》すぎるし、粗が目立つ部分も多い演技だ。だがこれでも、双眼鏡で遠くから覗《のぞ》くしかない生徒たちには充分通用するだろう。

二人が誓約書など交わしていないことも、地面に置かれているのが立会人のジェイクではなくただのブリキ人形であることも、当然気付かれてはいないはずだ。

「見なよ、クラスの連中が教室の中に逃げてってる」

「うまくいった……のかな？」

「あんたが流した噂《うわさ》が効いてるのかもな。流石《さすが》、稀代《きたい》の大嘘吐《おおうそつ》きなだけはある」

「……あなたにだけは言われたくないんだけど」

作戦は順調に進んでいるが、まだ気を抜くのは早い。

少なくともあと三分くらいは、脚本通りに死闘を演じ続けなければ。

不安と疲労と寝不足で限界を迎えつつある身体から意識を逸《そ》らすため、ニーナは昨夜の顚末《てんまつ》を思い返すことにした。

◆〈決闘《コンバット》〉一六時間前◆

中庭で別れる際に、ジンは『深夜一時に、〈決闘《コンバット》〉の舞台となる雑木林に来てほしい』と伝えてきた。

気配を消すのは得意なので、夜中に寮を抜け出すのは簡単な作業だった。雨が上がった後のぬかるんだ地面に足を取られないよう、ニーナは夜道を慎重に進む。

雑木林の近くに街灯はないし、懐中電灯を持ってくるのは禁止されていた。頼りにできるのは、夜空に浮かび上がる月の明かりだけ。

シルク地の寝間着で外を歩くのは不思議な気分がするし、いくら相手が得体の知れない嘘吐《うそつ》きだとしても、男子生徒と真夜中に二人きりで会うのは少し緊張する。

目的地に到着した途端、ニーナは唖然《あぜん》とすることになった。

「えっと……。え？　どういうこと？」

暗闇に慣れてきた目が捉えたのは、何らかの作業を黙々と続ける四人の男たちだった。

ほぼ全員が立派な大人で、暗い色の作業着に身を包んで巧妙に闇に溶け込んでいる。

彼らは地面を掘ったり樹木の幹に何かの装置を設置したりしているが、その目的はまるでわからない。

しばらく言葉を失っていると、四人のうちの一人が作業を止めて近付いてきた。

「なんでパジャマなんかで来てんの？　それじゃ作業できないじゃん」

一際《ひときわ》若く見えた男の正体は、作業服を着たジン・キリハラだった。

普段は垂らしている前髪は掻《か》き上《あ》げられており、額に巻いたタオルの中に納まっている。

ジンは面倒臭そうな表情で、シャベルをニーナに差し出した。

「ほら、突っ立ってないで仕事するよ。とりあえず、適当な場所に穴を掘ってくれる？」

「ちょっと、本っ当に意味わかんない！　なんでこんな夜中に土木工事？　私はいつの間に業者に売り飛ばされたんだっけ？」

「剣呑《けんのん》な発想だな……。ただ穴掘って火薬を埋めていくだけだって」

「かっ、火薬!?　まさか私をテロに加担させようと……」

「落ち着きなよ、別に人が死ぬような代物じゃない。派手な音と煙が出るだけの玩具《おもちゃ》だよ」

「そう言って油断させて、私を主犯に仕立て上げようとしてるんでしょ！」

「……俺ってそこまで信用ないんだっけ？」

「逆に、どうやったら信用できるのか教えてほしいけど」

ニーナは溜《た》め息《いき》混じりに次の質問を投げた。

「……ていうか、この人たちは？」

「昔からよく使ってる〈造園業者〉だよ。費用はかさむけど、当日にいきなり依頼してもいい仕事をしてくれる。あの一番おっかない風貌のおっさんが、社長のガスタさん」

「……ちょっともうツッコミが追い付かない。そもそも昔って、あなたは学生だったんじゃないの？」

「あれ、言ってなかったっけ？　俺は学校なんて一度も行ったことないよ」

「はあ？　次々に意味わかんない新事実を投入してこないでよ」

「詐欺師のおっさんの仕事を手伝いながら、ずっと国中を放浪してたんだ」

「またしょうもない嘘《うそ》を……」

「ほんとほんと。今まで三億エルくらいは稼いだかな」

「そんな作り話はいいから。というか、あの人たちはどうやって敷地《しきち》に入ってきたの？」

　ハイベルク校は、退学する生徒に記憶封印措置を施すレベルの秘密主義を貫いている。当然、怪しい業者が平然と侵入できるほど甘いセキュリティにはなっていないはずだ。一つしかない入口には門番がいるし、敷地《しきち》を囲む塀の上には有刺鉄線まで取り付けられている。

「そりゃ、ガスタさんたちはプロだから」

「何の説明にもなってないよ、それ……」

「あの人は孤島の監獄に忍び込んだこともあるからね。このくらいのセキュリティなら簡単に破れるってさ」

「ねえ、そんな犯罪者たちと一緒に何をするつもり？　ほんとに帰りたい」

「どうでもいいけど、あんた教室にいるときと人格違いすぎんだろ……」

口を尖《とが》らせながらも、ジンはこの窮地を乗り超えるための作戦を語り始めた。

それは、概要を聞いただけでは子供騙《こどもだま》しとしか思えない作戦だ。

森の中に爆音や煙を発生させる装置を埋め込み、それをニーナの能力によるものだと野次馬たちに思い込ませる。適当な理由をつけて誰も近付かせないようにしておけば、大きな違和感は生じないだろうとのことだ。

もちろん、それだけでは不充分。

「この作戦が成功するかどうかは、あんたの演技力にかかってる」

周囲の暗闇よりも昏《くら》い瞳が、ニーナをじっと見つめている。

「明日は一日、あのケイトとかいう生徒に成りすまして、クラス中に色んな噂《うわさ》を流しまくってくれ。強力なサイコパワー同士がぶつかると爆発が起きるとか、俺が入学試験では実力を隠してたとか、ブローチを外すのがあんたの能力を解放する条件だとか……」

「ええっ？　そんなあからさまな嘘《うそ》を流して大丈夫？」

「内容や真偽はどーでもいいの。とにかく、俺たち二人が根も葉もない噂《うわさ》で語られるような存在だっていう事実を作るのが大切なんだ」

「どういうこと？　一体何の意味が……」

「意味ありげな噂《うわさ》を大量に流しておけば、情報が勝手にアレンジされてどんどん広まっていく。そうすれば、たとえば俺たちの間で爆発が起きたときに、誰かがそれらしい理由を考えてくれるようになる」

「何それ、ほとんど扇動じゃん！　あなたって、本当に悪党だよね……」

「なに、今頃気付いたわけ？」

月が雲の後ろに隠れたわけでもないのに、目の前にいる少年の顔が突然見えなくなってしまった。二つの瞳は問題なく映像を捉えているのに、どんな表情を浮かべているのかを脳が処理できない。

そういえば、ニーナはジンの過去をほとんど知らない。

いったいどういう人生を歩んできたら、こんな怪物が出来上がるのだろう。

「まあ、ここでの作業はもういいよ。さすがにパジャマが汚れてたら怪しまれるし。あんたは部屋に戻って休んでて」

「そんな勝手なっ……」

ジンが作業に戻ろうと足を浮かしたとき、ニーナの脳内に復讐《ふくしゅう》の火が小さく灯《とも》った。

このまま、胡散臭《うさんくさ》いペテン師に主導権を握られっぱなしではいられない。

「あのさ、私にも名前くらいあるんだけど」

「そんなこと知ってるよ。その辺の飼い犬にも、ブリキ製の人形にだって名前はあるんだし」

「ニーナでいいよ」

「は？」

「だから、これからは普通にニーナって呼んでよ。私もあなたのことを名前で呼ぶから。いつまでも『あんた』って呼ばれてたら、流石《さすが》に腹立ってくるし」

「……わかりましたよ、ニーナ。これでいい？」

「なーんか言い方がぎこちないなあ。あれ、女の子のパジャマ姿に照れちゃってる？」

艶のある声で言いながら、ジンとの距離を詰める。我ながらよくできた演技。これなら上質なロマンスを演じる一線級の舞台女優にも引けを取らないはずだ。

憎たらしいほど自信満々のジンが、年頃の少年らしくたじろぐ様子を見てみたい。

そんな無様で可愛《かわい》らしい姿を見ることができたら、今夜は優越感とともにぐっすり眠れることだろう。

しかし、ジンは想定よりも遥《はる》かに醒《さ》め切った反応を見せた。

「……なんか近くない？　まさか誘惑してきてる？」

「は、はあああっ!?」

予想外のカウンターだ。

目論見《もくろみ》が外れた悔しさと恥ずかしさで、顔の温度が一気に上昇していく。

「さっ、さすがにそれは自惚《うぬぼ》れすぎだよ！　気持ち悪いからもう話しかけないで！」

「いや、あんたから仕掛けてきた気が……。どういう状況、これ？」

「も、もういいっ！　帰る！」

「ちょっとちょっと、情緒どうなってんの？」

相変わらずの低血圧で返してくるジンを、ニーナはきつく睨《にら》みつける。

駄目だ、ジンには口先や演技は通用しない。ロマンス演技で動揺させて主導権を握るなんて安易な作戦は、早々に諦めた方がいいかもしれない。

「いつか絶対に屈服させてやる！」と悪役みたいな捨《す》て台詞《ぜりふ》を吐いて、ニーナは大人しく帰路につくことにした。

ジン・キリハラは信頼できないペテン師だと、思う。

けれど、共犯者としてならこれほど心強い存在はいないのも確かだ。

これだけ近くにいても、彼がどこまで先を見据えているのかわからないのだから。

◆

〈決闘《コンバット》〉が終わったあとも、教室は奇妙な静寂に包み込まれていた。誰もが言葉を発することを恐れている。遠慮気味な咳払《せきばら》いが時折聴こえてくるだけだ。

最後の方はクラスの皆は教室に避難していた上に、そもそも立ちこめる煙のせいで雑木林の中の様子はよくわからなかった。

最初に膝をついたのはジンの方だったし、前評判から考えてもどちらが勝者なのかはわかりきっている。それでも、悪名高い怪物とまともにやり合っていたジンへの敬意を示す生徒は少なくなかった。

周りの空気に引《ひ》き摺《ず》られるように困惑していたエマは、後ろの扉から教室に入ってくる少女の姿を捉えた。

「……ニーナ。大丈夫だった？」

思わず声をかけてしまったことを後悔したときには、教室にいた全員が〈決闘《コンバット》〉から帰還したニーナに視線を向けていた。

注目を意に介さず、彼女はいつも通りの優雅な態度で口を開く。

「もちろん、私が彼に後れを取るはずはありません」

「……ジンくんは？　まさか、退学処分になっちゃったの？」

恐る恐る尋ねると、ニーナは口許《くちもと》に笑みを浮かべた。

「少し、気が変わりました。今回彼からはポイントを取らないことにしたんです」

先日のパーティーで流れてきた情報によると、〈決闘《コンバット》〉の勝者は誓約書に記された内容を履行するかどうかを選ぶこともできるという。もし勝者の気が変われば、当初賭けていたポイントの移動が無効になる場合もあるのだ。

「それは、彼の実力を認めたということかな？」

突然、ベネットが二人の間に割り込んできた。

ニーナは彼の登場に僅かな驚きを見せたが、すぐに冷静さを取り戻した。息を呑《の》むクラス中を見回しながら、凛《りん》とした声で呟《つぶや》く。

「……そう受け取って貰《もら》っても構いません。少なくとも、彼がたった二日で学園から退場するのは忍びないと思いました」

「へえ……。君ほどの特異能力者が認めるレベルなのか、彼は」

ニーナは一瞬だけ何かを考えた後、悪戯《いたずら》めいた表情を浮かべて言った。

「もしかしたら、あなたも足元を掬《すく》われてしまうかもしれませんよ」

ベネットは、最高のジョークを聞いたような顔で笑った。

第四章　悪党たちの放課後、甘い罠は至上の娯楽

「あなたが悪いんですよ？　あろうことか、私に特異能力を向けたりなんかするから」

地面にうずくまる金髪の男子生徒を見下ろしながら、ニーナは冷たく言い放つ。

彼女が肩口を軽く蹴ると、血塗《ちまみ》れの少年は喉が嗄《か》れてしまうほどの声量で絶叫した。

「ぎゃあああああああああああっ！　もうっ、もうやめてくれっ！」

「あはは、大袈裟《おおげさ》すぎますね。ちょっと内臓を掻《か》き回《まわ》してあげただけじゃないですか。そんなに痛がることないのに」

なおも呻《うめ》き声《ごえ》を上げ続ける男子生徒に、ニーナは早くも興味を失ってしまったようだ。壊れた玩具《おもちゃ》でも見るような目で、冷酷に笑う。

「ほら、次の方が到着したみたいですよ。邪魔なのでさっさと消えていただけますか？」

ニーナが無造作に指を鳴らすと、血塗《ちまみ》れの男子生徒が突然地面を転がり始めた。

少年は絶叫を撒《ま》き散《ち》らしながら雑木林を三メートルほど転がり、広葉樹の幹に激突してようやく停止。

それ以降、彼の身体はピクリとも動かない。

「……申し訳ありません。先客が少し長引いてしまって」

ニーナは、少し離れた木の裏に隠れている男子生徒に完璧な笑顔を向けた。

「あ……あっ…………」

彼が今感じている恐怖を、ニーナは正確に想像することができる。

約束の時間に〈決闘《コンバット》〉の場所に到着したら、知らない男子生徒が情け容赦なく蹂躙《じゅうりん》されていたのだ。こんな光景を目の当《ま》たりにしたら、まともな想像力がある人間なら「きっと自分も殺される」と確信してしまうことだろう。

「どうしてずっと隠れてるんですか。〈決闘《コンバット》〉を挑んできたのはあなたの方なのに。もしかして恥ずかしがり屋さんなんですか？」

そろそろ止めを刺すことにした。

「待っているのも退屈なので、もう攻撃してもいいのでしょうか？」

「やめっ……、やめてくれ！　降参っ！　降参だから！」

木の陰に隠れていた男子生徒は、自尊心の一切をかなぐり捨てて逃走してしまった。こちらを一度も振り返ることなく、無様にも大声で泣き喚《わめ》きながら。

ニーナの脳内に、突然数字の羅列が浮かび上がる。

今逃走した生徒が所持していたポイントを半分奪うことに成功した、ということだろう。

『グルー・ヘイズワースが負けを認めたな。ルール通り、てめーの勝利が確定だ。グルーの所持ポイントの半分――三四ポイントがてめーに加算される』

〈決闘《コンバット》〉の立会人を名乗る奇妙な猫のブリキ人形――ジェイクは機械的な声で告げると、そのままどこかへと飛び立って行ってしまった。恐らく、次の〈決闘《コンバット》〉が開催される場所へと向かうのだろう。

「………ふう」

緊張の糸が緩み、ニーナは長い溜《た》め息《いき》を吐き出した。

全力で演技をしたあとはいつも消耗する。自分の存在を一度消去し、別の人格を一から構築していくのだから当たり前だ。

「いやー、余裕だったね。流石《さすが》の演技力だ」

全身血まみれの男子生徒が、いつの間にか立ち上がっていた。先程までの満身創痍《まんしんそうい》っぷりはどこに行ったのか、しっかりとした足取りでこちらへと近付いてくる。

「あなたの演技はギリギリだったけどね。苦しみ方が大袈裟《おおげさ》すぎるよ」

「……厳しいな。こういうのは得意なつもりだったんだけど」

「ジェイクの方はちゃんと騙《だま》せたのかな？　あの人形って、何でもお見通しみたいな雰囲気あるし」

「あー、別にあいつは警戒しなくていいよ。映像を記録する機能は付いてないから」

「……え？　なんでそんなことがわかるの？」

二人が正式に共犯関係を結んでから、まだ三日程度しか経《た》っていない。ジンが裏で何かをやっていたことには気付いていたが、そんな新事実を掘り当てていたとは思わなかった。

「一回、エマと一ポイントだけ賭けて〈決闘《コンバット》〉を試しにしてみたんだよ。雑木林の中で鬼ごっこをするっていうルールで。あいつの姿が見えなくなってから、ジェイクの機能を詳しくチェックしてみた。木に縛り付けたり、地面にうつ伏せで倒してみたり、水に沈めてみたり……」

「ちょっと、可哀想《かわいそう》じゃん！」

もはや呆《あき》れて笑うしかない。

ほとんどの生徒は〈決闘《コンバット》〉でポイントを稼ぐための戦略を必死に考えている最中だというのに、ジンだけが全く別のところで戦っている。学園の頂点を目指すと話していたが、まともな手段で挑むつもりなど毛頭ないのだろう。

「どれだけ乱暴に扱っても、あの人形は一度も抗議の声を上げなかった。要するに、あれはただ飛んで移動できるだけの無線機にすぎないってことだよ。俺たちの声を聴いて、別の場所にいる誰かが代わりに返答してるだけ」

「嘘《うそ》、ずっと監視してるのかと思った……」

「ジェイクにそんな機能があるなら、教官がその目で特異能力をチェックする〈能力測定〉なんてそもそも必要ないんだ。人形が常に見張ってると思い込ませることで、不正しようなんて邪《よこしま》な考えを抑制する——心理的な錯覚を悪用した上手《うま》いやり口だ。学園長は極悪人だね」

「えっと、じゃあ誓約書の方は？」

「残念だけどそっちは本物。あの誓約書に記したルールを試しに破ってみたら、見事に一ポイント没収されたよ。敗北以外のペナルティはないみたいだけど」

「あ、あなたはそんな綱渡りを……」

「逆にさ、こんな意味不明なシステムをロクに調べもせず受け入れるやつの気が知れない」

ニーナは改めて確信した。

このジン・キリハラという少年は完全にどうかしている。

彼は何というか、目的を達成するためなら手段を一切選ばないのだ。たった一回の茶番を演じるために膨大な金と時間を費やしたり、情報収集のために平然とリスクを冒したり……。

いったい、どんな人生を過ごしてきたらそんな思考回路になるのだろう。

ジンが自分と同じ年数しか生きていないなんて、ニーナには到底信じられなかった。

派手な色のカツラを脱いで変装を解いた共犯者は、口許《くちもと》を吊《つ》り上《あ》げて笑う。

「まあこれで、あんたに〈決闘《コンバット》〉を挑むようなバカはしばらく出てこなくなるだろ」

今後の計画を円滑に進めるためには、軽はずみで〈決闘《コンバット》〉を挑んでくる者が現れないよう噂《うわさ》を広める必要がある——ジンがそんなことを提案したのは、ほんの二日前だった。

作戦が無事に成功したまではいいが、それでも不満がないわけではない。

「私、みんなに猟奇殺人鬼か何かだと思われないかな？　さっきのは絶対やりすぎだよ」

「恐怖は極端であればあるほど鮮烈に記憶されるもんなの。諦めなよ」

「でも、殺したフリまでするのは流石《さすが》にさ……」

「いやいや、俺が死体を演じてただけだから。わざわざ制服を絵の具で汚してまでさ。さっきのやつがどれだけ主張したところで、殺人の証拠なんて見つからない」

「ま、まあそうだけど……」

危うく納得しかけたところで、ニーナは最悪の可能性に気付いた。

「……いや、待って。死体が見つからなかったら、それはそれで『スティングレイ家が悪事を揉《も》み消《け》したんだ』とか言われない？　ていうか、むしろそっちの方が怖くない？」

「………あー、そろそろ昼休みも終わりそうだな。午後の授業は何だっけ？　歴史学？」

「き、急に話を変えないで！　まだ色々と解決してないから！」

「大丈夫だって。イメージアップに繋《つな》がる噂《うわさ》も追加で流していくつもりだから」

「えっ、ほんと？」

「殺した相手に祈りを捧《ささ》げるために毎朝四時半に起きてるとか」

「何も変わらないじゃん！　却下っ！」

「子供たちに清く正しい心を説くために新興宗教を立ち上げたとか」

「もっと危険人物になってる！」

「休日は森に籠もって小鳥や小動物たちと対話してるとか」

「別の方向で危ない！　みんなに心配されちゃうよ！」

「ちょっと、注文が多いな。みんなからわがままって言われない？」

「こっ、このペテン野郎……！」

これ以上の追及を避けるためか、ジンは胡散臭《うさんくさ》い笑顔のまま立ち去ってしまった。

——一時の感情に流されて、とんでもない奴《やつ》と手を組んでしまった。

自分が特異能力者ではないという最大級の弱みを握られているため仕方のない部分もあるが、それにしても振り回されすぎている気がする。

そもそも、ジンはなぜハイベルク校に入学したのだろうか。

まして、頂点を目指そうなどという考えはどこから生まれてきたのだろう。それは本当の目的なのだろうか。何か背景があるのだろうか。

家庭環境のせいで他に選択肢がなかったニーナとは、彼の動機は根本的に違う気がする。

「……いつか絶対に問い詰めてやる」

今後の目標が一つ増えたのを確認して、ニーナも教室棟へと戻っていった。

◆

「……我が国で初めて特異能力者の存在が観測されたのは、星歴一八八七年――今からちょうど三〇年前の七月一五日。えー、君たちもご存じの通り、連合国軍が開発した新型爆弾が首都に投下された翌年のことです」

軍服を着崩した無精髭《ぶしょうひげ》の男性教官が、面倒臭そうに教科書を読む。

昼下がりの退屈な授業と間延びした声が組み合わさると、催眠術でもかけられているような気分になってくる。

ジンは頬杖《ほおづえ》をつきながら、模範的な生徒とは真逆の態度で授業に臨んでいた。

「最初に観測された能力は、今となっては何ら特別でもない物質操作。当時八歳の少女が、愛用していたペンを宙に浮かべて人々を驚かせました。程なくしてヴァンダイン・ストロース博士を中心に国中の一斉調査が実施され、科学的に説明できない力を持つ子供たちが四七人保護されました」

実戦形式でのポイントの奪い合いが主軸に置かれているハイベルク校で、異端者《フリークス》どもの歴史などを勉強して何になるのだろう。

ジンは最後列の右端の席から、ふと教室全体を見渡してみた。

わかりきった内容に退屈しているのか、前の方の席に座るエマは必死に眠気と戦っているようだ。ニーナは優等生の仮面を被《かぶ》り、最前列で真剣に授業を聞く演技をしている。

教官は黒板の存在を忘れてしまったかのように、退屈な文章をひたすら読み進めていく。

「当時、特異能力に目覚めた彼らは〈異端者《フリークス》〉などと呼ばれて蔑まれました。新型爆弾が国中に撒《ま》き散《ち》らした化学物質によって呪われた子供たちなのだと。ですが時が経《た》つにつれ特異能力者の数は増え、ここにいるあなたたちのように先天的な特異能力者が生まれてきてからは、もはや国を取り巻く状況は一変しました。特異能力が家庭環境や幼少期のストレスなどによって多種多様に変化していくことも、その頃に判明しました」

その先の説明は、ジンにとってあまりにも不愉快だった。

まず軍隊や警察が、次に製造業や運送業を中心とした大企業が特異能力者たちを利用するようになった。人知を超える力を持ち、無から有を生み出すことすら朝飯前の怪物たちは、瞬《また》く間《ま》に市場を席巻《せっけん》し、大多数を占めるはずの普通の人々を支配するようになったのだ。

退屈な授業が終わり次第、ジンはいつもの場所を目指した。

教室棟から学生寮エリアへと続く道の外れにある、とうの昔に涸れてしまった噴水。

街路樹が路地からの視線を遮っている上、うら寂しい雰囲気も相俟《あいま》って、周囲には極端に人気が少なかった。

ジンが到着したとき、噴水の前に設置されたベンチには既に先客がいた。ニーナ・スティングレイは彼を一瞥《いちべつ》したあと、慌てて何かを鞄《かばん》の中に隠す。

「なに、またお人形に向かって独り言？」

「ちっ、違う！　ただ、この子の造形を芸術的観点から研究してただけで……」

「どうでもいいけど、通院が必要なら早く言ってよ」

「は、はあああっ……!?」

凄《すさ》まじい形相で睨《にら》みつけてくるニーナは、相変わらず教室にいるときとは全くの別人に見える。丁寧な口調や優雅な立ち振る舞いは完全に行方不明だ。

「ほんっと、あなたって性格が終わってる。だから友達ができないんだよっ！」

「どの口が言ってんの。あんたこそ、その蛙《かえる》の人形だけが親友なんだろ」

「……ほ、他にもいるけど！　たとえば……その……」

「……よし。お互いに虚《むな》しくなるだけだからやめよう、この話題は。そもそもさ、俺たちは青春を謳歌《おうか》する資格もない大罪人だってことを忘れんなよ」

身も蓋もない言い方に、ニーナは反論を紡《つむ》ぐことができなかった。

ジンの言う通り、この噴水の前で共犯関係を結んでからの一週間、二人は数えきれないほどの罪を犯してきている。

たとえばニーナは、学年全員の顔と名前が一致していない限りは絶対に見破られない精度の変装技術で、二人にとって都合のいい噂《うわさ》をばら撒《ま》き続《つづ》けてきた。

噂《うわさ》は人から人へ伝染するたびに形を変え、いつの間にかニーナは寮の自室に手負いの虎を飼っていることになり、このハイベルク州の蒸気機関車の遅延が少ないのはスティングレイ家が鉄道会社にかけた圧力の賜物《たまもの》ということになり、ここ最近快晴が続いているのは雨雲が彼女を恐れているからということにまでなった。

「え、これちょっとバカにされてるよね？」

ある時ニーナが尋ねると、ジンは欠伸《あくび》混じりで持論を口にした。

「ジョークのネタにされるくらいが丁度いいんだよ。変に神格化されて、まともに動けなくなるよりはマシ」

「でも、あんな噂《うわさ》信じる人なんていないるの？」

「いるわけないいじゃん」ジンは喉の奥で笑った。「むしろ、信憑性《しんぴようせい》ゼロの噂《うわさ》が広がりまくってた方がやりやすいの。これから何か策を仕掛けるにしても、いちいち噂《うわさ》との整合性を気にする必要もなくなるし。それに、そんだけ妙な噂《うわさ》が広まってる時点で、あんたが化け物だってことが充分知れ渡ってる証拠だろ」

「うーん、納得できないけど……」

「情報操作はあくまで種蒔きなんだよ。こういう小細工を積み重ねとけば、後々何かの役に立つこともある」

ニーナの反論がないのを確認して、ジンは切り出した。

「……さて、本当の勝負は来週からだ」

大仕事を前にした賭博師《とばくし》のような、不敵な笑み。

「まず、来週になったらすぐ〈能力測定〉っていう最初の関門がある。毎月一回、教官の前で自分の特異能力を披露しないといけない。そして金曜日には、ポイントを稼ぐ絶好の機会となる〈実技試験〉が始まる。こっちは確か、二週間に一回だったかな？」

「能力測定、ってヤバいよね。そんなの、どうやって乗り切ればいいんだろ……」

「いやいや、入学前に考えてなかったの？」

「……ううう、何も言い返せない」

心理系の特異能力（だと教官たちに思わせている）のジンはいくらでも誤魔化せるが、教官と二人きりでサイコキネシスを披露しなければならないニーナの場合は話が違う。物体を浮遊させたり破壊したりといった超常現象は、さすがに嘘《うそ》や演技でカバーできる範囲を超えている。

「まあ、毎回トリックで教官を騙《だま》し続《つづ》けるのは無理だよ」

「え？　……じゃあどうするの？」

「教官を脅迫するんだよ」

「きっ……」

――――脅迫。

ジンが事もなげに言った単語が、鼓膜に嫌な感触をもたらした。

ニーナは慌てて反論する。

「ちょっと、変なこと言わないでっ！　そんな悪事に手を貸したくないよ！」

「間違った、本当はアレだよ。教官と平和的に話し合って、俺たちが〈能力測定〉を毎回スルーできるように優しくお願いするだけ」

「はい、絶対嘘《うそ》！　あなたが平和的な話し合いなんてできるわけないじゃんっ！」

「そこは信じてほしいな。中学の時は生徒会にいたから、大人との議論にも慣れてる」

「学校なんて行ったことないって言ってたよね⁉」

「んなわけないだろ。この国にも義務教育の制度くらいあるんだし」

「だ、駄目だ……。もう何が真実なのかわかんない……」

頭を抱え込んでしまったニーナを無視して、ジンは説明を始めた。

「〈能力測定〉では、一クラスにつき五人くらいの教官が分担して生徒たちの特異能力をチェックすることになってる。だからドレ……いや、協力者になってもらう教官はたった一人でいい。そいつに、毎回俺たちを担当してもらうようにお願いすればいいんだから」

「いま完全に『ドレイ』って言おうとしたよね？」

「……で、ターゲットにする教官の情報だけど」

どこで調べたのかまるでわからないが、ジンは詳細な情報が書かれたメモ用紙を渡してきた。

その教官の名前はルディ・ビューメル。三六歳男性。ついさっきまで自分たちのクラスで歴史学を教えていた人物だ。

自身は特異能力者ではないが、かつて所属していた軍隊での指導力が買われてハイベルク校の教官に採用されたらしい。

ギャンブル依存症を抱えており、それが原因で三年前に離婚している。当たり前のように借金まみれで、安定した職に就いていながら毎月返済に追われている。

ちなみにそれらの事実は、学園にはずっと隠し続けている――――。

「……よくこんなの調べたね」

「やめろよ、人を全知全能みたいに」

「絶対そこまでは言ってないっ！」

メモの内容を覚えたら破いて燃やせと指示した後、ジンは凶悪な笑みを見せた。

「後ろめたい秘密を抱えている人間をターゲットにするのが、詐欺《ペテン》の鉄則なんだ」

そのまま、ジンは歌うような口調で作戦の概要を説明し始める。

それを聞いている間、ニーナは怒りや戸惑いなどとうに通り越して呆《あき》れてしまっていた。

ルディ教官の周辺情報や〈能力測定〉の概要の調査から始まり、彼に巧妙な罠《わな》を仕掛け、脅迫までのプランを練り上げる――。

ジンは一体、どれほどの時間を準備に費やしてきたのだろうか。

もちろん、笑いを堪えながら作戦を説明するジンは、人を騙《だま》すという行為を心から楽しんでいるようにしか見えない。

だが本当にそんな理由で、ここまでのことをやってしまえるのだろうか。

「ニーナ、この作戦はあんたの演技力にかかってる」

様々な疑問が渦を巻いているが、ニーナはひとまず頷《うなず》くことしかできなかった。

◆

その日、ルディ・ビューメルは朝から苛立《いらだ》っていた。

目覚まし時計が故障したせいでいつもより三〇分も遅く起きた彼は、朝食を摂《と》る間もなく慌てて家を出ることになった。通勤時間が少しズレたせいで普段とは別のバスに乗る羽目になり、バス停で待っている間に借金取りに出くわしてしまったのだ。

今日中に三万エルを用意することを条件になんとか見逃してもらったが、そんな額をすぐに工面できる術などあるはずもない。貯金は全てギャンブルに注ぎ込んでいるし、給料日はまだかなり先だ。国立の養成学校に、給料を前借りできる制度などはない。

歴史学の講義をしている間も、ルディはずっと金策のことだけを考え続けていた。

別にどうでもいい。実戦に重きを置く学園では、こんな講義など誰も真剣に聞いていないのだから。

「あれっ、財布がない！」

一時間の講義が終わってすぐ、女子生徒が小さく声を上げたのをルディは聞き逃さなかった。黒色の凜々《りり》しい瞳が印象的な、赤毛の少女。

生徒の名前なんてロクに覚えていないルディだったが、退屈な講義を真剣な眼差《まなざ》しで聞き続ける彼女だけは、不思議と印象に残っていた。

赤毛の少女の友達が、心配そうな表情で声を掛ける。

「ケイトちゃん、大丈夫？」

「いや、ぜんぜん大丈夫じゃない。週末になったら買い物に行こうと思って、三万くらい入れてたからさ……」

「三万エルも⁉　えっ、一緒に探すよ！　どこで落としたか覚えてる？」

「んー……。教室棟裏の売店に行ったときにはあったはずだから、教室に戻ってくるときに落としたんだと思う。水色の長財布なんだけど」

「い、急いで探しに行こうよ！」

三万エル——それは、今日中に借金取りに返さなければならない額と同じだった。こんな偶然があっていいのだろうか。

話を盗み聞きしている限り、少女たちは二手に別れて教室棟から売店までの道を虱潰《しらみつぶ》しに探すつもりらしい。

――急がなければ。

理性を平然とかなぐり捨てて、ルディは早足で売店までの道を辿《たど》った。

「…………何をするつもりだったんだ、俺は」

売店の近くに辿《たど》り着《つ》いたところで、ようやくルディは我に返った。

いくら急を要する事態だとはいえ、生徒が紛失した財布を盗むなど教官失格だ。いや、人間としてどうかしている。

とにかく、今日中に三万エルを用意するのは不可能だろう。

借金取りは憤慨するだろうが、三ヶ月前に初めて金を借りた業者だし、全体の額は別に大したことはない。謝罪は得意分野だ。いつも通りにやれば、そう酷《ひど》いことにはならないだろう。

それより、明日の朝には〈能力測定〉もある。普段の講義などよりも遥《はる》かに神経を使う仕事だし、早く家に帰って休んだ方がいい。

踵《きびす》を返そうとしたとき、ルディは背後から誰かに声を掛けられた。

「ルディ先生。これから教官室にお戻りですか？」

――ニーナ・スティングレイ。

職務怠慢が常のルディでも、〈災禍の女王《メイルストロム》〉と呼ばれる特異能力で恐れられている彼女のことはさすがに知っていた。透き通るような紺碧《こんぺき》の瞳は、美しさと同時に得体の知れない圧力を放っているようにも思える。

それに、仮にも元軍人であるルディに気配を悟らせずここまで接近してみせるなど、並の生徒では到底できないことだろう。

ルディは必死に動揺を隠しながら返答を絞り出す。

「あ、ああ。これから会議があるからな。まだ時間はあるが……」

「でしたら、こちらをよろしくお願いします」

ニーナが手渡してきたのは水色の長財布だった。

これと全く同じ特徴の財布を落とした生徒に、心当たりがある。

「たった今、そこの売店の近くで見つけたんです。誰が落としたかわからないので、一旦お預けしてもいいですか？」

「……わかった、持ち主を探しておくよ」

去っていくニーナの後ろ姿を眺めながら、ルディの脳内では葛藤が繰り広げられていた。

ニーナは財布の中身を見たのだろうか？

いや、見ていないはずだ。彼女は『たった今』財布を見つけたと言っていたのだから。

中には一万エル紙幣が三枚と、いくらかの硬貨。もしここで三万エルを抜いたとして、自分が犯人だと気付く者などいるのだろうか？

いや、財布が届けられた時点で金は入ってなかったと証言すればいいだけだ。ギャンブル依存症や借金のことを学園は知らないので、自分が疑われることはありえない。

こうなったらもう、良心の呵責《かしゃく》などは届かなくなる。

ルディは人気のない街路樹の裏まで歩き、周囲を警戒しつつ財布から紙幣を引き抜いた。

「……ありがとう神様！　助かった！　マジで助かった！」

罪悪感？　そんなもの知るか。

そもそも財布を紛失してしまうような間抜けが一番悪いのだ。彼女に教訓をくれてやるという意味でも、自分は正しい行ないをしたに違いない。

込み上げてくる笑いを堪えながら、教官室がある棟まで歩く。

その途中で、ルディは無視できないほどの違和感に気付いた。

──まさか、尾行されている？　誰に？

「先生、ちょっと聞きたいことがあるんですけど」

弾《はじ》かれたように後ろを振り向くと、そこに立っていたのは東方からの移民と思《おぼ》しき少年だった。無造作な黒髪の隙間から、夜の森に潜む猛禽類《もうきんるい》のような眼光が覗《のぞ》いている。

あいつらと同類だ、とルディは直感した。

賭博場《とばくじょう》に足繁《あししげ》く通うギャンブラーや、金の匂いをチラつかせて近付いてくる詐欺師、借金取りや喧嘩屋《けんかや》といった裏社会の住人たち──こんな少年から、どうして彼らと同じ気配が漂っているのだろう。

渦を巻く疑問を纏《まと》ったまま、少年は不敵に笑った。

「さっき財布から盗んだ三万エル、いったい何に使うつもりですか？」

「……なっ」

何を言っているんだ、こいつは？

さっき財布から金を抜いたとき、周囲に誰もいないことを入念に確認したはずだ。

もしかすると、何らかの特異能力で視《み》ていたのかもしれない。金額まで正確に言い当てるなど、ただ視力がいいだけでは説明がつかない。

「水色の長財布。今、あんたの上着のポケットの中にそれがあるでしょ？」

「あ、ああ。今から紛失物保管所に持っていくつもりだったんだ」

「そんな適当な嘘《うそ》、俺には通じないよ。まあそれはさておき……」

見るからに非力そうな少年から発せられる圧力で、ルディは完全に硬直してしまう。

「借金返済の方は順調ですか、先生」

「な、何を言って……」

「とぼけても無駄ですよ。俺は相手の心を読むことができるんです。色々と条件はありますけどね。あ、詳しくは入学試験の書類を確認してください」

「このガキ……一体何が望みだ」

「いやいや、何か勘違いしてません？　脅迫するようなやつに見えます？　俺が？」

少年は一転して朗らかな笑顔を作った。

何を考えているのかまるで摑《つか》めない。そのことがルディをますます不安にさせた。

「……あ！　でも先生からすると不安ですよね。ギャンブルや借金や窃盗癖のことを知ってる生徒がいるなんて、きっと気が気じゃないはずだ。もしかしたら、俺がうっかり誰かに話しちゃうかもしれないし」

「クソっ、調子に乗ってんじゃ……」

「あれ、何か言いました？」

慌てて口を噤《つぐ》みつつ、ルディは思考をフル回転させた。

考えてみれば、こんな薄汚いガキの証言など一体誰が信じるというのだろう。

特異能力のメカニズムが何一つ解明されていない今、読心術を操る特異能力者が言っていることの真偽を確かめる手段もない。

退学の可能性をチラつかせて、彼の口を封じてしまおう――。

ルディがそう考えたときには、もう全てが手遅れだった。

先程財布を託してきたニーナ・スティングレイが、無表情で背後に立ち尽くしていたのだ。

「今の話は本当ですか、ルディ先生」

絶望を身に纏《まと》った彼女は、今にも全てを壊してしまいそうなほどに不安定に見える。特異能力者ではない自分など、一瞬で捻《ひね》り潰《つぶ》されてしまうだろう。

「……ご、ごごご誤解だって！　このガキがでたらめを言ってるだけだ！」

「では、先ほどお渡しした財布を見せていただけますか？」

「ほ、ほら！　まだちゃんと持ってるだろ！」

「まだ？」

「あ、いや……」

「あれ？　この中に入っていた三万エルはどこに行きました？」

「……あっ」

「では、ポケットの中も検めさせてください」

「あわわわわ……」

全ての可能性が、音を立てて崩壊していく。

スティングレイ家は、学園の上層部とも太いパイプを持つ名家だと聞いている。たとえ特異能力で潰されなかったとしても、自分の首が飛ぶのは明らかだろう。

気付いた時には、ルディは地面に膝をついて懇願していた。

「わかった！　何でも……何でもするから、このことは黙っててくれ！」

「うわぁ、やっぱ謝罪の仕方が手慣れてますね。芸術点を与えたいな」

本当に一瞬だけ、少年が口の端《は》を歪《ゆが》めたのをルディは見た。

――それはまるで、罠《わな》にかかった獲物を見つめる狩人《かりゅうど》のような笑みだった。

「……さて、もっと静かな場所で話し合いませんか、先生？」

◆

平和的な話し合いが終わり、いつもの噴水に帰ってきた頃には、もう太陽はほとんど沈みかけていた。

やはり、人を騙《だま》すのは何度やってもいい気分にはならない。

溜《た》め息《いき》を吐《つ》くニーナとは対照的に、ジンは満面の笑みを浮かべていた。

「上手《うま》く行ってよかった。かなり初歩的なマッチポンプ詐欺だったけど」

「……ほんっと、あなたって悪党だよね。絶対、人を騙《だま》してきた後の表情じゃない」

「いやいや。向こうも最後は俺たちに感謝してただろ」

ニーナは、人気のない建物の裏での話し合いを思い返してみる。

ジンは当初の計画通り、週明けから始まる〈能力測定〉での不正の約束を取り付けた。

ルディが担当者リストと評価シートを改竄《かいざん》することで、これから二人は〈能力測定〉で正体がバレる心配をしなくてもよくなったのだ。

何よりも恐ろしいのは、ジンの方からは一度もそんなお願いはしなかったことだ。

巧みな話術でルディの心理を誘導し、彼自身の口から不正のアイデアを吐かせてしまった。

こちらがそれに渋々乗ってあげる形になったためか、ルディは感謝すら口にした。

もちろんルディは、二人が無能力者であるなどと疑ってすらいない。

「てかさ、本当の悪党はニーナの方だから」

噴水の裏に隠していた紙袋を差し出しながら、ジンが笑う。中には精巧なカツラや化粧道具などが入れられていた。

「あんたが一人二役を演じてくれたおかげで、今回の作戦は成立したんだし」

「…………うう」

ニーナは何も言い返すことができなかった。

他の生徒たちに怪しまれないタイミングでケイトに変身することから始まり、講義中に存在感をコントロールして自分をルディの目に留まらせ、財布を落としたという偽《にせ》のエピソードに耳を傾けさせる。

「やっぱり財布が見つかった」などと嘘《うそ》を吐《つ》いてエマと別れたら、今度はニーナ・スティングレイに戻ってルディに接触する――――。

人のことを言う資格がないどころか、これではもはや主犯格に等しい。

「そういや、あんたの演技もだんだんノッてきてたね。やっぱ本当は楽しかったんでしょ？」

「そっ、そんなことないから！　変な妄想はやめて！」

「すげ、本気で否定する様子もまるで演技に見えない……！」

「だ、だって演技じゃないからね！　もう、そんなの言い出したら私何もできないじゃんっ！」

「何を今さら。俺と組む前も、演技で周りを騙《だま》し続《つづ》けてたくせに」

「ううう……！」

やはり、口喧嘩《くちげんか》でこの男に勝つなんて絶対に不可能だ。

嫌な事実から目を背けるため、ニーナは無理矢理質問を考えた。

「……でも、どうしてルディ先生の借金の額までわかったの？」

「ああ、そんなの仕込みに決まってるじゃん」

「仕込み……？」

「今日中に三万エル用意しろってあの人を脅迫した業者は、俺の仲間だよ」

「なっ……」

開いた口が塞がらないニーナを尻目に、ジンは手口をスラスラと明かしていく。

「入学前からもう、あの人には目を付けてたんだよ。賭博場《とばくじょう》で仲間に接近させて、低金利で一〇万エルを貸し付けてもらったのは三か月前かな」

「そ、そんな前から……」

「『仕込み』と『回収』の間のタイムラグが大きいほど、相手は作為性を疑えなくなるんだよ。人を完璧に騙《だま》すなら、長期的なプランを練って動かなきゃいけない」

「そんな手間がかかることを毎回毎回……。何があなたをそうさせてるの？」

「そんなの、人を騙《だま》すのが楽しいからに決まってるじゃん」

「……この悪魔！　人でなし！　ペテン野郎っ！」

「全部俺にとっては誉《ほ》め言葉《ことば》だよ。あ、わかってて言ってくれてる？」

「何なの、もう無敵じゃんかっ……！」

「いつか絶対に後悔させてやる！」と謎の捨《す》て台詞《ぜりふ》を吐いて、ニーナはその場から立ち去った。

女子寮へと続く道を歩きながら、ニーナは考える。

どんな背景があったのかは知らないが、ジンは同世代の生徒たちとは明らかに考え方が違う。

倫理観が完全に狂っているし、異常なほどに用意周到だし、特異能力者でもないくせに誰よりも自信満々だし……。

本当に、彼はどうしてこの学園に入ることにしたのだろう。

あれだけの技術があれば、非合法な手段でお金を荒稼ぎすることなんて簡単だろうに。例えば今回だって、ルディ先生をさらに脅して大金を巻き上げることもできたはずだ。

堂々巡りの思考を繰り返しているうちに、女子寮が見えてきた。

この辺りでニーナは、人格《いん》を切り替えなければならない。

傍若無人な詐欺師に振り回される女子生徒ではなく、制御不能な力を隠し持つ怪物の姿に戻らなければ。

ここから先には、彼女の秘密を知る共犯者などいないのだから。

「…………よし」

どうにか『ニーナ・スティングレイ』に成りすますことができたとき、彼女の紺碧《こんぺき》の瞳が前方に人影の存在を捉えた。

上流階級としての気品を漂わせ、全てを包み込むような微笑を携えた長身の少年——ニーナと同じ入学試験免除組のベネット・ロアーが、軽く手を挙げながらこちらに近付いてくる。

ジンとは正反対の雰囲気を纏《まと》ったまま、ベネットが何かを手渡してきた。

「……待ってたよ。これ、君のブローチだよね？」

迂闊《うかつ》だった。

ケイトからニーナに戻ったとき、時間がなくてかなり慌てていたのを覚えている。きっとそのときに、ピンの留め方が甘くなっていたのだろう。

「あ、ありがとうございます……」

宝石のあしらわれたブローチは、売《う》り捌《さば》けばそれなりの値段がするはず。もしこれを拾ったのが悪知恵の働く誰かだったらと思うと寒気がした。

「礼なんていいよ。僕もたまたま見つけただけだし」誠実そうに笑いながら、ベネットは切り出した。「ところで、ニーナ。ちょっと話したいことがあるんだ」

第五章　自律思考する人形、砂の城は崩れやすい

起伏の激しい山道を、ジンは息も絶え絶えになりながら走っていた。

一般的な一五歳の少年少女たちと比べて体力が著しく低いのは、幼少期から運動というものと距離を置いて生活してきたせいだろう。

体力強化訓練に参加した六組の生徒たちの中でも最後から三番目にゴールした彼は、バスの近くで待っていた生徒たちから戸惑い混じりの視線を向けられた。

ひとまず、平気な表情を作って「訓練なんてアホらしいから手を抜いていた」という体を装《よそお》わなければならない。

「ジンくん、大丈夫？　どこか怪我《けが》でもしたの？」

恐らく一位でゴールしたはずのエマが、心配そうな表情を向けてくる。

「あー、大丈夫大丈夫。俺の特異能力はすごく体力を使うからさ、こういう訓練で全力を出してたら身が持たないんだよ」

「もう、心配しちゃったよ。でもそうだよね、男の子が全力で走ったらこんな遅いわけないし」

「当たり前だろ。これでも運動は得意な方なんだ」

少しだけ傷つきながら、ジンは先にバスに乗り込んでいった。

出発時間まではまだ少しあるので、車内には先客はほとんどいなかった。ジンは今のうちに最後列を目指す。

「あれれ、やっとゴールですか？　あのまま遭難しちゃったのかと思った」

最後列へと向かう途中で、座席の陰に隠れていた共犯者がニヤニヤしながら話しかけてきた。

挑発を無視して真後ろの席に座ると、ニーナは勝ち誇ったような表情で振り返ってくる。

「いつも自信満々なくせに、こんな可愛《かわい》らしい弱点があったんだ」

「……弱点？　何のこと？」

「運動が苦手なんでしょ？　ほら、誰にも言わないから正直になってごらん？　お姉さんが慰めてあげるから」

「なーんかずっと勘違いしてるよなあ」

ジンは心の底から呆《あき》れたような声で続けた。

「こんな体力テストで一位を取ったところで、一ポイントも獲得できないじゃん。だったら、仕込みのために利用するのが一番でしょ」

「またそんな強がりを」

「午前中の〈能力測定〉で、クラスでトップレベルの成績を叩《たた》き出《だ》してしまったのがマズかった。ルディ先生が張り切りすぎたんだよ。ニーナはともかく、〈振るい落とし試験《セレクション》〉に参加してた俺がいきなり高得点を取るなんて、ちょっと整合性が取れてない」

ニーナも午前中の記憶を引き出してみる。

二人に弱みを握られたルディ先生は、顔から大量の冷や汗を流しながら彼女を誰もいない訓練室に迎え入れた。

「……ああ、待ってましたよニーナさん！　ささ、こちらにお掛けになって！」

戸惑いながらもパイプ椅子に腰を下ろすと、ルディ先生は早口で説明を始めた。

「本当は目の前で特異能力を見せてもらって、出力や新しい応用技なんかの成長度合いをチェックするんですがね、あなた方の実力はよーく知っております！　この私が責任を持って、良い点数をつけさせていただきますからね。ご安心ください！」

恐らく、普段もこんなへりくだった態度で借金取りたちの怒りをやり過ごしているのだろう。清々《すがすが》しいほどのクズっぷりに、ニーナはただ呆《あき》れるしかなかった。

「あの、もう帰っても？」

「ああ、ちょっと待って！　約束してください、例の件は誰にも言わないって……」

「わかったから土下座はやめてください。とんでもない構図ですよ、これ」

たった一時間程度の交渉で、ここまで従順な『協力者』を作ってしまったジンの手腕は相変わらず恐ろしい。いや、チョロすぎるルディ先生の方にも問題があるけれど……。

あまり愉快ではない回想を終える頃には、次の疑問が湧き上がっていた。

「……あれ？　それが、引くほど鈍足なことと関係あるの？」

「大アリだよ。特異能力を使うと物凄《ものすご》く体力を消耗するってことにしとけば、急に成績が上がっても怪しまれなくて済む。その演出のためにわざとゆっくり走ったんだ」

「え？　嘘吐《うそつ》いてるんだよね？　まさか本当の理由じゃないよね？」

「こんなにスラスラと嘘《うそ》が出てくるわけないだろ。それに、本当に運動が苦手な奴《やつ》がここまで堂々としてられると思う？」

「たっ、確かに……。歴代新記録でも叩《たた》き出《だ》さないと、こんな偉そうにできるはずが……」

追及したいことはまだまだあったが、他の生徒たちがバスに乗り込んできたため会話を中断することにした。

二人の共犯関係は、決して誰にも知られるわけにはいかないのだ。


学園に戻ってきた生徒たちは、運動着から制服に着替えて解散することになった。

ジンとニーナの二人も早々に教室棟を抜け出し、いつもの作戦会議場へと向かう。

今回の議題は、今週末に控える〈実技試験〉についてだった。

「俺のポイントは現時点で九四点——よく言われるランク分けだと、まだ完全に『C級』の範《はん》疇《ちゅう》。毎月振るい落とされるのは成績下位の五人だけだけど……この一週間で〈決闘《コンバット》〉による脱落者がどんどん出てるのを考えたら」

「次の〈実技試験〉は絶対に取《と》り零《こぼ》せないね……」

今日の朝、六組の担当教官イザベラの口から三日後の試験内容が発表された。

〈チェイス・タグ〉と名付けられたそのゲームは、ルール自体は実に単純なものだ。

体育館《アリーナ》を二分割した広さのフィールドには、パイプと金網で組み立てられた障害物が置かれている。それらの障害物を立体的に使い、一対一で鬼ごっこを繰り広げるというのが基本的な流れ。三回ずつ交互に鬼を担当し、逃げ切れた秒数の合計が多い方が勝者となる。

一応、障害物の破壊は禁止というルールもあるが、そもそも特異能力を使えない二人には関係のないことだろう。

「今回は、生徒間で勝手にやっていればいい〈決闘《コンバット》〉とは難易度の桁が違う。教官がその場に立ち会ってるわけだから」

「またルディさんには頼れないの？」

「無理。〈実技試験〉の立会人は、学年主任のイザベラ教官が務めることになってるから」

「えっ、じゃあどうするの？　不正のしようがないよね？」

「まあ俺は、序盤のうちは最悪退学さえ免《まぬが》れればいいからなあ。でもニーナ、あんたは常にトップを取り続けないといけない。万が一誰かに負けるようなことがあれば……あー怖い、この先は口にできない」

「ちょっと、やめてよ！　怖がらせないでっ！」

「あと、あんたはただ勝つだけじゃ駄目だから。アホみたいに強い特異能力があると相手に錯覚させた上で、完膚なきまでに叩《たた》き潰《つぶ》さないと」

「どどどどうするの？　今回は火薬とかも仕込めないいんでしょ？」

「よし、演技だけでどうにか凌《しの》いでみよう！」

「む、無理に決まってるじゃんっ！　私の演技は魔法なんかじゃないんだから！」

「あー、じゃあもう完全に詰みだな。第二の人生はどうする予定？」

「待って、そんな簡単に見捨てないで！　よく見たら私にもいいところいっぱいあるよ！」

ジンは笑いを堪えるような口調で言った。

「冗談だよ。作戦ならちゃんと用意してる」

なんだよかった、と胸を撫《な》で下《お》ろしそうになって、ニーナは慌てて我に返る。

相手を限界まで不安にさせた上で解決策を提示して安心させるなど、まるで弱者に取り入る詐欺師のような手口だ。危うく掌《てのひら》の上で踊らされるところだった。

警戒心を露《あら》わにするニーナを見てまた薄く笑いながら、ジンは作戦を語り始めた。

「クジのすり替えだよ、ニーナ」

ジンが入学前に入手した情報では、こういう一対一のゲームの組み合わせはクジによって決められるとのことだった。番号が書かれたプレートが入った箱が用意され、そこから同じ番号を手に取った二人が戦うことになる。

つまり、対になるプレートを事前に抜き取っておき、当日はそのプレートを箱の中から選んだフリをすれば組み合わせを簡単に操作できるのだ。

「俺とニーナが当たるようにすれば、茶番なんていくらでも演じられる。サイコキネシスで俺の動きを止めてるフリをするだけでいいんだから」

「それって、すごく間抜けな光景だよね……」

「やってる側からすればそうだけど、まあ教官にさえ怪しまれなければそれでいいんだよ。あ、俺も秒数を稼がなきゃいけないし、適度に苦戦してるフリでもしてくれる？」

「……やってみる、けど」

「まだ何か不安が？」

「そもそもさ、プレートはどうやって盗み出すの？　説明が終わった後、先生はあの箱を教官室に持って帰ってたよね」

「ああ、それはもうクリア済み」

ジンは事もなげに言うと、円形の白い物体をニーナに投げ渡した。

よく見ると、それは中央に『一四』と記されたプレートだった。

「えっ、いつの間に⁉」

「昼休みは教官も外に出てるから、教官室のセキュリティが甘くなるんだよ。重要書類ならともかく、机の上に無造作に置かれてた箱をいじるくらい簡単簡単」

「……その手癖の悪さは、どこで培《つちか》われたの」

「いつか言っただろ。俺は強盗団のボスに英才教育を受けてきたの。あの人も今頃はどうしてるんだろうな。州刑務所を脱獄したって噂《うわさ》は聞いたけど」

「前に言ってたエピソードと全然違うじゃん……」

相変わらず信用できない、と溜《た》め息《いき》混じりに言って、ニーナはその場から立ち去ろうとする。

このまま解散してもよかったが、ジンには聞いておくべきことがあった。

「……なあ。そういえば、最近ベネット・ロアーによく絡《から》まれてるよな？」

ニーナと同じ入学試験免除組で、隣の五組に所属する超有名人。

ニーナほどではないが中学生の頃から有名な特異能力者だったベネットは、この学園でも才能を発揮しまくっている。

まだ入学から二週間ほどしか経《た》っていないのにクラスで絶対的な地位を手に入れているらしいし、女子生徒たちの間ではファンクラブまで発足しているとも聞くから驚きだ。

「まあ、入学式の時から何かと関わりがあるからね。そんなに気になる？」

「べ、べつに嫉妬なんかじゃないし」

「そんな棒読みで言われても……」

「どうでもいいけど、心を許しすぎて俺たちの秘密までバラすなよ」

「ほんっっと、余計なお世話だよ。そんなバカな真似《まね》するはずがないじゃん。あの人は確かに紳士的だし、あなたよりはよっぽど信頼できるけどね」

「何言ってんの。俺ほど信頼できるやつなんてこの世にいない」

「……一回、自分の言動を文字起こししてみたら？」

心底呆《あき》れかえったような表情を浮かべたまま、ニーナは去っていってしまった。

遠ざかっていく後ろ姿を眺めながら、ジンは下唇を軽く噛《か》んだ。

傍《はた》から見ている限り、ベネットは明らかにニーナに対して興味を持っている。

それは恐らく上流階級の人間同士の仲間意識でしかないのかもしれないが、もしかしたら別の目的がある可能性も捨てきれない。

――一応、探りを入れとくか……。

ジンの性格上、生まれた疑念を放置しておくことなどできなかった。

◆

生徒たちで賑《にぎ》わう夕食時の食堂で、ジンは一人で黙々と食事をしていた。

いつもと同じ、出入口から最も遠い窓際《まどぎわ》の席。ここなら全体の様子を見渡せるし、誰かに声を掛けられることもない。

周囲に聞き耳を立てながらパンを齧《かじ》っていると、気になる会話が耳に飛び込んできた。

「……だからさ、C級の奴《やつ》らはみんな参加してんだって」

「みんなって誰だよ。現に俺は参加してねーぞ。てか、そのベネットって奴《やつ》は信頼できるの？」

「会えばわかるよ。あの人は本物だから」

——ベネット？

会話が聞こえた方に意識を集中させる。

男子生徒二人の会話を要約すると、ベネットは所持ポイントが下位二〇％に位置する——いわゆる『C級』の生徒たちを集めて、何やら救済活動を始めようとしているらしい。

そして、このあと敷地《しきち》内《ない》の倉庫で何らかの会合が行なわれるとのことだった。

ジンは残っていた料理を一気にかき込み、食堂から去っていく彼らを尾行することにした。

尾行の技術は、一〇歳の頃に叩《たた》き込《こ》まれている。

対象者を見失いやすい人混みでは三メートル以内まで近付き、こういう人気の少ない夜道では視認できるギリギリの距離を保つ。先日の〈決闘《コンバット》〉で多少は顔が知れ渡ってしまったジンの場合は、特に警戒が必要だ。

細心の注意を払いながら、建物の少ない方へと歩いていく二人組を追いかける。

——あっちには運動場しかないはずだけど。

怪訝《けげん》に思うジンだったが、二人組が運動場の外れにある倉庫の中に消えていったので合点《がてん》がいった。大型の農業機械を数台保管できるくらいには大きな倉庫なので、大人数で秘密の会合をするには丁度いいかもしれない。

茂みの陰にしゃがみ込んで様子を伺っていると、ジンは突発的な不幸に襲われた。

「あれ、ジンくん？　こんなとこで何してるの？」

「なっ……」

なんて、間の悪さなんだ、この女はっ！

叫び声を上げそうになる口を押さえつつ、ジンは突然目の前に現れたエマを睨《にら》みつける。

恐らく日課のランニングでもしていたのだろう、学園指定の体操着に身を包んだエマは、タオルで汗を拭いながらこちらを見下ろしている。

「……いやー、ちょっとアリの観察をね？　珍しい種類のやつがいたから」

「こんな暗いのにアリなんて見えるの？」

「俺の視力が常人の五倍もある話はしたっけ？　……てか、俺のことはいいからトレーニングに戻りなよ。最後の大会が近いんでしょ？　知らないけど」

「大会なんてあるわけ……ってあれ？　見てジンくん。人がたくさん集まってるよ！」

ジンは半ば投げやりになって呟《つぶや》いた。

「……男ばっか集まって何やってんだろ。好きな子の言い合いっこでもしてんのかね」

「えーっ、何それ楽しそう！　ちょっと覗《のぞ》いてみようよ！」

魂ごと吐き出すような溜《た》め息《いき》を一つ置いて、ジンは思考を切り替えた。

どのみち、あの倉庫の中に入っていく手立ては用意できてなかったのだ。

自分たちも『C級』に該当するので、正面から普通に参加するのもアリかもしれない。

謎の会合には参加資格やら秘密の合言葉やらがあるわけではなく、二人はすんなりと倉庫の中に入ることができた。

二〇人以上の生徒たちが集まるには充分すぎる広さだ。三角コーンやライン引きなどの備品は壁沿いに並べられているため、中央にちょっとした空間が広がっている。天井から吊《つ》り下《さ》がる裸電球が、中央部分だけを暗闇に浮かび上がらせていた。

「なんか、サーカスの舞台みたいだよね」

エマの呟《つぶや》きに頷《うなず》きつつも、ジンの脳裏には別の連想が過《よぎ》っていた。

今感じたイメージが正しければ、ここは――。

「……エマ」ジンは小声で告げる。「ここは危険かもしれない。今のうちに逃げた方が」

「あっ、ベネットくん！」

倉庫内に湧き上がった騒《ざわ》めきによって、提案は虚《むな》しく掻《か》き消《け》されてしまう。

諦めて事の成り行きを見守ることにしていると、入口の引き戸を開けてベネット・ロアーが闖入《ちんにゅう》してきた。

この場に詰めかけたC級の生徒たちは一様に、期待の籠《こ》もった視線をベネットに向けている。会合の主催者が寸分の狂いもない微笑を浮かべたまま近付いてくると、彼らは指示されるまでもなく二手に別れて花道を形成した。

ベネットはその中を悠然と歩き、倉庫の中心へと進んでいく。

彼がこちらを振り返ったときには、生徒たちは誰に言われるでもなく三列横隊の形に並んでいた。新入りだからなのか、ジンたちは最後列の右端に並ぶよう促される。

流石《さすが》に不審に思った様子のエマが小声で聞いてきた。

「あれっ、好きな子の言い合いっこをやるんじゃなかったの？」

「嘘《うそ》だろ、マジで信じてたの？」

最前列の中央にいる生徒がこちらを睨《にら》みつけてきたので、ジンたちは慌てて口を噤《つぐ》む。

ベネットは従順な部下たちを満足そうに見渡して咳払《せきばら》いをしたあと、演説を始めた。

「まずは、集まっていただきありがとう。この活動も二回目だけど、かなり人数が増えてきたみたいだね。えっと……」

「事前に連絡がなかった者も含めて、計二三人です」

「なるほど、ご報告ありがとう。そうか……もう二三人か。どんどん活動が大きくなっていくみたいで、少しだけ怖くすらあるよ」

はにかんだように笑うベネットの目の奥を凝視してみるが、そこに悪意の欠片《かけら》は見受けられない。人の悪意を敏感に感じ取るのはジンの特技だが、同世代しかいない学園での生活のせいで嗅覚が鈍ってしまったのだろうか。

ふと、ベネットの青い瞳がジンを正面から捉えた。

「……新規参加者もいるから、改めてこの活動の目的を説明しよう」

人前に立つことに慣れている人間特有の、怜悧《れいり》かつ力強い声で続ける。

「耳が早い者はもう知っているだろうけど、もう既に六人もの一年生が退学処分に遭っている。毎月末の〈足切り〉はまだなのに、ね。これは、ポイントを全て賭けて〈決闘《コンバット》〉をしなければ有り得ないことだよ」

ベネットは声のトーンを一段階落として続けた。

「でも疑問は残る。果たして、こんな序盤にリスクの高い賭けに出る必要はあるのかな」

向こうは明らかにジンを見ながら話しているので、どうやら答えざるを得ないようだ。

「C級狩り、でしょ。噂《うわさ》くらいは聞くよ」

「その通り」

ベネットは指を鳴らして肯定した。いちいち鼻につく態度だ。

「退学処分になった六人は全員、君たちと同じC級の生徒たちだった。例の〈振るい落とし試験《セレクション》〉を運よく勝ち抜いたはいいものの、そこから何もしなければ毎月五人が弾《はじ》き出《だ》される〈足切り〉の候補になってしまう。そんな状況を悪用している誰かがいるわけだ。

恐らくその誰かは、喉から手が出るほどポイントを欲している彼らを、無茶な条件で〈決闘《コンバット》〉に誘い込んでいるんだろう。たぶん、自分に勝つことができたらポイントを全部譲ろうとでも囁《ささや》いてね。特異能力を使って脅している可能性だってある」

「噂《うわさ》程度だと思ってたけど。本当にそんな極悪人がいるわけ？」

「もちろん証拠はないよ。〈決闘《コンバット》〉の結果は、本人が言いふらさない限りは周知されないからね。少なくとも、たった一人の悪人がC級の生徒たちを狩っているというのは誇張だと思う。後のない彼らの弱みに付け込んでポイントを稼いでいる人間が何人かいる——そのあたりが真相だろうね」

これまでジンが集めた情報を統合すると、一年生の保有ポイントは平均で二〇〇点前後。C級狩りの犯人たちがどの程度のレベルなのかはわからないが、まさか平均を下回っているということはないだろう。

犯人は間違いなく、成績上位者の中にいる。

「まあ、彼らがルールに則《のっと》って活動しているだけなのは事実だよ。悪いのは、C級の生徒たちが食い物にされてしまう学園のシステムの方なんだ」

演説に聞き入っている生徒の何人かは、ベネットに心酔しているようにも見えた。

「みんなも気付いているだろう。弱肉強食を奨励するこの学園はあまりに残酷だ。教育機関とは名ばかりで、あるのはただ無機質な戦いのみ。両者の同意の上で誓約書を記入する決まりだって、特異能力で脅されてしまえば意味がない」

「その通りだ！」どこからか、恐怖で上擦った声が上がる。

「生徒間の〈決闘《コンバット》〉にあんな人形だけ寄越して、教官が一切立ち会わないことからもわかるだろう？　ここには、力ある者の攻撃から君たちを守るものは何もないんだ。……だったらやるべきことは一つ。君たち自身が強くなるしかない！」

語気を強めたベネットに、この場にいるほぼ全員が賛同の拍手で応えた。

拍手が鳴り止むのを待ってから、ベネットは高らかに宣言する。

「ここでのルールは単純。各々《おのおの》が五ポイントずつ出し合って、上位三名がポイントを総取りできるトーナメント戦を執《と》り行《おこ》なう。僕からも少ないが一〇ポイント出そう。このゴム製のナイフを相手の身体に当てることが勝利条件だ。シンプルでいいだろう？」

ベネットは、こちらの疑問を見透かすような微笑《ほほえ》みを向けてきた。

「……ああもちろん、僕を含めてB級以上の生徒の参加は禁止だ。つまり、ここにいる誰にでもチャンスがある！　不正は僕が責任をもって取り締まろう。では、早速始めようか。組み合わせは不平不満が出ないように決めてくれ」

参加者たちは、野心と希望に満《み》ち溢《あふ》れた表情で準備を始めた。

成績下位者の一発逆転が難しいハイベルク校において、この取り組みは画期的に思える。参加費用が五ポイント程度ならそれほど痛くはないし、もしトーナメントを勝ち上がれば得られるものはでかい。これは正真正銘の慈善事業なのだろう。

それでもジンは素直に認めることができないでいた。

なぜなら、これでは奴《やつ》にとってのメリットが何もない。

「……不満そうな顔をしているね」

目立たないように帰ろうとしていると、後ろから呼び止められてしまった。

無視しようかとも思ったが、エマが振り返ってしまったのでそうもいかない。

「いや、今日は遠慮しようかなって。何の準備もしてないし」

「もしかして君は、無条件の善意が信じられないタイプなのかな？」

こちらの反論を遮るように、ベネットは続けざまに言った。

「なら安心していい。僕にも目的はあるんだ。……さっきも話したけど、この学園の本質は弱肉強食の生き残り合戦だろう？　だとしたら、僕だけの力ではいずれ限界がくるだろうと考えたんだ。一緒に切磋《せっさ》琢磨《たくま》し合える仲間が欲しいってね」

「わざわざC級の連中を選んだ理由は？」

「はは、『選ぶ』だなんて。僕はそんな傲慢な男に見えるかな？　……最初は、彼らの方から相談を持ち掛けられたんだよ。彼らの置かれてる状況は酷《ひど》いと思ったから、こうして手助けしてあげているだけだ。正直に言うと、さっき話した目的は君を安心させるための後付けだよ」

理論武装は完璧だ。悪意の気配すら感じられない。

「まあ、今日のところは大人しく寮に帰ることにするよ。なあエマ？」

「えっ、見学だけでも……あ、待って！」

返事も聞かずに立ち去るジンを、ベネットは止めようとはしなかった。

時折湧き上がる歓声を背中に浴びながら、ジンは拳を握り締めて夜道を引き返していく。

内心では焦燥が渦を巻いていた。

——あいつは、ヤバい。

ベネットが本当に善意で会合を開いているのだとしても、入学からたった二週間かそこらで二〇人以上の部下を従えているという事実は揺るがないのだ。しかも、全員がベネットに心から感謝しており、心酔している者すらいるときてる。

おまけに、奴《やつ》にはあの特異能力がある。

周囲に隠す必要すらないほど強力無比で、それ故に学園中から恐れられている力が。

元々、ジンは入学試験免除組の誰かを序盤のうちに狙うつもりでいた。そのターゲット候補の一人がベネットだったわけだが、少し計画を練り直す必要がありそうだ。

よほど真剣に考えていたからなのか、後ろから声を掛けられていることに気付かなかった。

肩を叩《たた》かれて初めて、ジンはエマの存在を思い出す。

「やっと追いついた！　どんどん先に進んじゃうんだから」

「……ああ、ごめん」

「前から思ってたんだけどさ、もっと楽しそうにしなよ。ジンくんに限った話じゃないけどさ」

「俺はいつでも楽しいよ。ほら見て、この満面の笑み」

「めちゃくちゃ無表情じゃん……」

呆《あき》れたように笑ったあと、エマは珍しく真剣な表情になった。

「私はさ、ジンくん。自分と同じ境遇の子たちとたくさん出会えて毎日楽しいよ。ここでなら、特異能力者ってだけで怖がられたりしないし。……だから、ジンくん。そんなふうに『誰のことも信じてたまるか！』って顔で神経尖《とが》らせてたら駄目だよ。世の中って、実はそんなに捨てたもんじゃないんだから」

「……はいはい」

いつの間にか学生寮が見えてきた。女子寮は教室棟を挟んだ反対側にあるので、この辺りで別れなければならない。

去り際に、エマは手を振りながら言った。

「最近、ニーナちゃんとよく話してるでしょ？」

「あんま記憶にないけど、そういう解釈もあるらしいね」

「仲良くしてあげてね！　あの子もさ、いつも寂しそうだから」

「あー……」

エマはちょうど街灯の真下に立っていた。彼女の輪郭が優しい光に縁取られていたので、ジンは思わず目を細めてしまう。

彼女は、光の中で生きている。

後ろ暗い秘密を抱えて生きている人間——ジンやニーナのような嘘吐《うそつ》きにとって、彼女は少しばかり眩《まぶ》しすぎる。

どんな皮肉を返すべきか考えているうちに、エマはこちらに背を向けて歩き出してしまった。

◆〈実技試験〉当日◆

広大な敷地《しきち》の外れにある体育館《アリーナ》の前に、五組と六組の生徒たちが集められていた。

ジンは人だかりから少し離れた場所から、周囲の様子を観察する。

ベネットなどの実力者や、強者の演技を纏《まと》っているニーナは余裕の表情を崩していない。

一方で、成績下位者——いわゆるC級と呼ばれる生徒たちは、ここで結果を出さなければ後がないというプレッシャーと懸命に戦っているようだ。

極度の緊張からか、体育館《アリーナ》の近くに設置されているトイレに駆け込んだ者はさっきから後を絶たなかった。よほど精神的に追い込まれている者がいるのか、どうやら集合時間が来る前からずっと個室が一つ埋まっているらしい。

無理もない、とジンは思う。

月末に成績下位の五人の中に入ってしまえば、学園長の能力により即座に記憶が封印され、問答無用で学園から追放されてしまうのだ。

学年主任のイザベラが体育館《アリーナ》の中から登場すると、生徒たちは一斉に静まり返った。

「集まったようだな、異端者ども《フリークス》」過剰なほどの口の悪さは相変わらずだ。「改めて、今回執《と》り行《おこ》なう〈チェイス・タグ〉のルールを説明する」

障害物が置かれたフィールド内で繰り広げられる、一対一の鬼ごっこ。

交互に鬼を入れ替えながら三回戦を行ない、逃げ切った秒数の合計が多い者が勝者となる。

そこまでの概要は、誰もが頭に叩《たた》き込《こ》んでいた。

「追加ルールがいくつかある。一つ、このゲームの勝者は、逃げ切った秒数の差額分のポイントを敗者から奪うことができる」

イザベラが淡々と告げたルールに、生徒たちが騒《ざわ》めき立《た》った。

女子生徒の一人が、おずおずと手を上げる。

「……もし所有ポイントを超える分を、その、奪われたら」

「ブタどもに質問の機会は与えられていない。退学処分にされたいのか？」

冷徹にそう言ったあと、女教官は口の端《は》を歪《ゆが》めた。

「……もちろん、獲得ポイントには上限がある。どれだけ秒数を引き離されようと、五〇ポイント以上を奪われることはない。逆に言うと、どちらかが先に五〇秒以上の差をつけた時点でゲーム終了。それが二つ目の追加ルールだ」

「ごじゅっ……」

絶句してしまった女子生徒の心情がジンにはよくわかる。

恐らく彼女も、入学試験をギリギリ通過して〈振るい落とし試験《セレクション》〉を受けさせられた身なのだろう。あの試験の参加者たちの多くは、所持ポイントが五〇点を下回っている。

弱者の絶望など知ったことではないとでもいうように、イザベラは続けた。

「最後に禁止事項を説明する。特異能力の使用はもちろんＯＫだが、相手を負傷させてしまった場合は二〇秒のペナルティが与えられる。また、障害物の破壊は原則として禁止。以上だ」

逆に言えば、二〇秒のハンデを背負う覚悟さえあれば直接攻撃も許されるということだ。

相手を気絶でもさせてしまえば、その時点で勝負が決まる。

「ちょっと……！」

もう引き下がれなくなったのか、さっきの女子生徒がまた切り込んでいく。

「そんなルール、納得できません！　それじゃまるで、戦闘向きじゃない特異能力者には用なんてないみたいじゃ……」

「その通りだが？」

イザベラは表情一つ変えずに宣告する。

「学園《ここ》は貴様ら凡人どもを手塩にかけて育ててやる温室ではない。〈白の騎士団〉に送り出せるような逸材を見出《みいだ》すのが目的なのだ。仮に特異能力が戦闘向きでないとしても、強みを活《い》かせるように上手《うま》く立ち回ればいいだけだ。それも理解できない無能に用はない」

「そんな……」

「なに、我々は寛大だからな。転入先くらいは紹介してやれる。もちろんここでの記憶は消去させてもらうが……」

もちろん、他の提携校に行っても軍隊や警察、一部の大企業などに入るルートが閉ざされるわけではない。

だが、〈白の騎士団〉の候補生になるにはハイベルク校を卒業するしかないのだ。

救国の英雄になるのを夢見て入学した生徒たちが、提携校への転入など受け入れられるはずがない。その心理を充分に理解しているから、学園は苛烈な競争を煽《あお》っている。

実に悪趣味なやり口だ。ジンは拍手でも送ってやりたい気分になった。

「……やはり、生温《なまぬる》い連中は早々に淘汰《とうた》されるべきか。ルールを変更しよう」

教官は急にとんでもないことを言い出した。

「対戦相手の組み合わせは、クジではなく自己申告制に変えることにする。現時点での所持ポイントが高い者から順番に、カモにしたい対戦相手を指名しろ」

イザベラ教官に意見していた女子生徒の表情が、一気に青ざめていく。そんなルールになれば、彼女は真っ先に狙われてしまうだろう。

離れた場所に立っていたニーナと目が合う。

彼女は完全に素に戻り、小さな口をパクパクさせていた。

「あー……、確かに予想外の状況だ」

ポケットの中に隠していた一四番のプレートは、ただのガラクタに変わってしまった。

とはいえ、ポイントが二番目に高いであろうニーナに自分を指名してもらえばいいだけの話。何も問題はない。

「では最初はベネット・ロアー、貴様だ。対戦相手を指名しろ」

ベネットは顎に手を添えて、考え込むような仕草を見せる。

すらりと伸びた背筋や、嫌味のない微笑、目元にある黒子《ほくろ》に至るまで、全てが完璧な計算の上で造形されたかのようだ。

全員の注目を一身に集めて、ベネットは宣言した。

「……ニーナ・スティングレイを、対戦相手に指名させていただきます」

◇

最悪の展開だ、とニーナは内心で毒づいた。

学園では神をも恐れない怪物で通っているニーナには、不敵な笑みを携えてベネットの挑戦

を受ける以外に選択肢はない。

ロクな解決策など思い浮かばないまま、教官に導かれて体育館《アリーナ》の中へと歩く。ゲームを行なう二人だけしか入れないのは、能力がむやみに知れ渡らないための配慮らしい。

「……随分怖い顔をしてるね。何も、これから殺し合いをするわけじゃないのに」

動揺を隠せていなかったのは不覚だが、ベネットはいい方に解釈してくれているらしい。

ひとまず、ニーナはその勘違いに乗ってみることにした。

「負傷させるのは駄目だってルールに引っかかってるんです。私、熱くなると能力をうまく制御できなくなりますので」

「はは、お手柔らかに頼むよ」

不安定な怪物の演技は完璧だったはずだが、ベネットは少し肩を竦《すく》めるだけだった。

演技で相手を委縮させる常套《じょうとう》手段は、ベネットのような本当の実力者には通用しない。やはり、こんなものは魔法でもなんでもないのだ。

これで全てが終わるかもしれない、と思った。

分厚い仮面が剝がれ落ち、本当の自分自身が野晒《のざら》しになる。

もしそうなったとき、自分を守ってくれる人間はどこにもいないだろう。

「……ううう。ごめんね、ジン」

誰にも聴こえない声で、ニーナは呟《つぶや》いた。

今もこの体育館《アリーナ》の外で一発逆転の手を考えているはずの共犯者に、言えることなんてそれくらいしかなかった。

最初に鬼を務めるのはベネットになった。

パイプと金網で構成された障害物を挟んだ向こうで、彼は完璧な微笑を浮かべている。ベネットの特異能力についてはジンから詳しく聞かされていた。知れば知るほど、大勢に知られても全く問題がないほど強大な力なのだと思える。

教官が開始を告げる笛を鳴らすと同時に、ベネットは懐《ふところ》からマッチ箱を取り出した。

「僕の特異能力は知ってるよね、ニーナ」

穏やかな笑みを顔面に貼り付けて、ニーナは頷《うなず》いた。

それを満足そうに見つめた後、ベネットは一本のマッチに火を点《つ》けた。彼はその場から動かず、穂先で揺らめく炎をじっと見つめている。

——まだ追いかけに来ないのだろうか。

一瞬だけ芽生えた期待は、すぐに打ち砕かれる。あれが完成してしまえば、もはや自分は蹂躙《じゅうりん》されるのを待つことしかできなくなるだろう。

まずは、拳大の小さな火の塊から始まった。

ベネットの前方に発生した火球は徐々に勢いを増していき、粘土が捏《こ》ねられるように形状を変えていく。やがて炎は長身のベネットと全く同じ高さにまで成長し、その形状も人間のそれを模していく。

——火刑執行者《エグゼキユーター》。

そんな大仰な渾名《あだな》が付けられた燃え盛る人形は、ベネットの指示に則《のつと》って自律的に行動すると言われている。もはや、一個の仮想生物を生み出しているようなものだ。どう考えても、一介の学生のレベルなど遥《はる》かに超越している。

「ほら、タッチ」

気付いたときには、ゆっくりと歩み寄っていたベネットに肩を叩《たた》かれていた。

「どうしたのかな、ぼーっとしちゃって。次は君の番だよ」

我に返ったニーナは、慌てて鬼役の開始位置へと向かう。

自律思考する火の人形はフィールド中に高温を撒《ま》き散《ち》らしており、立っているだけで汗が噴き出しそうになる。

ニーナは強力なサイコキネシスで周囲をガードできていることになっているので、顔にだけは汗をかかないように神経を張り巡らせなければならない。

どうすればいい？

もしここにジンがいれば、どんな作戦を提示してくれるだろう？

「はい、おしまい」

いよいよ泣き出しそうになったとき、ベネットが突然マッチに息を吹きかけた。

それを合図にして、〈火刑執行者《エグゼキューター》〉も幻のように消滅していく。

事態を飲み込めずにいるニーナに、ベネットは穏やかな口調で呟《つぶや》いた。

「このゲームはフェアじゃないよ。ニーナの〈災禍の女王《メイルストロム》〉は、こんな場所で使うには強力すぎる。障害物を破壊しないようにするなんてとても不可能だ。かといって、ルール度外視で攻め込まれたら僕の方が持たないしね」

「だったら、どうするつもりですか？」

「ここはひとつ、二人で共謀してみない？」

「……共謀、ですか？」

「適当に戦っているフリをしてこのゲームをやり過ごそうってことだよ。そうだな、勝敗はじゃんけんで決めようか。どちらかが一秒差で負けるようにすれば、何も問題ない」

――やったっ！　まさかこんな展開になるなんて！

渡りに船といった提案だったが、勢いよく飛びつくのは『ニーナ・スティングレイ』の人物像とは反する。

ニーナはひとまず渋るような表情を浮かべてみせた。

「面白い提案ですが、そんなこと教官は許すでしょうか」

「僕たちの実力は〈能力測定〉で充分証明されてるんだ。ルールに反しているわけでもないし、何かを言われる筋合いはないはずだよ」

教官はベネットを睨《にら》みつけてはいるが、反論してこようとする気配は感じられない。

このまま彼を信用してもいいものだろうかと、ニーナは考える。

いや、彼を信頼できるかどうかなどはどうでもいい。

この提案に乗らなければ、自分の人生はここで終わってしまうのだから。

「……わかりました。乗りましょう。確かに、こんな試験でどちらかが殺されてしまうのは忍びないですしね」


退屈な茶番劇の末、〈チェイス・タグ〉の勝者はニーナになった。

お互いに示し合わせていないとそうは実現しない、一秒差での勝利。すでに膨大なポイントを所持している二人にとっては、本当に微々たる変化だ。

試験を終えた者たちは教室棟に戻っていいとのことだったので、ニーナとベネットは連れ立って体育館《アリーナ》を後にすることになった。

待機している生徒たちの視線が背中に突き刺さる。不自然に思われてもいけないのでジンの方は見なかったが、彼はどんな表情をこちらに向けていたのだろう。

少しずつ濃紺色に染まっていく敷地内《しきちない》を、二人は黙り込んだまま歩く。

——礼を言うべきだろうか。

悩んでいるうちに、ベネットの方が先に沈黙を破った。

「ニーナ、あの件は検討してくれたかな？」

マッチポンプ詐欺でルディ先生を抱き込んだ日の帰り道、寮の近くで会ったベネットが持ち掛けてきたのは「二人で同盟を組まないか」という提案だった。

ベネットは例の慈善事業によってC級の生徒たちを複数従えており、学園での生き残りレースの先頭を走っている。

それに、これだけ近くで話していても、彼は今のところ善人にしか見えない。

それこそ、特異能力者であると偽って入学し、不正に不正を重ねて生き残りを図ろうとしているあの極悪人とは比べるまでもない。

それでもニーナは、この申し出を受けるわけにはいかなかった。

「……申し訳ありません。その件ですが」

「ああ、もしかしてジン・キリハラに遠慮しているのかな？」

断られることを予測していたかのようなベネットに、ニーナは動揺を隠せなくなる。

「……べ、別に、あの人は関係ありませんっ！」

「ごめん、怒らせるつもりはなかったんだ。もちろん、君たちの間に何もないことくらいわかってる。ただ、言い寄られて困っているのかもしれないと思ってね」

凄《すさ》まじい勘違いをされている気がするが、ベネットの目は真剣だった。

先週の〈決闘《コンバット》〉以降、教室では極力関わらないようにしているはずだが、どこかで一緒にいるところを見られていたのだろうか。

「ジンとの〈決闘《コンバット》〉だって、君は手を抜いてあげてたんだろう？　……君は皆が言っているような怪物なんかじゃないってことだよ。彼はそこにつけ込んで君を利用しているんだ。そんな相手は切り捨てたっていい」

曖昧に笑うしかないニーナを見つめて、ベネットは更に続ける。

「それに君は、僕の信念にも共感してくれるはずだ」

「……信念とは、どのようなものでしょう」

「君も噂《うわさ》くらいは聞いているだろう？　今僕たちの学年では『C級狩り』が横行している。毎月末の学園からの宣告を待たずして、何人もの生徒が強制退学に追い込まれているんだ。彼らはここで過ごした思い出すら失って放逐されることになる」

「それであなたは、学園のシステムを変えたいと」

「そんな大層なものじゃないよ。たしかに学園は生徒同士の潰し合いを奨励していて、気に食わない部分もあるけれど……システムごと変えるほどの力は僕にはない」

「では、どうするつもりでしょう」

「僕はただ、搾取《さくしゅ》される人々に戦う力を与えたいだけなんだ。健全な競争の結果追放されてしまうのは仕方ないけど、特異能力で脅されて無理矢理〈決闘《コンバット》〉をさせられるなんて道理は狂ってる。彼らが力をつければ、『C級狩り』なんてふざけた行為は途絶えるはずだ。まあ、今の僕にできることなんて、競技会を主催することぐらいだけどね」

「……いえ、誰にでもできることではないと思います」

ニーナはこれまで、傲慢な思想を持つ特異能力者たちを数多く見てきた。

父親に連れられて行った晩餐会《ばんさんかい》で、新入生の歓迎パーティで、家族が囲む食卓で。

高貴なる者の務め《ノブレス・オブリージュ》を体現するベネットは、きっと正しい人間なのだ。

世界を騙《だま》し通《とお》そうとしている自分たちよりも、よっぽど。

「まあ、結論は急がなくていいよ。僕たちにはまだ時間がある」

「……申し訳ありません」

「いや、いいんだ。ただジン・キリハラには気を付けた方がいい。彼からは……その、きな臭い何かを感じるんだよ」

——たっ、確かに！

思わず何度も頷《うなず》きそうになった。

確かにニーナは、ジンの過去をほとんど知らない。彼が何かを隠していることだけはわかっているのに、分厚い膜の内側にある秘密を聞かされていない。

だが、彼のことを簡単に切り捨てることもできそうになかった。

この学園で生き抜いていくために必要な共犯者、というだけではない。

何か、もっと本質的なところで自分と彼は通じ合っている感覚がある。

それが何なのか必死に探っているうちに、教室棟に辿《たど》り着《つ》いたようだ。別々の教室へと向かうために別れる間際《まぎわ》、ベネットが優しく微笑《ほほえ》みかけてきた。

「彼がまだ君に付きまとうようなことがあれば言ってくれ。僕がどうにかしてあげるから」

「あなたの手を煩わせるわけにはいきません」

「ああ、ごめん。少し感情的になってしまった。そうだな……次回の〈チェイス・タグ〉で軽く警告しておく程度にするよ。確かに荒事はよくないね」

ベネットの瞳の奥にある感情が一瞬だけ読めなくなったが、深く考えるのはやめにした。

それよりも先に、彼女には知らなければならないことがある。

ジン・キリハラという少年が抱えている秘密は何なのか。

どういう背景があって、今の彼が出来上がったのか。

なぜ彼は、壮大な嘘《うそ》を吐《つ》いてまでハイベルク校にやってきたのか。

それを突き止めなければ、これ以上先には進めないと思った。

第六章　柑《かん》橘《きつ》系《けい》の魔法、スパンコールと偽造コインの輝き

Lies, fraud, and psychic ability school

〈チェイス・タグ〉で想定外の事態に見舞われてから、三日が経《た》った。

前回、ジンは対戦相手の心理を巧みに誘導して八ポイントを獲得したらしい。かなり地味な勝利に思えるが、寂れた噴水の前で作戦を語るジンから焦燥などは感じられなかった。

「〈実技試験〉は隔週開催で、内容は月替わり。だから、次もあの小細工の余地がない〈チェイス・タグ〉をやらなきゃいけない。まあ、相手を指名できるニーナは余裕だろうけど」

「さっきも話したけど、あなたはベネットに目を付けられてるんだよ。あんな化け物みたいな人と、どうやって戦うつもりなの？」

「ああ、そんなに心配？」

「もう、そんなんじゃないから！　相変わらず緊張感ないな……」

「でも、あんたみたいな美人に心配されると照れるな」

「は、はあ⁉　いきなり何言ってんの、ほんとにっ！」

「あれっ、怒ってる顔もかわいいな。最近化粧とか変えた？」

「ちょっと、やめてよっ！　私、そういうの耐性ないんだから」

「……まあくだらない冗談はさておき、本題に戻ろうか」

「はあああああっ⁉」

思わず赤面してしまった自分が哀れすぎる。

怒りで泣きそうになるニーナを尻目に、ジンは欠伸《あくび》混じりに呟《つぶや》いていた。

「心配しなくても、ベネットとはそのうちぶつかる予定だったんだ。多少計画が早まっただけだよ。あいつをハメるための仕掛け《ギミック》は入学前には考えてたし」

「入学前って……。流石《さすが》にハッタリだよね」

「俺の用意周到さを舐《な》めないでほしいな。入学試験免除組の対策なんて必須でしょ」

「……え、ってことはまさか、他の四人とも戦うつもりなの？」

「最悪のパターンではね。まあ、実際に敵対するのは二人か三人くらいにしときたいけど」

「何それ、予言？　なんか胡散臭《うさんくさ》いな……」

「何パターンも予測して計画を立ててるだけだよ。てか他人事《ひとごと》みたいに言ってるけど、ニーナも計画の頭数に入ってるんだからな」

「ううう、そうだった……」

恐怖で震えそうなニーナとは対照的に、ジンは不敵な笑みを浮かべていた。まるで、世界に恐れるに足るものなど一つもないかのように。

いったいどんな人生を送れば、こんなクレイジーな勝負師ができあがるのだろう。

なぜ、ジンは高度な騙《だま》しの技術を手に入れたのだろうか。

なぜ、こんなところに流れ着かなければならなかったのだろうか。

この先の生存競争への不安、ベネットの誘い——様々な物事の狭間《はざま》で葛藤するニーナは、ジンが隠している何かを暴かなければ先に進むことができない。

「まあ明日は祝日だし、ゆっくり休んでていいよ。疲労が溜《た》まって演技が雑にならないように」

「ジン、私のことを部下みたいに思ってない？」

口を尖《とが》らせながらも、ニーナは小さく拳を握り締めた。

これはチャンスだ。あの作戦を実行に移すのは、今しかない。

「明日の予定はあるの、ジン？」

「あー、特にないけど。ニーナは？」

「街に買い出しに行こうと思ってるんだ。変装道具とか、いろいろ」

「ふーん。その辺りはよくわかんないし、あんたに任せるよ」

「………そう、じゃなくて」

——これはまさか、自分から言わないといけないのか。

そう意識した途端、身体の奥が熱くなってしまうのを感じる。

誤解されてしまいそうで癪《しゃく》だが、これもジンの秘密を暴《あば》くためだ。

「だから、その……一緒に行こうよ」

「え？」

「ほ、ほら！　重たい荷物とかもあるかもしれないし！　共犯者なんだから、そのくらい協力してくれてもいいでしょ？」

「えー……面倒くさいなあ」

「べ、別にいいじゃん一回くらい！　どうせ用事なんてないんだから」

「なに、そんなに来てほしいの？　じゃあしょうがないか」

「な、なんか自意識過剰な反応だよ、それ！」

「はいはい。素直になれないお年頃ってことね」

「は、はあああああっ⁉」

これ以上は駄目だ。喋《しゃべ》れば喋《しゃべ》るほどボロが出てしまう気がする。

ニーナは頭を切り替えて、どうやって尋問してやるかだけを考えることにした。

◇

ここに来てからもう二週間以上経《た》つのに、ニーナは学園の敷地《しきち》外《がい》に出たことがなかった。それに家庭の事情で、蒸気機関車以外の公共交通機関を利用したこともない。少しだけ緊張しながら、バス停のベンチに座って待ち続ける。

——変な誤解をされてたらどうしよう……。

ニーナの頭の中を、羞恥心と不安が埋め尽くしていた。

勢いで誘ってしまったけれど、これは『デート』というものに該当してしまうのだろうか。

本当はジンの秘密を暴《あば》くための作戦だけれど、まさかそれを伝えるわけにもいかないし。

とにかく、性根の捻《ね》じ曲《ま》がったジンを相手にして迂闊《うかつ》な発言は命取りだ。自分が好意を抱いているると勘違いでもされたら、どんな目に遭わされるかもわからない。あの男は悪魔だ。

鞄《かばん》の肩紐《かたひも》を握り締めながら待っていると、バスの発車時刻ギリギリになってようやくジンの姿が見えた。

「もう、遅いよ。そんなに早い時間じゃないのに」

「いいんだよ。路線バスが時刻通りに来ることなんてないんだから」

低血圧で、どこか達観した態度が彼らしい。まだ出会ってからそれほど経《た》ってないが、ジンの性格が少しだけわかってきた気がする。

ジンは欠伸《あくび》を隠そうともせずに呟《つぶや》いた。

「でも、ちょっと驚いたな。あんたがデートに誘ってくるなんて」

「違うからっ！　ちょっと、勝手に記憶を捏造《ねつぞう》しないで！」

「いや、でも実際に」

「あ、あなたがしつこく誘ってきたから乗っかってあげただけでしょっ！」

「ニーナさん、その戦法は流石《さすが》に無理がある気が」

「か、可哀想《かわいそう》だから付き合ってあげる。一日だけだからね？」

「……はいはい、もうそれでいいよ」

一〇分遅れで到着したバスに乗り込みながら、ジンが不敵に笑いかけてきた。

「どうせ、何か目的があって呼び出したんでしょ？　流石《さすが》にわかってるよ」

——そんなふうに仕事モードで言われたら、それはそれでムカつくなあ。

不意に浮かんだ考えを頭から振り払いつつ、ニーナも後に続いた。

乗車するなり、ジンは最後列の座席を迷わず目指した。そういえば、教室でもいつも後ろの方の席に座っている気がする。

理由を聞くと、ジンは窓の外の景色を眺めながら呟《つぶや》いた。

「だって、後ろにいた方が全員の様子がよく見えるじゃん」

「人間観察が趣味なんて痛い発言、初めて聞いた」

「まあ職業病みたいなもんだからなあ」

そこで会話は途切れてしまったが、『職業病』という単語が耳から離れてくれなかった。

経歴を聞くたびに適当なエピソードで誤魔化されてきたが、確かに彼が普通の学生としての人生を送ってきたとは到底思えない。

もしかして、彼は本当に――――。

「お二人さんは、ふもとの街までデート？」

「……へぁっ⁉」

前の席に座っていた年配の女性に突然話しかけられて、ニーナは跳び上がりそうになってしまった。

「い、いえそういう関係じゃ――」

「僕たちは生き別れた双子の兄妹《きようだい》なんですよ」ジンが助け舟を出してくれた。「特異能力者養成学校で、偶然再会することができて……」

「あら、そんな奇跡があるのねえ」

「僕たちもびっくりしています」

こんなに胡散臭《うさんくさ》い笑顔を、ニーナは生まれて初めて見た。

「今はどっちが先に生まれたのか言い争いながら、実の両親に会いに行くところなんです」

呼吸でもするように嘘《うそ》を吐《つ》くジンには呆《あき》れるしかないが、騙《だま》されている方の女性は満足そうに頷《うなず》いていた。これでは、ニーナも笑顔で頷《うなず》いているしかない。

街の中心部のバス停で降りてから、ひとまず指摘してみることにした。

「あなたって、いつもあんな意味のない嘘《うそ》ばっかり吐《つ》いてるの？　今のは別に誰も傷つけてないからいいけどさ」

「ニーナの方こそ、即興で完璧な演技を付け加えてくれたじゃん。両親との再会に少し怯《おび》えながらも楽しみにしてる感じがよく表現できてた」

「あっ、あれは条件反射で……」

「はは、お互い重症だな」

身体の芯にまで嘘《うそ》が染《し》みついている自分たちに、二人は呆《あき》れて笑うしかない。

アッカスの街の目抜き通りには、食材や衣類などが陳列された露店が所狭しと並んでいる。

他よりも二回りは大きな野菜が並べられている露店があった。張り紙の内容を目で追うと、どうやら植物の成長を促進できる特異能力者から仕入れている商品らしい。その向かいには金物の修理業者がいて、知り合いの特異能力者の手でどんなに壊れた鍋も新品同然に生まれ変わらせられると喧伝《けんでん》している。

いずれも、ニーナがこれまで見たことのない光景だった。

「こういう露店にも特異能力者が関わってるんだ」

「戦闘バカしかいないハイベルク校の外を見れば、産業に有効活用できる特異能力なんていくらでもあるんだよ。『家族に一人でも特異能力者が出れば、まず食いはぐれることはない』って格言とか、聞いたことない？」

「へー。こういうのって、実際に見ると勉強になるね」

「感心するのはいいけどさ、変装道具の買い出しには行かなくていいの？」

「……あっ、そういえば」

「ほら、やっぱりただの口実だった」

「ちち違うからね！　別にデートしたかったからとか、そんなんじゃ……」

「ニーナ、演技の天才って設定はどこに行ったの？」

「ううう……」

楽しいデートを演出してジンの警戒を解き、秘密を喋《しゃべ》らせるのが当初の作戦だった。

それがこの有様《ありさま》だ。こういうことに免疫が無いせいで、演技をすることに気恥ずかしさが生じてしまう。こんなタイミングで、自分の致命的な弱点に気付いてしまった。

似合わないことなんてするべきじゃない。

いつも通り、ただの共犯者として接しなければ。

「や、やっぱ変装道具はもういいや！　適当に街をブラブラしようよ」

「どう考えても緊張してるよなあ。やっぱなんか企《たくら》んでるだろ」

「言いがかりはやめて。ほら、もう行くよ！」

慌てて会話を打ち切り、ニーナは人だかりの方へと歩き始めた。

大通りの人混みは想像以上の密度で、いつも屋敷《やしき》の中にいたニーナには難易度が高すぎた。

何度も誰かと肩をぶつけながら、すいすいと先を進むジンの背中を追いかける。

「気を付けなよ、絶対どこかにスリが紛れてるから。鞄《かばん》はちゃんと両手で抱えて」

呆《あき》れたように笑いながらも、ジンは定期的にこちらを振り返って様子を確認してくれる。そんなふうに気を遣うこともできるなんて、今初めて知った。

――だったら、普通に隣を歩いてくれればいいのに。

ふと思ってしまった自分に腹を立てていると、ジンが背中越しに訊《き》いてきた。

「そういえば、ニーナはいつ自分に演技の才能があるって気付いたの？」

そんなことを聞かれるのは初めてだったので、少し戸惑ってしまう。

「えっと、六歳の頃かな」

「へえ。随分早いな」

「たぶんその頃に、執事に連れられて演劇を見に行ったんだ」

「執事なんて空想上の生き物だと思ってた」

「まあ、仲良くはなかったけどね」苦笑しつつ続ける。「舞台の内容は今でもよく覚えてる。王宮に縛り付けられていたお姫様の、一夜限りの冒険。台詞《せりふ》の一つ一つ、役者さんたちの表情の変化まで鮮明に思い出せるよ。きっと、それぐらい衝撃的な体験だったんだと思う」

「で、家に帰ってから演技の練習を始めたと」

「うん。私はよく社交界に連れて行かれてたから、そこで聞き分けのいい子供の演技をずっと練習してたんだ。その頃に、もしかしたら自分には才能があるんじゃないかって思った」

「なるほどね。実戦で鍛えられてたってことか」

あの演劇を見る前の彼女にとって、社交界は苦痛を伴う場所でしかなかった。表情や台詞《せりふ》を嘘《うそ》で塗りたくった大人たちの茶番に加担させられる罪悪感で、ずっと息が苦しかった。

でも、彼女は知ってしまったのだ。

圧倒的な演技は、それだけで人々に感動をもたらしてしまうことを。

「そっちの道に行きたいとは思わないの？」

「そっちって？」

「異端者《フリークス》の真似事《まねごと》なんか辞めて、役者を目指すとかさ」

「役者、かあ……」

「いま、映画の勢いが凄《すご》いらしいよ。もうすぐ音声も流れるようになるみたいだし。これから市場もどんどん大きくなっていくんじゃない？」

「……普通の家に生まれてたら、そういう選択肢もあったかもね」

どうしてか、今だけは本音を語りたい気分だった。

「でも、スティングレイ家には特異能力者以外に存在価値はないの。全国から有望な子供を養子として連れてきて、芽が出そうになかったらすぐに追放するような家なんだよ？　それに私は末っ子だし、しかも女だし。もし特異能力がないってバレたら、どんなところに売り飛ばされるか……」

「……噂《うわさ》はよく聞くよ。まさか真実だとは思ってなかったけど」

「昔ね、私がまだ八歳くらいの頃かな。少し歳《とし》が離れたお姉ちゃんができたことがあるんだ。その子も特異能力の才能があると見込まれてて、遠い街から養子として連れてこられたみたい。本当に仲が良かったんだよ。まるで、本当の姉妹みたいに……」

「その子は今、どうしてる？」

「……さあ。わかんない」

「疎遠にでもなった？」

「ううん。彼女が一二歳になる前に、突然屋敷《やしき》からいなくなっちゃったんだ。それ以来、誰も彼女の話題を出さなくなった。最初から家族にそんな子は存在しなかったみたいに」

「追放された、ってことか」

「私だけは知ってた。彼女が本当は、特異能力者なんかじゃなかったってことを。それがバレたから、不要な枝を剪定《せんてい》するみたいに簡単に、彼女は切り捨てられてしまった。まだ、たった一二歳だったのに……！」

　何より恐ろしかったのは、父親や兄たち、そして一番近くにいたはずの執事の反応だった。

　彼らは屋敷《やしき》から放りだされてしまう一二歳の子供に、床にぶちまけられた汚物を見るような目を向けていたのだ。

　相手の人権を認めて尊重する意思があれば、あんな表情は絶対に作れない。

あれが、ニーナが人生で初めて身も凍るような恐怖を感じた瞬間だった。

「……それでも、その子は追放されるだけで済んだ」

ジンの声からは、うまく感情を掬《すく》い取《と》ることができない。

「あんたの場合はどうなる？」

「わっかんない。あはは、もしかしたら殺されちゃうかもね」

「ぜんぜん冗談に聞こえないんだよなー……」

そう言ったジンの表情は、逆光に遮られて伺うことができなかった。

それでも、言葉の節々から感情の揺らぎを感じ取ることはできた。

──彼は今もしかして、怒りを押し隠しているのだろうか。

「なんか、腹減ってきたね。ニーナは何食べたい？」

何かを誤魔化すような話題転換に、ニーナも乗ることにした。

もう太陽は真上に昇っており、昼食をとるには丁度いい頃合いだったからだ。

ひとまずレストランを探すことにしたが、二人とも土地鑑がないためか、どんどん人気の少ない方へと迷い込んでいってしまう。

「……なんか、この辺は雰囲気が全然違うね」

活気のあった目抜き通りとは違い、この辺りの路地は閑散としていた。

建物の陰になっているからか少し薄暗く、行き交う人々の表情もどこか沈んでいる。

ふと、ニーナは路上にゴザを敷いて商売する親子を見つけた。

ゴザの上には様々な種類の野菜や果物が並べられているが、どれも形が悪かったり、少し小振りだったりする。何より、母親と一緒に客を呼び込んでいる子供はまだ六歳にも満たないくらいに小さく、そして痩せ細っていた。

ニーナは今まで、こんな現実があることを知らなかった。

情報として認識はしていても、遠い世界の出来事のように感じていた。

彼はちゃんと学校に行けているのだろうか。

祝日だから母親の手伝いをしているだけであることを、ニーナはこっそり祈った。

「帝国の輝かしい歴史――〈白の騎士団〉の栄光の裏では、市井《しせい》に流れた異端者《フリークス》に潰された人たちが大勢いる。単純に職を奪われたり、理不尽な暴力で叩《たた》きのめされたり」

ジンは恐ろしいほど冷たい声で続けた。

「向こうはもちろん化け物だから、普通の人間がどんな扱いを受けても泣き寝入りするしかない。法律の整備が未《いま》だに追い付いてないから、特異能力で起こした犯罪は取り締まりにくいんだってさ。まあ、あの子の現状と異端者《フリークス》が関係してるのかはわかんないけど」

「……ジン、あなたは」

あなたはいったい、これまでどんな人生を送ってきたの？

あなたがハイベルク校に潜り込んだ動機は、もしかして――。

疑問を口に出すより先に、ジンはゴザの前に座る少年の元へと向かっていった。そのまま少年の前にしゃがみ込み、自然な笑みとともに語り掛ける。

「レモンを一つくれないかな」

少年は弾《はじ》けるように笑いながら、一番大きなレモンをジンに渡す。代わりに受け取った硬貨《コイン》を命より大切な何かのように握り締め、少年はお礼の言葉を告げた。

レモンを持って戻ってくるジンは相変わらず感情の読めない表情を纏《まと》っていたが、いま彼が、心のやわらかい部分にある何かを隠していることだけはわかる。

「そうだ、昔やってた手品をちょっと見せてやろうか」

「てじな？」

「異端者《フリークス》が出現し始めるまでは人気だった芸だよ。まあ、やってみせた方が早いか」

ジンはさっき少年から買ったレモンを右手で握り込み、もう片方の手でも握り拳を作った。

そのまま、両手がニーナの前に差し出される。

「右手と左手、どっちにレモンが入ってると思う？」

「いや、普通に右手からはみ出てるんだけど……」

「いくらなんでも、これはさすがに簡単すぎたかな。……じゃあ次は？」

ジンは余裕の笑みを浮かべて、握り込んだ両手をもう一度突き出してくる。

今度は本当に、どちらが正解かわからなかった。

レモンは掌《てのひら》に収まるようなサイズではないはずだ。そもそも、どちらの手もほとんど膨らんでおらず、何かを握っているようには全く見えない。

仕方ないので、ニーナは勘で左手を指す。

「残念、ハズレ」

ジンが右手を開くと、掌《てのひら》からはみ出る大きさの果実が突然姿を現した。

こんなものを、一体どこに隠していたのだろう。

「どうやったの？　まさか特異能力なんかじゃないよね？」

「手品の初歩的なテクニックだよ。客の死角を縫って、レモンを袖の中に隠すだけ」

ジンはニーナに見えるように、指先だけでレモンを自在に操り、袖の中にエスコートする様子を実演してくれた。まるでレモン自体が意思を持って動いているみたいで、仕掛けを知った後の驚きの方が大きいくらいだった。

「じゃあ最終問題。今度はどっちの手の中にある？」

今回も、両手からレモンがはみ出しているなんてことはない。

だがニーナはもう学習している。

「袖の中を見せてよ」

「俺はいま手が離せない。自分で捲《めく》ってみなよ」

言われた通りに、ジンが着ているシャツの袖を捲《めく》ってみる。念のため肘の辺りまで確かめてみたが、どこにもレモンは隠れていなかった。

「ギブアップ?」

「うー、ちょっと待って!」

様々な角度から両手を観察しても、やはりレモンの痕跡を見つけ出すことはできない。

「はい、時間切れ」

「……どこに隠したの?」

「そういえば、なんかバッグが重くなったって感じない?」

……まさか。

ニーナは恐る恐る手提げバッグを開き、中に手を差し込む。

そこで、彼女の指先に何か柔らかいものが触れた。

バッグの中からレモンを取り出しながら、ニーナは驚愕《きょうがく》の声を上げる。

「……うそ! なんで!?」

「このトリックだけは教えられないなあ」

「えー、ヒントだけでも!」

ジンは困ったように笑いながら、小さく呟《つぶや》いた。

「相手に思い込みを植え付けた時点で、詐欺《ペテン》は九割成功したようなもんなんだ」

「んん? どういうこと?」

ジンはそれ以上答えてはくれず、レストランを探してまた歩き始めてしまった。

そこでニーナは、重大な事実に気付いてしまった。

――ジンは今、笑みを浮かべていた。

相手を騙《だま》して打ち負かすための打算的な笑みでも、誰かを騙《だま》すスリルに酔いしれるときの笑みでもない。手品で相手を驚かせることを、どこまでも純粋に楽しんでいるように見えた。

まるで、三週間だけ一緒に暮らしていた姉が見せてくれたのと同じ種類の表情だ。

彼女もまた、きらきらしたスパンコールで彩《いろど》られた雨蛙《あまがえる》の人形をプレゼントしてくれるとき、こんなふうに悪戯《いたずら》めいた顔をしていた。

――いまここで、全てをはっきりさせてやる。

胸の中にずっと仕舞い込んでいた質問を、ニーナは真正面からぶつけることに決めた。

「……ジン。あなたの、本当の姿を教えてよ」

何を言っているのかわからない、というような素振りでジンは肩を竦《すく》める。

ニーナは構わず続けた。

「あの学園で、笑いながらみんなを騙《だま》しているときのあなたと、いま私に手品を見せてくれたあなた。どっちが本当の姿なの、ジン？」

「えっ、なに。多重人格説でも流れてんの？」

「はぐらかさないで。本当のことを、教えてよ」

砂埃《すなぼこり》を纏《まと》った風が吹く路上で、二人はしばらく見つめ合っていた。

今なら、ジンは本心を話してくれるかもしれない。

不思議と、ニーナはそう思うことができた。

「……質問を変えるね。あなたは、どうしてハイベルク校に入ろうと思ったの？」

「何度も言ってるじゃん。俺は、あそこで頂点を目指すために……」

「それは目標でしょ？　私が聞きたいのは、動機のほう」

ほとんど当てずっぽうに近い推測を、投げつけてみることにした。

「もしかしてあなたは、復讐《ふくしゅう》のために学園に潜り込んだの？」

「はは、なんでそんな結論になんの」

「あなたはいつも人を騙《だま》すことを楽しんでる。でも本当にそれだけで、こんな危険な綱渡りができるものなのかな？　なんか、お金を稼ぐつもりもないみたいだし」

「いやいや、それで復讐《ふくしゅう》って判断するのは早すぎない？」

「そうかな？　だってジン、あなたは特異能力者のことを憎んでるでしょ？」

ジンはたまに、異端者《フリークス》という蔑称を使うことがある。

特異能力者について話すときに、言葉の節々に敵意を滲《にじ》ませることがある。

いつものように適当な作り話で誤魔化さないのは、ニーナの言ったことが的外れではないという証明なのだろうか。

長い、本当に長い沈黙が流れたあと、ジンは静かに口を開いた。

「……きっと、この先は聞かない方がいい」昏《くら》い瞳が、こちらをじっと見つめている。「もしあんたが、俺と共犯関係を続けるつもりなら」

瞳の奥に感情を探し出そうとしたが、そこには黒々とした空洞が広がっているだけ。

それでもニーナが逃げようとしないことを察したのか、ジンは溜《た》め息《いき》混じりに呟《つぶや》いた。

「俺の本当の目的は、〈白の騎士団〉を潰すことだよ」

予想外の方向から飛んできた単語に、ニーナは思わず硬直してしまう。

白の騎士団。

政府直属の特務機関にして、この国の最重要戦力のひとつ。救国の英雄にして、ハイベルク校の生徒全員の憧れの対象。

そして何より、そこにはニーナの二人の兄も所属している。

「俺は、そいつらに父親を奪われたんだ」

パーティから抜け出したあと、噴水の前でジンと鉢合わせしてしまったときの記憶が蘇《よみがえ》る。

罵《ば》詈《り》雑《ぞう》言《ごん》の応酬の中で、ジンはニーナの家族に関する悪い噂《うわさ》の存在を仄《ほの》めかしていた。

〈白の騎士団〉が、栄光の陰で何をやってきたのかはニーナも知らない。だが一方で、強大な暴力装置である彼らが、ただの清廉潔白な英雄たちではないことも薄々勘付いていた。

決して語られることなく、闇の中に葬《ほうむ》られてしまった真実が、もしもジンから大切な何かを奪ってしまっていたのだとしたら。

　スティングレイ家の人間である自分に、ジンを止める資格などあるのだろうか。

「……だけど、どうやって？　彼らは救国の英雄で、国内でも有数の特異能力者の集まりで、ただの人間がどうこうできる相手なんかじゃ」

「全てを茶番にしてやればいい」

　両側の鼓膜はちゃんと言葉を捉えたはずなのに、ニーナはその意味をうまく掬《すく》い取《と》ることができなかった。

　全てを茶番にする？

　いったい、ジンは何を言っているのだろう。

「学園を首席で卒業したら、〈白の騎士団〉の連中は間違いなく俺をスカウトしにやってくる。全国民が注目するそのタイミングで、大勢の前で種明かしをしてやるんだよ。俺が、本当は特異能力者なんかじゃないってことを」

「そんなことして、いったい何に……」

「きっとあいつらは狼狽《うろた》えるはずだよ。だって、ハイベルク校がただの人間でも頂点になれるようなくだらない場所なら、自分たちの権威が完全に崩れ落ちてしまうから。ハイベルク校も、〈白の騎士団〉も、民衆からの信頼を失って一気に没落する。たった一人の詐欺師の手によって。……それって、めちゃくちゃ笑える展開じゃない？」

「でも……そんなことしたら、あなたは」

殺されてしまう。

ニーナは慌てて口を噤《つぐ》んだ。そんな恐ろしいこと、想像もしたくなかった。

「……心配しなくても、俺は死なないよ。そこから逃《に》げ果《おお》せるためのプランも練ってある」

――――嘘《うそ》だ。

今回ばかりは、ニーナにも断言することができた。

ジンは自分の正体を明かして全てを茶番に変えたあと、死ぬつもりでいる。

なぜなら、彼の瞳は未来になど向けられてはいないからだ。特異能力者に父親を奪われたという過去を、昏《くら》い瞳でずっと追い続けているからだ。

巧妙に隠したつもりでも、一流の嘘吐《うそつ》きであるニーナの目は誤魔化せない。

「……そんなの、ただの破滅願望だよ。ジン」

心の底では、ニーナはジンとの共犯関係に希望を感じていた。

綱渡りの悪事を繰り返した先には、二人が救われる未来が待っているのだと、根拠もないのに信じていた。

それなのに、その先にあるのがこんな結末だなんてあんまりだ。

ジンは確かに善人ではない。どうしようもない詐欺師でしかないのかもしれない。

だがそれでも、終わりに向かって進み続けるだけの人生なんて悲しすぎる。

何も起きなかったかのように歩き始めたジンの後ろ姿を見つめながら、ニーナは新たな決意が心の奥に芽生えるのを感じた。

彼の想《おも》いを無駄にしてでも、たとえ彼に恨まれることになったとしても、破滅への歩みを止めてあげなければならない。

ニーナは確信した。

彼を救うことができるのは、共犯者である自分だけなのだ。

ハイベルク校近くのバス停に帰ってきた頃には、辺りはもう真っ暗になっていた。

ジンの横顔からはもう笑顔が消えて、表面に警戒と疑念が張り巡らされた嘘吐きの表情に変わっている。

そこに悲壮感が漂っていることに、果たしてジン自身は気付いているのだろうか。

「……じゃあここで」

「うん。またね」

道の途中で二人は別れ、それぞれの帰路につく。

遠ざかっていく後ろ姿をこっそり眺めながら、ニーナは改めて確信した。

——きっと、ジンはこんなところにいるべきじゃない。

本当の笑顔を少しずつ失いながら、特異能力者なんてものを演じる必要はない。

心を擦り減らしながら、ただひたすら破滅へと向かっていく必要なんてない。

だから、自分がこれからする決断は、彼のために一番いいものなのだ。

夜空にぽつりと浮かび上がる満月を見つめながら、ニーナは紺碧《こんぺき》の瞳に覚悟の光を宿らせた。

◆

最後の一日のことを、ジンは今でも鮮明に思い出せる。

一三歳の誕生日が近付いていたあの日、ジンは育ての親のラスティと二人きりで祝勝会を開いていた。

未来予知ができる特異能力者の少年とその保護者を装《よそお》い、とある貿易商から大金を巻き上げた直後のことだ。手口としては何度もやってきたものだったが、仕事の規模はジンがこれまで手伝ってきた中で最も大きいものだった。

ボロ小屋のような家には似合わない高級酒の瓶を呷《あお》りながら、赤ら顔のラスティが言った。

「いいかジン、詐欺師なんて商売はロクなもんじゃない」

「確かにね。やたら手間はかかるし、リスクも大きいし」

「んなこと言ってんじゃねえんだ。いいか、この商売をしている限り、俺たちは常に世界と一線を引いて生きていかなきゃならねえ。一か所に定住することも、誰かと深い関係になることもできない。嘘《うそ》がバレて牢獄《ろうごく》か地獄にブチ込まれる恐怖と常に戦いながら、孤独に生きていかなきゃならないんだ」

「でも、あんたには俺がいるから大丈夫だよ。独りきりになんてならない」

不安から口にしてしまった言葉に、ラスティは何も返さなかった。

半分以上残っていた酒を一気に飲み干してから、ラスティはジンの瞳を真正面から捉える。

「ジン、お前はまだガキだ。とっくの昔に道を踏み外してしまった俺とは違う。俺が叩《たた》き込《こ》んだ技術を全部忘れて、普通に生きていく道だってあるはずだ」

「ちょっと、何言ってんだよ。今さら足を洗えってこと?」

「……まあ、色んな選択肢があると知っといても損はない。お前はもう、路上で施しを待ってるだけの子供じゃないんだから」

乱暴に頭を撫《な》でられながら、ジンは不穏な気配を嗅ぎ取っていた。

——常に周囲を観察し、危険な兆候を敏感に感じ取れ。

何度もラスティに言われてきたことだ。今のやり取りはまさに、ジンにとって危険な兆候のように感じられた。

実際に、予感は現実のものとなってしまった。

昼下がりに目を覚ましたジンが飲み物に睡眠薬を入れられていたことに気付いた時には、もう全てが手遅れになっていたのだ。

ラスティの身に何が起きたのかを彼が知ったのは、その一週間後のことだった。

街頭で配られていた号外に載っていたのは、いつも近くで見てきた大胆不敵な笑み。

『特異能力者を装《よそお》った信用詐欺で大金を荒稼ぎした〈伝説の詐欺師〉ラスティ・イエローキッド＝ウェイルがついに逮捕！　我らが〈白の騎士団〉の決死の追跡によって、彼の長年の悪事は終焉《しゅうえん》を迎えることになった。今回逮捕されたラスティは約二〇年にわたり、たった一人で世間を欺き続けており……』

この記事を読むまで、ジンは何一つとして知らなかった。

ラスティが〈白の騎士団〉に追われていたということも。ラスティが、これ以上自分が逃げられないと悟っていたことも。

特務機関の〈白の騎士団〉が動いたということは、ラスティは帝国の敵に認識されたということなのだろう。世界を騙《だま》し続《つづ》けてきた大罪人が監獄でどのような扱いを受けるのかなど、想像もしたくなかった。

間抜けにも薬で眠らされ、別れの言葉もかけられないまま、一方的に救われてしまった弱い自分を、ジンは何度も断罪した。

無力な子供には、それ以外にできることなどなかったのだ。

個室の扉をノックされる音で、ジンの思考は中断される。

蓋を下ろした便器の上に座ったまま、どれくらいの時間ここにいたのだろう。変に怪しまれないように、一度水を流してから個室を出る。

青い顔をした男子生徒が、入れ替わりで個室に駆け込んでいく。もう一つある個室はさっきからずっと閉まっているし、ちょっとした行列がトイレの外まで続いていた。それだけ、極度の緊張に襲われている者が多いということだろう。

無理もないな、とジンは思う。

前回の〈チェイス・タグ〉によって、既に学年全体で三人もの生徒が強制退学の憂《う》き目《め》に遭っているのだ。

自分の所持ポイントよりも多くの秒数を相手に稼がれてしまったら、その時点で全てを失うことが決定する――そんな残酷な現実を、多くの生徒が改めて実感したのだろう。

そしてそれは、ジン自身にとっても他人事《ひとごと》ではない。

ニーナと街に繰り出した翌日、ジンはベネットからの宣戦布告を受け取った。

ジンの所持ポイントは一〇三点なので、仮に今回の〈チェイス・タグ〉で上限となる五〇点を奪われたとしてもゲーム・オーバーになることはない。

だが、ジンがこれまで築き上げてきた『得体の知れない実力者』という評価は崩落してしまうだろう。

ジンは皆が集合する体育館《アリーナ》前へ歩きながら、ベネットの能力を整理してみる。

・自律思考する火の人形を呼び出す〈火刑執行者《エグゼキューター》〉という特異能力。
・人形は自動的に敵を追いかけるだけでなく、形状を自在に変えることもできる。
・発動条件は、特定の銘柄のマッチの火を一〇秒以上見つめ続けること。
・マッチの火が消えた瞬間、火の人形も一緒に消滅するのが唯一の弱点。

改めて、学生レベルとは到底思えないほど超常的な力だと思う。

発動条件にはやや難があるし、自律思考というのは流石《さすが》にハッタリだろう。恐らくは、予《あらかじ》め複雑な動作をプログラムした上で動かしているだけだ。ただ、それでも充分すぎるほどに強力であることに変わりはない。

そもそも、能力の詳細がここまで知れ渡っている時点で尋常ではないのだ。

それはベネットが、発動条件や弱点を知られてしまっても全く問題ないと思っていることの裏返しに他ならない。

だからジンは、早急に手を打つことにした。

今日の昼休み、食堂に向かうベネットに背後から近付き、マッチ箱が入っている上着のポケットに手を差し込むことに成功したのだ。

卓越したスリの技術。人混みに乗じた上で、相手の視線や重心の位置を読み、最も注意力が散漫になる一瞬を狙って仕事を完遂する。この程度はジンにとっては児戯に等しい。

もし箱の中身だけが別の銘柄のマッチにすり替えられたとしても、ベネットが気付くことはないだろう。

教官に名前を呼ばれる。そろそろ戦いの時間だ。

ジンは思考を切り替え、先に体育館《アリーナ》の中へと向かうベネットを追いかけた。


「ゲームが始まったら、すぐに棄権した方がいい」

フィールド上の所定の位置で向き合うなり、ベネットは薄く笑った。

「噂《うわさ》に聞く限り、君の心理系の能力はこういうゲームには向かない。それに僕だって、無益な戦いで人を傷つけるのは避けたいんだ」

ジンは無言を貫いたまま、ベネットの表情を観察する。

驕《おご》りも油断もなく、自分の勝利を予定された結末だと確信する表情。今まで騙《だま》してきた人間たちの中には、あまりいなかったタイプだ。

「まあ、アレだね」

少しでも相手の集中を乱すため、ジンは口先を動かすことにした。

「あんたには心底同情するよ。ビリから数えた方が早いような劣等生に万が一負けでもしたら、これまで築き上げてきた信用を全部失ってしまうんだから。……ああ、あのお楽しみ会も解体されちゃうかもなあ」

「……残念だけど、僕が君を甘く見ることはないよ。仮にも君はニーナとの〈決闘《コンバット》〉を生き抜いた男だ。どんな汚い手を使ったのかは知らないけどね」

ベネットは低い声で言った。少し早口になりそうなのを、理性の力でどうにか押《お》し留《とど》めているような喋《しゃべ》り方《かた》。これは、今まさに怒っている人間の特徴だ。

——思ったよりも沸点が低そうだな。

冷静に判断しつつ、ジンは口許《くちもと》に凶悪な笑みを浮かべた。

「てかさ、なんであんたは俺に絡《から》んでくるわけ？　気味が悪いんだけど」

「鈍感なフリをしてるのかな？」

「別に偏見はないけど、恋愛感情ならちょっと受け止められないかな」

「なあ、そんなわけがないだろう」

「もしかしてアレ？　あのとき会合から抜け出したことを根に持ってたり……」

「もういい、不愉快だ」

ベネットは全てを拒絶する冷たい声で、フィールドの外に立つ教官へと告げた。

「そろそろ始めましょう、イザベラ教官。後ろがつかえてる」

開始の笛が鳴り響くと同時に、ベネットは箱から取り出したマッチに火を点《つ》けた。

ジンは障害物を乗り越えれば手が届く位置にいるのに、ベネットはまだ追いかけてこない。

開始位置から動かず、マッチの先端で揺れる炎を見つめているだけだ。

あと一〇秒で〈火刑執行者《エグゼキューター》〉が呼び出される——ベネットはそう確信しているのだろう。

マッチがすり替えられていたら、そんな未来など来ないというのに。

「余裕そうな顔をしているね、ジン。君はこれから焼かれてしまうのに」

「心配しなくても、あんたは俺に攻撃できないよ。初めからそう決められてる」

「……どういうことかな？」

「自分で考えてみたら？　頭の体操になるよ」

ベネットの顔に、不安定な感情が染《し》み出《だ》していくのをジンは見逃さなかった。

得体の知れない対戦相手が、どんな手を打ってくるのか測りかねているのだ。

だとしたら、その疑念を利用する以外に手はない。

「予言してやるよ。あんたの特異能力は俺に通用しない」

「はは、何を根拠に……」

「そんなに不安なら確かめてみる？　ほら、俺はここから一歩も動かないから」

マッチに火を点《つ》けてから一〇秒が経《た》つ頃には、ベネットは俯《うつむ》いてしまった。まだ怪物が呼び出される気配がないことに絶望してしまったのだろうか。

「やっぱり的中しちゃったか。俺も正直びっくりしてる。で、どうするベネット？　自分で追いかけてくるつもり？」

ベネットは首を垂れたまま、肩を震わせているように見える。それほどまでに深く失望しているのだろうか。

――いや、違う。

ジンは致命的な事実に気付いてしまった。

ベネットは今、込み上げる笑いを必死に押し殺しているのだ。

「滑稽……実に滑稽だよ、ジン。ずっと、僕に騙《だま》されていたとも知らないで」

ベネットの目の前に、燃え盛る火球が生み出される。

火球は生き物のように成長を続け、みるみるうちに人間の姿へと変貌していく。

「……嘘《うそ》、だろ」

昼休みにジンが仕掛けた策略は、何の意味も為《な》さなかったのだ。

何事もなく召喚された〈火刑執行者《エグゼキューター》〉が、火の粉を撒《ま》き散《ち》らしながら突進してくる。

「うわああああああああああっ！」

火の粉が触れた箇所に、骨の髄まで溶かすような激痛が襲い掛かってくる。

地面を転がっても消火などできない。僅かだった火種はどんどん広がっていき、瞬《また》く間《ま》に左腕全体を覆い尽くしてしまった。

いつの間にか接近していたベネットに肩を叩《たた》かれても、痛みに耐える以外のことは考えられそうもない。

「落ち着きなよ。別に死ぬわけじゃない」

ベネットはどこまでも冷酷に告げる。

「その炎は少し特別でね。温度や形状だけじゃなく、殺傷能力も自在に操ることができるんだ。今の設定なら、たとえ全身を炎に包まれても君が火傷《やけど》することはないよ。……残念ながら、痛みだけは普通の炎と同じだけど」

慈愛すら感じさせる口調で語るベネットが、たまらなく恐ろしかった。

触れても死ぬことがない炎など、平和的な代物でも何でもない。

相手を決して殺さず、苦痛だけを与え続ける——なんて拷問向きな能力なのだろう。

ベネットがマッチの火を吹き消すと、身体の半分を覆っていた炎も消えた。

「さあ、次は君の番だよ」

今すぐ逃げ出したい衝動を押さえつけ、ジンは思考を巡らせる。

落ち着け。冷静に状況を整理しろ。

奴《やつ》が問題なく人形を呼び出すことができたとしても、能力が発動するまでに一〇秒もかかるのは変わらないのだ。

それまでに、奴《やつ》の身体のどこかにタッチするだけでいい。

「…………は？」

それでも、笛が鳴った次の瞬間には、淡い期待はいとも簡単に掻《か》き消《け》された。

ベネットがマッチに火を点《つ》けて二秒も経《た》たないうちに、また〈火刑執行者《エグゼキューター》〉が呼び出されてしまったのだ。

考えてみれば、特異能力の発動条件などというデリケートな情報が出回っていたこと自体が不自然だった。

ベネットが誤情報を流し、偽《にせ》の弱点を周囲に信じ込ませていたという方が納得できる。

「はは、そんなに怯《おび》えなくても。今は君の方が鬼なんだから」

身体に刻み込まれた恐怖を制御できず、ジンは一歩も動くことができない。

要したのは僅か一ターン。

たったそれだけで、ジンは五〇秒以上の差をつけられてしまった。

「これでゲーム・オーバー。僕の勝ちだ」

「ふざけるな……」

ジンは溢《あふ》れ出《で》てくる感情を堰《せ》き止《と》めることができなかった。

「どんなペテンを使った、ベネット！」

「ペテンだなんて……君がそれを言うのかな？」

ベネットは駄々をこねる子供を説得するときのような、困った表情を浮かべていた。

そのままゆっくりと近付いてきて、教官には聞こえない声で囁《ささや》いてくる。

「君が僕に敵《かな》わないことなんて、まさに火を見るよりも明らかだ。……だから君は、マッチの中身をすり替えようなんて真似《まね》をしたんだろ？　でも残念。このゲームが始まる前に、予備の箱と交換させてもらったよ」

「……なん、の話だよ」

「ああ、とぼけなくていい。とっくに実証は済んでるんだ。案の定、君がすり替えたマッチに火を点《つ》けても能力は発動しなかった。……まったく、危ないところだったよ」

「…………」

「もうわかっているだろう？　君はニーナには相応《ふさわ》しくない。いや、この学園にいること自体が、悪い冗談としか思えないね」

　久しぶりに思い出した。

　これが、敗北の味か。

　ベネットはただの化け物ではない。敵を倒すために情報を操作することも厭《いと》わない、稀代《きたい》の大嘘吐《おおうそつ》きでもあったのだ。

　立ち尽くすことしかできないジンに、容赦のない言葉が降り注いでくる。

「それでもわからないなら忠告してやる。早くニーナを解放してあげてくれ。分不相応な君には、彼女に付きまとう資格なんてないんだ。……もし大人しく引き下がらなければ、今度は本当に焼き尽くしてやるから覚悟しろ」

　興味を完全に失ったような無表情で出口へと向かうベネットを、ジンは呆然《ぼうぜん》と見送ることししかできなかった。

第七章　雨中の決別、夜の淵《ふち》に沈む月

腰を抜かしたまま後ずさりする男子生徒の肩に、ニーナは優しく手を置いた。

三〇秒差をつけての勝利。ジンなら物足りないと不満を言うかもしれないが、台詞《せりふ》の緩急と得体の知れない雰囲気だけで乗り切った自分を褒めてほしいと思う。

いつものように、体育館《アリーナ》から出たニーナには無数の視線が向けられる。

だからこそ、彼の姿が真っ先に目に留まった。

待機している生徒たちから離れた場所にある茂みの側に、ジンが一人で座り込んでいたのだ。確かめなくてもわかる。彼はベネットに負けてしまったのだ。完膚なきまでに叩《たた》きのめされて、絶望の底に突き落とされてしまったのだ。

声を掛けるべきだろうか、という考えが脳裏を過る。

そして一瞬後には、消え入りたくなるほどの自己嫌悪《けんお》に襲われた。

――あんなことをしてしまった自分に、何かを言う資格なんてない。

ニーナは絶望の中にいる共犯者から目を逸《そ》らして、教室棟に続く道を歩いていく。

耳元で、自分と同じ声をした誰かが疑問を投げかけてくる。

本当にあれで良かったの？

もっと他に選択肢はなかった？

今の自分を、スティングレイ家から追放されてしまった姉に見せることができる？

「……うるさいっ！」

消えてしまえ。

こんな疑問を囁《ささや》くくらいなら、自我なんて消えてしまっていい。

だが、これはニーナ自身が選び取った結末なのだ。後悔など絶対に許されない。

背後から近付いてくる足音。

心を閉じていたから、ニーナの反応は遅れてしまった。

細い腕を後ろから摑《つか》まれて、恐怖が電流のように背筋を伝っていく。慌てて振り返ると、そこには青ざめた顔をしたジンが立っていた。

一切の温度が感じられない、凍《い》てついた声が叩《たた》きつけられる。

「……やってくれたな」

「何のこと？」どうにか平静を装《よそお》うことができた。「手、離してよ」

「とぼけるなよ。あんたがベネットと繋《つな》がってたことはわかってるんだ」

「話が見えないよ」

「客観的に考えて……俺の技術があれば、マッチ箱のすり替えがバレるなんて有り得ないんだよ。誰かが事前に計画を漏らしたとしか思えない」

「……だから、手を離して。痛いよ」

「計画を知ってたのは俺とあんたの二人だけ。俺が寝ぼけて敵に情報を話しちゃうような間抜けじゃないなら、あとは簡単な消去法だ。裏切り者は、あんたしかいない」

締め付けられる腕の痛みの中で、ジンが自分を名前で呼んでくれなくなったことに気付く。

あの共犯関係は、もう元には戻らない。

当然だ。自分は、それだけのことをしたのだから。

「……あんたを信じた俺が馬鹿だったのかもな。誰も信じちゃいけないことくらい、ガキの頃に充分学んだはずなのに」

ジンがあまりにも寂しそうに言うので、ニーナは声を上げそうになった。

ジンの表情からはもう怒りが消えている。そんな感情に構《もの》っていられないくらい、彼は打ちのめされている。

「……こうするしか、なかったんだよ」

違う、そうじゃない。

そんな狡《ずる》い台詞《せりふ》を吐いてはならない。

もっと徹底的に、ジンを決定的に傷つける言葉を投げつけなければならない。

早く言え。

自分を一生許せなくなるとしても、構わずに言ってしまえ。

感情による制止を突き破って、ニーナは覚悟を纏《まと》った台詞《せりふ》を叩《たた》きつける。

「あなたは、こんなところにいるべきじゃない。早く荷物をまとめて地元に帰って、別の道でも探した方が絶対いいよ。特異能力者になりたいだなんて、分不相応な夢は見ない方がいい。ねえ、場違いだから早く消えて。……お願い、だから」

もはや、彼の顔を見ることもできなかった。

ニーナは腕を摑《つか》んでくる手を強引に振り払って、学生寮へと走り出した。


深く深く、立ち上がれなくなるほどに深く苦しんだ経験は何度もある。

それでも、この苦しみだけは格別だった。

人を心の底から傷つけてしまったというのに、何も起きなかったような顔をして生きていけるほど自分は強くできていない。

内面で渦を巻く苦しみを、打ち明けることができる相手はもういない。

たったいま、自分自身の手で切り捨ててしまった。

「……あれ？」

気付いたときには、ニーナの視界は涙で滲《にじ》んでしまっていた。

濡《ぬ》れた眼球で見上げた街灯の周りには、少しぼやけた光輪が浮かび上がっている。ほとんど幻想的と言っていい光景は、彼女の荒《すさ》んだ心を皮肉っているようにも思えた。

ふと、進行方向に人影があることに気付く。

みんなと同じ制服を着ているはずなのに、ベネットの立ち姿からは気品が滲《にじ》み出《だ》している。それは、ニーナには演技を纏《まと》わなければ手に入れることができないものだ。

彼のようになれたらいいのに、とニーナは思った。

彼のように世界のシステムに愛され、苦しみを知らずに生きていけたらいいのに。

いっそのこと、本当の怪物になることができればいいのに。

「君が気に病む必要はないよ、ニーナ」

「……何のことでしょう」

「君がジン・キリハラにした行為は裏切りなんかじゃない」

嫌な湿気が、長い髪に纏《まと》わりついていく。もうすぐ雨が降るかもしれない。

「これは〈白の騎士団〉を目指すための生き残りレースなんだよ、ニーナ。君は高みを目指さなきゃならない人間だ。高く飛ぶためには、かさばる荷物は切り離すしかない。君は君の目的のために、正しいことをしたんだ」

「申し訳ありませんが、今は立ち話をする気分じゃないんです。雨が降らないうちに、早く寮に戻りませんか？」

「いいか、君に罪はない」

ベネットの言葉には、確かに真摯な響きがあった。

「君は優しいから、あの男に騙《だま》されていただけなんだろう？　言ってみれば、僕に情報を渡したのは正当防衛だ。それに、僕には情報を受け取らないという選択肢だってあったわけだしね。それでもまだ気が済まないようなら、僕がいつだって話を聞いてあげるよ」

「なぜあなたは、私にそこまでしようとするんでしょう」

「決まってるだろ、同志だからだ。数少ない入学試験免除組として、これから一緒に学園を治めていかなきゃならないんだから」

ああ、やっぱり彼じゃない。

ニーナは絶望的な気分に駆られた。

ベネットは確かに善人なのだろう。真っ当な正義感を持ち、真っ当な動機で生存競争に参加している。C級の生徒たちに鍛錬の機会を提供するなんて、誰にでもできることじゃない。

けれど彼には、ニーナの痛みを理解することができない。

ただの人間の身で、怪物たちの棲《す》み家《か》に投げ込まれた者の恐怖を分かってくれはしない。

「……前に話した同盟の件、考えてくれた？」

「ごめんなさい、もう少し待っていただけますか？」

「ああ、いつまでも待つよ。僕たちには時間があるからね」

「………ありがとうございます」

完璧な所作で手を振りながら遠ざかっていくベネットを見送りながら、ニーナは目の前が分厚い氷壁によって塞がれていく錯覚に襲われた。

永遠の孤独、という不吉な言葉が壁の表面に浮かび上がっている。

これから先、全ての嘘《うそ》が暴かれて罰を受けるその瞬間まで、ニーナは独りで茶番を演じ続けなければならない。

それでも、ジンを破滅願望から救うためにはこうするしかなかった。

レモンの手品を見せてくれたときの笑顔を守るためには、こうするしかなかったのだ。

「……あーあ、やっと見つけたのにな」

全ての秘密を曝《さら》け出《だ》すことができる相手を。心から信頼できる共犯者を。

想《おも》いをそのまま口に出してしまっていたことに気付き、ニーナは顔を赤らめる。だが、余計な心配だったかもしれない。

雨の勢いが強くなってきたから、きっと、こんな独り言は誰にも聞かれずに済んだだろう。

◆

雨が本格的に降り始める前に、ベネットは寮に辿《たど》り着《つ》くことができた。

エントランスに足を踏み入れると、何人かの男子生徒が自分を待ち構えていた。まるで主に仕える従者みたいだな、とベネットは内心で苦笑する。

「ベネットさん、お食事は……」

「ああ、いつも悪いね。部屋まで運んできてくれないかな」

小走りで食堂へと駆けていく生徒のことが、流石《さすが》に気の毒になってきた。

こちらから頼んだ覚えはないのに、例の闘技会のメンバーがベネットの身の回りの世話を焼いてくれるようになったのだ。

彼らに手を振って、ベネットは一人で自室に向かう。

部屋の明かりを点《つ》け、窓際《まどぎわ》に置かれた安楽椅子に座る。テーブルの大皿の上にはキャンドルが置かれていたが、火を消さずに部屋を出ていたため完全に溶けてしまっていた。在庫はまだあるが、そろそろ実家から送ってもらってもいいかもしれない。

全てがうまく行っている、と思う。

入学試験を免除されてハイベルク校に入ることができたし、当初から構想していた闘技会の運営も順調に進んでいる。

彼らはＣ級と揶揄《やゆ》されることもあるが、腐っても特異能力者だ。

人間兵器になり得る素質を持つ人間をあれだけ従えているのだから、この学園を生き抜くための基盤はすでに完成したと言ってもいいだろう。

「……はは」

誰もいない部屋の中でなら、演技を纏《まと》う必要はない。

だから、喉の奥から込み上げてくる笑いを押《お》し留《とど》める必要もないのだ。

「はははははははっ！」

同級生に対してへりくだった態度を向けてくる部下たちも、あの闘技会をただの慈善事業だと思い込んでいる連中も、欠陥だらけな学園のシステムを作った大人たちも、全てが救いようのない間抜けだ。

全国から有望な特異能力者たちが集められる学園でも、結局はこれまでの一五年間と同じ。生まれながらにして人の上に立つことが決定付けられているベネットにとって、ここを自身の王国に変えてしまうなどあまりに簡単すぎる。

間抜けな彼らは、ベネットが裏でしていることを何も知らない。

闘技会を組織する口実となった『C級狩り』が、実はベネット自身の手で行なわれているということも。

既に五人もの生徒を趣味と実益を兼ねて痛めつけ、退学処分に追い込んでいるということも。

ベネットは、瞼《まぶた》の裏側に至福の時間を再上映させる。

〈火刑執行者《エグゼキューター》〉に追い立てられて、悲鳴を上げながら夜の森を逃げ惑う獲物たち。

生きたまま業火《ごうか》に捕らえられた敗者の、存在ごと吐き出すような絶叫。

やはり、学園のシステムを作った大人たちは極悪人だとベネットは思う。

戦争法で禁止されているレベルの拷問すら、ここでは肯定されてしまう。退学処分が確定すると同時に犠牲者たちは催眠状態になり、学園にまつわる記憶を封印されるためだ。

何より、ベネットが哀れな犠牲者たちに仕掛けた〈決闘《コンバット》〉に、学園長に作られた猫の人形《ジェイク》が立ち会っているという事実はどうしようもなく救いがない。

学園の中では、どんな犯罪行為も許される。恐らくは、本当に人を殺してしまうことさえも。

結局、世界というのはそういうものなのだ。

強き者には全てが許される。弱者を喰《く》らい、痛めつけ、支配することが肯定される。

「……まあ、あいつだけは早々に潰しておかないとね」

ジン・キリハラ。

実力もないくせに思い上がり、ニーナに取り入ろうとしている自信家。ああいう夢見がちな馬鹿を潰しておけば、誰も自分に逆らおうという気は起きなくなる。

もちろん殺すつもりはないが、多少後遺症が残る程度の傷は負わせても問題ないだろう。どうせ記憶は消去されるので、全てを不幸な事故として処理してしまえる。

その後は、ついにニーナを手に入れる番だ。

ああいう遊び慣れてなさそうな女は好みではないが、王国の地位を確固たるものにするためには充分すぎるほどに利用価値がある。惚《ほ》れさせておいても特に不便はないだろう。

これまで、欲しいものは全て手に入れてきた。

今回も同じだ。どれもこれも退屈なゲームにすぎない。

部屋の扉が、再びノックされる。

部下が食堂から戻ってくるにはまだ早すぎるはずだ。

「……誰なのかな？」

こちらの許可も待たず、その人物は扉を開けて部屋の中に入ってきた。部下には勝手な入室を禁じているので、誰なのかはすぐに想像できる。

「……やあ、ジンじゃないか。君の部屋はここじゃないはずだけど」

気品らしきものを一切感じさせない、飢えた野生動物のように狡猾《こうかつ》な気配。切れ長の目に嵌《はま》っている、黒く澱《よど》んだ瞳の異様さ。

ついさっき、自分はこの男を完膚なきまでに叩《たた》き潰《つぶ》したはずだ。

だとしたら、この粘《ねば》着いた気配の正体は何だ？

「〈決闘《コンバット》〉を申し込みに来た。もちろん、俺はポイントを全部賭けるよ」

「……本気で言ってるのかな？」

どのみち、ジンとは〈決闘《コンバット》〉をするつもりでいた。

ただそれは、他の犠牲者たちと同じように〈火刑執行者《エグゼキューター》〉を呼び出して絶対に断れない状況にした上で、誓約書に無理矢理サインを書かせるというやり方で、だ。

向こうから持ち掛けられるとは考えてもいなかった。この男はニーナを失い、完全に孤立無援の状態にあるはずなのに。

もしかして自暴自棄になってしまっているのだろうか。

——いや、この自信家が勝算のない戦いを挑んでくるはずがない。

間違いなく、何かしらの策略《ギミック》を企《たくら》んでいるはずだ。先程の〈チェイス・タグ〉で、マッチ箱のすり替えを仕掛けてきたのと同じように。

ベネットはどうにか不快感を覆い隠し、友好的な口調で語り掛ける。

「冷静になりなよ。……そもそも、君はいま何ポイント所有してる？　いくら君が全てを賭けると言ったって、僕にとっては微々たる数値でしかないんだよ」

「だけど、俺にもし負けでもすれば、その瞬間にあんたの地位は崩壊する」

「安い挑発には乗らないよ。第一、君と戦ったところで僕には何のメリットもないんだ」

取り付く島もない、という体《てい》を装《よそお》いながら、ベネットは高速で思考を回転させていた。

手元にあるカードをどう切れば、ジンの企《たくら》みを看破して叩《たた》き潰《つぶ》すことができるのだろうか。

いや、それだけではまだ甘い。

どうすれば、最大限の苦痛と屈辱を与え、自ら赦《ゆる》しを請《こ》うように仕向けられるのか。

この耐《た》え難《がた》い不快感を消すには、そこまで容赦なく考えるべきだ。

「C級ごときの挑戦から逃げるなんて、それこそ面子《メンツ》が潰れちゃうんじゃないの？」

「随分しつこいね。まさか、今回みたいなイカサマを準備してるのかな？」

「言い掛かりはやめてくれる？　俺ほど清廉潔白な人間はいない」

ベネットは、甘い痺《しび》れが全身を満たしていくのを感じた。

なるほど、これはただ特異能力で相手を焼き払うだけの戦いではない。策略家気取りの生意気な男を、それを上回る策略《ギミック》で叩《たた》き潰《つぶ》さなければならない頭脳戦なのだ。〈決闘《コンバット》〉の当日、二人が相対した時点でもう勝敗は決まっている。

——面白い。

冷静になった途端、残酷なアイデアが電流のように脳裏を駆け巡っていく。

「……仕方ない。受けて立とう」

こんな作戦を思い付くことができる自分は、とんでもない極悪人だと思う。

笑いを堪えられなくなる前に、実務的な会話に戻らなければ。

「その代わり、日取りと場所は僕が指定させてもらうよ」

「それでいいよ。当然の権利だ」

「余裕そうだね。自分がどうなるかわかっているのかな？」

「さあね。冷え性でも改善させてくれるの？」

会話の主導権を握らせまいとする無駄な努力が、ベネットの涙を誘う。

ジンはまだ何も知らないのだ。

つい三日前にも、ジンのようなC級の生徒を二人まとめて再起不能にしたばかりだということを。ベネットが、彼以上の悪意と策略《ギミック》を使いこなす怪物だということを。

力の差を見せつけられ、失意と屈辱の中で業火《ごうか》に焼かれるそのとき、ジンはどんな表情を見せてくれるのだろう。

ジンが去って行ったあと、ベネットはグラスに注がれた水を呷《あお》りながら、窓の外に広がる夜の世界に目を向けた。

昨日まで美しい輝きを放っていた月は、今では分厚い雨雲の向こうに沈んでしまっている。

まるで、全ての希望を断たれた哀れな男を嘲笑《あざわら》っているように見えた。

第八章　予定された裏切り、詐欺師にとっての絶望

Lies, fraud, and psychic ability school

いつもポケットの中に忍ばせている偽造コインを指先で弄びながら、ジンはこの学園に流れつくまでの人生——あの最低な変人で、それでも超一流だった詐欺師と過ごした日々を思い返していた。

たまに大きな仕事をやった後、ラスティがよく言っていた台詞《せりふ》がある。

「……お前には何もない。特異能力はおろか、家族も、教育も、ガキらしい愛想《あいそ》すらもない。ジン、何も持たない俺たちがまともな暮らしを手に入れようと思ったら、狡猾《こうかつ》になるしかないんだ。それこそ、知らない誰かを騙《だま》してでも」

そこまで言った後、ラスティは必ず真剣な表情になるのだった。

「ただ一つだけ、絶対に忘れちゃいけないことがある。いいかジン、詐欺師にとって——」

何度も言い聞かされた台詞《せりふ》だが、ラスティの真意はまだ完璧にはわからない。

あの時彼は何を思い、何を託そうとしていたのだろうか。

それ以上の思考を、時間は許してくれなかった。

ベネット・ロアーという強大な敵との戦いが、もうすぐ始まってしまうのだ。

ここに至るまでにいくつもの布石を撒《ま》いてきた。罠《わな》はもう仕掛けてある。最高の準備を整えたら、あとは覚悟を持って本番に臨むだけだ。

深呼吸で精神を整えて、ジンは自室の扉に手をかけた。

◆

あの宣戦布告から三日後。

ベネットが指定した舞台は、背の高い木々が連なる並木道だった。帝国が土地を買い取る前まではこの先に登山口があったらしいが、今ではそれも完全に放置されており、コンクリートの道の至る所から雑草が顔を出していた。

約束の時間である午後一時ぴったりに到着したジンに、ベネットは余裕の笑みを見せた。

「……逃げずに現れたね。正直驚いたよ」

ジンは不敵な笑みで返すことにした。

「白々しい感想はいいからさ。とっとと始めない？」

「まあ落ち着いてくれよ。まずは契約を交わすのが先だろう」

細い書体で丁寧に綴《つづ》られた誓約書がジンに手渡される。

「今回の〈決闘《コンバット》〉は、そこに書かれたルールに則《のっと》って行なう」

「特異能力での直接攻撃もありで、相手を降参させるか失神させるかすれば勝ち。負けた方は五三点を失う……。まあ、怪しいところはないかな」

「当たり前だよ。僕は公正なのが好きでね」

学園が指定する用紙にルールと参加者のサインを記入することで、自動的に〈決闘《コンバット》〉は成立する。こんな紙切れ一つでポイントの増減を管理し、記憶封印措置まで実行できる学園長の全知全能っぷりに呆《あき》れつつ、ジンは誓約書に署名した。

「……ほら、立会人も到着したようだ」

ベネットの呟《つぶや》きに呼応するように、遥《はる》か上空から掌大《てのひらだい》の物体が降ってくる。

ジェイクと自称していたブリキ製の猫の人形は、地面に激突する寸前で不自然に減速し、何事もなかったかのように二人の前に降り立った。

『全くよー、ここのガキどもは人使いが荒いぜ。今日だけで何回目の〈決闘《コンバット》〉だ？　まあオレ様はブリキだから疲れなんて感じねーけどよ』

「ジェイク、誓約書を確認してくれるかな」

『あー、わざわざオレ様に見せる必要はねーよ。誓約書に必要事項が記載された時点で、オレ様はルールを把握できる仕様になってんだ』

「ああ、確かそうだったね」

『よし、最後に注意事項だ。その誓約書に書かれたルールが守られている限り、オレ様は一切口出ししねー。だから間違っても助けを求めてくんじゃねーぞ。……じゃあ、心の準備はもういいか？』

「前置きが長いな。さっさとやろう」ジンがうんざりしたように言う。

「それもそうだね。早速始めよう」ベネットは模範的な笑みで答えた。

『よし、ゲーム開始だ』

ジェイクが宣言を終える前に、ベネットは上着のポケットからマッチ箱を取り出した。この掌《てのひら》に収まる小さな物体だけで、彼は悪鬼のごとき特異能力を発動させることができる。

マッチが箱の側薬《そくやく》に擦《こす》り付《つ》けられ、先端に火が点《とも》された。

空気そのものが自然発火しているかのように、ベネットの前方に小さな火種が生み出される。

火種はやがて火球へと育ち、みるみるうちに火の勢いと体積を増していく。

火球が人の形へと変化し始めたときにはもう、ジンは一目散に逃げ出していた。

「……ははっ。どうした、ジン・キリハラ！」

ベネットが笑いを堪えつつ呼びかける。

「さっきまでの威勢はいったい何だったんだ？　僕と正面から戦う気概はないのか？」

ジンを非難しているようでいて、ベネットの表情は歓喜に満たされていた。

それはまるで、逃げ惑う獲物を追い立てる狩人《かりゅうど》の笑みだった。

濃密な死の気配を背後に感じながら、ジンは木々の間を駆け抜けていく。

無軌道な逃走に見せかけて、彼が向かっているのは事前に決めていた地点。緩慢に歩いてくるベネットから三〇メートルほど離れた大木の裏に隠れ、相手の様子を伺う。

作戦に抜かりはない。

炎の怪物を自在に操る相手を倒す方法なら、既に組み上げてある。

◆　二日前　◆

〈決闘《コンバット》〉の舞台となる並木道では、一三人の〈造園業者〉たちが作業に当たっていた。時刻はすでに午前二時を回っている。

寮から抜け出してきたジンが到着すると、ガスタが煙草《たばこ》を咥《くわ》えながら笑った。

「なんだ、今度はお前ひとりか。彼女とはもう別れたのか？」

「別に、元からそういう関係じゃないよ」

「ガキの世界にも色々あるってことか。……ところで、今回の仕事の目的はなんだ？」

ガスタの疑問はごもっともだ。

電話で依頼をした翌日に作業を開始し、たった二日で大掛かりな土木作業を完了させなければならない。報酬はその分上乗せしているとはいえ、長年の関係があるガスタでなければ絶対に引き受けてはくれなかっただろう。

「急な依頼だから、同業者に声をかけてどうにか頭数を揃《そろ》えたんだ。顔も知らねえ連中との仕事は正直不安だよ」

「昨日渡した配置図の通りに、水を張った落とし穴を作るだけでしょ」

「というか、落とし穴ってのは安易すぎないか？　今回の相手は結構な化け物なんだろ？」

「もちろん、色々と策は練ってるよ」

ベネットはただ強力な特異能力を持つだけの怪物ではない。最初に落とし穴で仕留めたテッドとは比べ物にならないほど用心深く、嘘《うそ》に対しても敏感だ。そんな相手を騙《だま》そうと思ったら、巧妙かつ多層的な仕掛《ギミック》けを張り巡らせなければならない。

ただ、ベネットの策はだいたい読めている。

ならこちらは、それを上手《うま》く利用してやればいいだけだ。相手のペテンを見破った気になっている人間ほど脆《もろ》い者はいない。

ジンの自信満々な表情に納得したのかどうかはわからないが、ガスタは一度鼻を鳴らしてから話題を変えた。ジン以外には聴こえない囁《ささや》き声《ごえ》。真剣な表情。

「それで、そのベネットとかいうガキが〈羊飼いの犬〉なのか？」

周囲を素早く見回してから、ジンも小声で返す。

「確率的には半々、ってところかな。やや目立ちすぎてる気もするけど、実力的には申し分ない。これまでの動きもかなりきな臭いしね」

「もし奴《やつ》が当たりだとしたら、もうどこにも引き返せなくなるぞ」

「何を今更。入学試験に挑む前から覚悟はできてるよ」

「そうか。野暮な質問をしたな」

大声で笑いながら、ガスタはジンの背中を強く叩《たた》いた。

「じゃあなクソガキ、上手《うま》くやれよ。……ああ、明日の作業には来るのか？」

「ちょっと他にやることがある。あんたに任せるよ」

「はっ、詐欺師ってのは多忙な生き物だな」

手を雑にひらひらさせながら、最も古い共犯者は作業に戻っていった。

◆

木の陰に隠れて、ジンは追跡者の様子を伺う。

火の人形を傍《かたわ》らに侍《はべ》らせて歩くベネットに、急いでいるような気配はない。いざとなればジンを捕まえることなど簡単なのだと、崩れることのない微笑が語っている。

「どうした、ジン・キリハラ！　ずっとそこで隠れているだけか？　何か、僕を倒すための秘策でも用意しているんだろう？」

己の敗北を露ほども疑っていないベネットは、警戒する素振りも見せない。だがそれは演技だろう。あの用心深い男が、罠《わな》の可能性を疑わないはずがないのだ。

少しでも相手の思考を乱すため、ジンは口先を動かした。

「俺はどんな相手とも正々堂々と戦う主義でやってる。秘策なんて考えてると思う？」

「正々堂々、ね。君には最も似合わない言葉だ。ああ、ところで――――」

優雅な口調から一転、ベネットは凍《い》てつくような声で告げた。

「後ろ、気を付けなくてもいいのかな？」

弾《はじ》かれたように振り返った時には、もう全てが遅かった。

ジンは両手を手錠で拘束され、足を払われて地面に転がされてしまったのだ。

視界に一瞬だけ映り込んだのは、かつての共犯者の姿。ニーナ・スティングレイが、気配を完全に消して背後から近付いていた。

「ごめんね、ジン」

うつ伏せになって見上げると、ニーナは沈鬱な表情で虚空《こくう》を見つめていた。

――ここまでとは思わなかった。

以前教官のルディをハメた際に尾行術の基本を教えてはいたが、己の存在感すらコントロールできるレベルの演技力と組み合わさると、ここまで凶悪な性能になるのか。

「ありがとう、ニーナ。完璧な仕事だった」

大袈裟《おおげさ》な拍手が、静寂を切り裂いていく。

狂気と嗜虐心《しぎゃくしん》に満ちた哄笑《こうしょう》。もはやベネットは、優等生の仮面を被《かぶ》ってすらいない。

「あまりにも哀れだよ、ジン。たった一人の協力者に裏切られ、無様にも地面を這《は》いつくばることになるなんて。今の感想を教えてくれるかな？」

もちろん、ベネットがニーナと手を組むことは予想していた。

それでも、自分が背後からの接近にまるで気付かずに拘束されるとまでは思っていなかった。

ニーナの実力が、ジンの認識の遥《はる》か上を行っていたということだろう。

「聞いてるよ。ここら一帯に、水を張った落とし穴をいくつか仕掛けてあるんだろ？　確かに、僕の能力に対抗するにはそれが一番だ。配置を知られたら終わりなのが残念だけど」

絶体絶命の状況。それでも、ジンの口許《くちもと》から笑みは消えていなかった。

そう、ここまでは想定内だ。

〈造園業者〉の存在を知っているニーナなら、ジンが舞台に細工をする可能性にはすぐに思い至るだろう。いま見せてくれたような尾行のスキルがあれば、暗闇の中に身を隠して作業の様子を監視することなど容易だ。

だからジンはあのとき、わざと大きな声で『落とし穴の配置図』の存在を口にした。

それを聞いたニーナは、作業員たちの隙を突いて配置図を奪おうとするだろう。もちろん、泥棒としては素人《しろうと》のニーナでも盗みやすいように、作業場所からは少し離れた場所に全員の配置図や荷物の類を置いてもらっていた。

つまり、ニーナはまんまと餌に喰《く》いついてくれたわけだ。

そこに書かれている配置が、全くのでたらめであるとも知らずに――――。

あと三メートル。

残酷な微笑とともに近付いてくるベネットは、あと少し直進すれば落とし穴に嵌《はま》ってしまうだろう。もちろんそれは、餌に使った偽《にせ》の配置図には記載されていないものだ。

まだ自分が安全地帯にいるとベネットが思い込んでいるのなら、この仕掛《ギミック》けを回避することはできない。

「そろそろ〈火刑執行者《エグゼキユーター》〉の熱が伝わってくるはずだ。気分はどうかな？」

あと二メートル。

「しかし、君には失望したよ。もっと楽しませてくれるとばかり……」

あと一メートル。

まだ奴《やつ》は、自分の勝利を疑っていない。

ベネットは優雅な動作で足を一歩前に踏み出し――――そこで突然立ち止まった。

「……は？」

呆《ほう》けたような声を上げるジンの目に、衝撃的な光景が映し出される。

ベネットが、落とし穴の外側を迂回するようにして歩き始めたのだ。

本物の落とし穴がどこにあるのかを、完璧に把握していなければ説明できない動き。

「しかし、小賢《こざか》しいことを考えたね。偽《にせ》の配置図だなんて」

「何を言って……」

苦し紛れの反論を遮るように、ニーナの声が頭上から降ってくる。

「本当に感謝してるんだよ。ジン、あなたと出会えて……苦しみながら戦っているのが自分だけじゃないとわかって、私は確かに救われたんだ」

「台詞《せりふ》と行動が一致してないけど、大丈夫？」

「あなたには振り回されてばかりだったけど、でもやっぱり私は楽しかった。こんなに自由と希望を感じられた一ヶ月を、きっと私は一生忘れられないと思う」

「じゃあ早く手錠を外しなよ。そう思ってるならさ」

ニーナは疲れきった表情で首を振った。

「駄目だよ、ジン。共犯関係はもう終わった。私があなたを、この地獄から逃がしてあげる」

◇　二日前　◇

土木作業を続ける〈造園業者〉たちの目を盗み、ニーナは荷物の上に置かれていた配置図を手に取った。

そこで、直感が電流のように駆け巡ったのだ。

――あのジン・キリハラが、世界を敵に回す詐欺師が、こんな迂闊《うかつ》な真似《まね》をするはずがない。

二重三重の罠《わな》を仕掛け、必ずこちらの裏をかいてくるはずだ。

間違いなくこの配置図は偽物《フェイク》。少なくとも、一度確かめる必要はあるだろう。

次の日、ニーナは授業を休んで街に繰り出した。目的は作業着の調達。昨晩の偵察で、業者が着ている服に一貫性がないことは確認していた。短納期のせいで、顔と名前が一致していないような関係性の業者に増援を頼んでいることも。あの作業が今夜も行なわれることも。

だからニーナは、堂々と作業に参加して、落とし穴の配置を自分の目で確かめることにした。

間違いなくこれまでで最高難度の演技。たった数分とはいえ、男性に変装して〈造園業者〉の中に紛れ込もうとしているのだから。

だがニーナは見事にやり遂げた。

声色を変え、まるで最初から作業に参加していたような態度を装《よそお》い、落とし穴の位置を頭に叩《たた》き込《こ》んだらすぐに姿を消した。疑い深そうなガスタの視界には入らないよう位置取りにも気を遣った。

無我夢中でやり遂げたニーナには自覚がないが、こんな神業を軽々と実行できる化け物など、帝国中を探しても他にはいないだろう。

◇

決死の作戦が功を奏し、ベネットは安全圏を進んでジンの側まで接近することに成功した。

もちろん達成感などはない。ここからが本番なのだ。

「ジン、大人しく降参してよ」

――私がジンを止めなければならない。

ベネットの〈火刑執行者《エグゼキューター》〉が、ジンの身体を焼き尽くしてしまう前に。

「自分が騙《だま》す側に回ってると思い込んでる人間は脆《もろ》い……。あれだけラスティに言われてきたはずなのにな」

うつ伏せになったジンの表情は、ここからではよくわからない。ニーナは、罪悪感が熱を持った針のように心臓を貫いてくるのを感じた。

ジンがどれほどの覚悟とともに学園にやって来たのか知っているはずなのに。

信じていた相手に裏切られる苦しみを、想像できないわけがないのに。

それでもニーナは、自分の決断の正しさを信じ抜くしかない。

破滅に続く道からジンを救い出すためには、こうするしかなかったのだ。

「早くしてよ、ジン。私はあなたを傷つけたくない」

「降参なんてしたら、学園から追い出されるだろ」

「そうだよ、それが何？　状況が見えてないの？　このままじゃあなたは、生きたまま焼かれちゃうんだよ？」

それでもジンは説得に応じず、地面を転がるようにして〈火刑執行者《エグゼキューター》〉から遠ざかっていく。

でも、駄目だ。

ベネットがその気になれば、一瞬で追いつかれてしまうのは目に見えている。

「もう、変な意地張らないでよっ！　あなたのそういうところ、本当どうにかした方がいい！」

「俺は人の思い通りに動くのが一番嫌いなんだよ」

「ふざけないで！　私がっ、いったいどんな思いで……」

「……大丈夫だよ、ニーナ」ベネットが穏やかに笑いかけてくる。「ほんの少し脅してやれば、すぐに考えを改めてくれる」

ベネットの合図に従って、燃え盛る人形が腕を水平に振り抜いた。

熱風によって運ばれた火の粉がジンの全身に降りかかり、彼は喉の奥から苦悶《くもん》の声を漏らす。

それでもまだ逃げようとするので、ベネットは二回、三回と火の粉を放ち続ける。

「……早く、早く諦めてよ。何でそこまで」

なおも火の粉は虚空《こくう》を舞い、苦悶《くもん》の声は悲鳴へと変わっていく。

本当は、ジンを傷つけることなく学園から逃がす結末を望んでいた。

でも、心のどこかではそんな夢物語はありえないと思っていたのも事実だ。誰かの脅しに屈して負けを認められるほど、ジンは綺麗《きれい》な性格をしていない。そんなふうに弱い人間に、彼はできていない。

ふと、人形を操っているベネットの横顔に笑みが張り付いていることに気付いた。

いつもの、強者としての余裕が滲《にじ》み出《だ》している種類の微笑ではない。

これは、愉悦だ。

彼は今、無抵抗の相手をいたぶるという行為に悦《よろこ》びを見出《みいだ》している。

「……ほんっっと便利な能力だね、ベネット」

苦痛に喘《あえ》ぎながら、ジンが絞り出すように言う。

「相手を決して殺さずに、死以上の苦痛を与え続ける……。おまけに、やられた方は記憶を封印されて学園から追放されるときてる。悪用方法なんていくらでも思いつく」

「ああ、そろそろ口を塞いでほしいのかな？」

ベネットが冷酷に告げると、呼応するように〈火刑執行者《エグゼキューター》〉が動き出した。

意志を持った炎の塊が、地面に這《は》いつくばるジンへと緩慢に近付いていく。

一歩一歩、自らの殺意を再確認するように。

ただ苦痛を与えるだけで済むのか、ニーナは確信が持てなくなってしまった。

まさかベネットは、本当にジンを殺してしまうのではないだろうか。

「……ちょっと、ベネットさん？　大丈夫、ですよね？」

「はは、心配する振りはもういいよ。ニーナ……君は僕と同じ、大衆の上に立つべき存在なんだ。別に、彼がどうなっても関係ないだろう？」

「ただ痛めつけるだけ、ですよね？　まさか、その、本当に殺したりなどは……」

ベネットはついに何も答えず、例の愉《たの》しそうな笑みを纏《まと》ったまま事の行く末を見守っている。

ニーナは全身を内側から掻《か》きむしられるような感覚に襲われた。

ジンを破滅願望から救うために、彼女はベネットと手を組むことにした。

でも、もし本当に、ベネットが凶行に走るつもりなのだとしたら？

いや、その可能性は決して低くはない。

あの誓約書には、人殺しを禁じるルールなど記載されていなかったのだから。

「まだ余裕そうだね、ジン。例の『保険』のおかげなのかな？」

「はは、何のことかさっぱり」

「僕の部下から報告が上がってきたんだよ。こっそりエマ・リコリスと〈決闘《コンバット》〉をして、ほんの少しだけポイントを増やしてるんだろう？　もしここで敗北して五三点を失っても、強制退学だけは免《まぬが》れる。それが君の奥の手だ」

「……だったらどうすんの？」

「簡単なことだよ。僕の本性を知ってしまった君には——ここで死んでもらう」

恐怖と焦燥で雁字搦《がんじがら》めにされて、ニーナは指先すら動かせなくなった。

大声を上げてベネットを止めることも、泣き喚《なわめ》いて罪悪感を軽くすることもできない。

ただ、ジンと過ごしてきた一ヶ月の記憶が、目の前に浮かんでは消えていく。

涸れた噴水。怒りに任せた衝突。見抜かれた変装。初めて誰かに打ち明けた秘密。共犯者となった二人。世界から隠れて悪巧みに明け暮れた日々。

そして、彼が嘘《うそ》の中に隠そうとしている、途方もない悲しみの気配。

ニーナの脳裏を、電流が鋭く駆け抜けていく。

――なんで私は今まで、こんなに大切なことを忘れていたのだろう？


「……はは」

ニーナがようやく我に返ったとき、地面に伏せたままの共犯者は小さく笑っていた。

「ニーナ、やっぱり俺の判断は間違ってなかった」

すぐそこまで迫っている地獄を見上げながら、ジンは続ける。

「俺とあんたが組めば、世界すら騙《だま》し通《とお》せる」

喉の奥で笑い始めたジンとは対照的に、ベネットの表情は完全に凍りついていた。

彼はようやく気付いたのだ。

意識の死角を縫って接近してきたニーナによって、火を吹き消されてしまったことに。

本当に裏切られていたのは、自分の方だったということに。

「なっ……」

全てが淡い幻でしかなかったかのように、〈火刑執行者《エグゼキューター》〉は一瞬で消失してしまった。

ありえない現実への回答を求めて視線をさまよわせるベネットに、ジンは笑いを堪えるような口調で告げる。

「ミスディレクション——詐欺《ペテン》の基本技術だよ。俺にばっか気を取られてるからそうなる」

ジンはいつの間にか手錠を外して、服に付いた土を払いながら立ち上がっていた。もちろんベネットは、彼が袖の中に隠していた針金で手錠を破れることなど知らない。

「……いつからだ？」酸素を必死に貪りながら、ベネットが問う。「いったい、いつから僕を騙《だま》してた……ニーナ！」

完全に激昂《げっこう》しているベネットは、面白いほどに隙だらけだった。

以前ジンに教わったスリの技術を使って、懐《ふところ》に忍ばせていたマッチ箱も掠《かす》め取《と》っていく。

そんなことにも気付かないベネットが少し哀れに思えたので、ニーナは答え合わせをしてあげることにした。

「騙《だま》してなんかいませんよ、ベネットさん。私は本当にジンが学園からいなくなるのが正しいことだと思っていたし、そのためにはあなたに協力するのが一番だと思っていました。全て、

偽らざる本当の気持ちだったと断言できます」

「だとしたら、今の君の行動はいったい……」

「あなたがジンをいたぶっているのを見て、自分の決断が間違っていたことに気付いたんです」

ニーナは悲痛な表情を浮かべた。

「このままでは、ジンは決して救われない。記憶を封印されて学園との縁を切るよりも、遥《はる》かに酷《ひど》い目に遭うかもしれない——そう思ったら身体が勝手に動いていたんです。どうですか？ちゃんと辻褄《つじつま》は合ってますよね？」

「……辻褄《つじつま》？　本当にわからない。いったいどういう」

「〈メソッド演技法〉というものらしいですね」

ニーナは完璧な社交性を備えた笑顔を作ってみせた。

「架空の登場人物を演じるために、自分の人格を一度棄《す》てて別人になりきるんです。演技をしている間は、私の行動も、一つ一つの言葉選びも、思考さえも全部、最初の設定に従ったものになる。もしも心の中を誰かに覗《のぞ》かれたとしても、演技をしているだなんて気付かれない自信があります。……だって私は、本当に自分自身の意思で、さっき言ったストーリーをなぞっていたんですから」

「………ありえない」

「どう解釈するかは自由です。ですが、目の前で起こった事実は変わりませんよ。あなたはマッチ箱を全て奪われ、完全に無力化された状態で私たちに囲まれている」

ニーナはスカートの隠しポケットからスタンガンを取り出しながら、軽やかに言った。

「真に精巧な嘘《うそ》は、一種の芸術のようなものなんです。いかがでしたか、ベネットさん？　楽しんでいただけていれば何よりです」

ベネットに勝利を確信させ、注意力を完全に剝ぎ取ってマッチ箱を奪う――たったそれだけの目的のために、ニーナとジンは精巧な嘘《うそ》を創り上げてきた。

全ては、二人で街へ遊びに行ったあの日から始まったのだ。

◇　一週間前　◇

「最後に、行きたい場所があるんだけど」

街の外れにあるレストランで簡単な昼食を済ませた後、ジンが呟《つぶや》いた。

あのジンがそんな提案をしてきたことには驚いたが、ニーナは茶化すことができなかった。

真珠色の瞳の奥に、覚悟のようなものが確かに見えたからだ。

「……いいよ。ここから近いの？」

「いや、バスで片道二時間くらい。ハイベルク校に戻るのはたぶん夜になると思う」

なら最初からそこに行けばよかったのに、と言おうとしてニーナは口を噤《つぐ》んだ。

そうしなかったのは、ジンがぎりぎりまで自分を連れて行くかどうか決めかねていたからに違いない。

これから向かうのは、それほどまでに、彼にとって大切な場所なのだろう。

何の変哲もない住宅地を抜け、二人が乗ったバスはのどかな牧草地帯を駆け抜けていく。誰もいない車内を二人で独占していると、なぜだか奇妙な背徳感を覚えた。

バスが長い坂道を上り始めた頃になって、ニーナはようやく口を開いた。

「そういえば、さっきのレモンの手品はどうやったの?」

「手品のタネなんて聞かない方がいいよ。がっかりするから」

「えー、教えてよ。こんな美少女がお願いしてるんだよ?」

「あれっ、よく聞こえなかった。もう一回言って」

「……ごめん、ちょっと調子に乗った」

わざとらしく溜《た》め息《いき》を吐《つ》いて、ジンは静かに言った。

「あんなの簡単なトリックだよ。ニーナが別のことに気を取られているうちに、鞄《かばん》の中にレモンをこっそり入れただけ」

「そんなのわかってるよ。私が聞きたいのは、いつレモンを鞄《かばん》に入れたのか。手品を見てる間、こっちはものすごく警戒してたんだから」

実際、あの時ジンとニーナの距離は少し離れていた。手を伸ばしても届かなかっただろうし、鞄《かばん》は小脇に抱えていたから、レモンを投げ入れることも難しいだろう。

回答を待つニーナを前にして、ジンは例の悪戯《いたずら》めいた表情を浮かべていた。

「前にも言ったじゃん。相手に思い込みを植え付けた時点で、詐欺《ペテン》は九割成功したようなもんだって」

「……まさか、手品の前から仕込まれてた？」

「正解。行きのバスでお年寄りと話してたとき、ずっと隙だらけだったよ」

「でっ、でもあのレモンは露店でたまたま……」

「あの親子がさっきの通りにいるのは、毎週木曜日の昼過ぎまで」

「えっ？」

「商工会の連中に目を付けられないように、商売する場所を転々としてるらしいんだ」

「まさか、それを事前に知った上で」

「その通り。あの手品を見せることは、昨日の時点でもう決まってたんだよ」

「あなたって、本当に……」

本当に、ジンは嘘《うそ》を吐《つ》くために生まれてきたのかもしれない。

あんな意味のない嘘《うそ》にすら入念な前準備を怠らない執拗《しつよう》さは、もはや天性の才能としか言いようがないだろう。

「……そろそろかな。次で降りよう」

ジンに先導されて降り立ったのは、丘の上に広がる共同墓地だった。

スティングレイ家の先祖たちが埋葬されているような高級墓地とは違う。雑草が好き放題に生い茂っており、全体的にカビの臭いが漂っていた。

こんな人里離れた場所に、いったいどんな人たちが埋葬されているというのだろう。ここに眠っている誰かは、ジンにとってどういう存在なのだろうか。

敷地《しきち》を奥に進むほど、墓の状態は悪くなっていく。地面から生える墓石はどれもボロボロで、名前や没年月日を判読できないものも多い。

「父親がここに眠ってるんだ」

「さっき言ってた、〈白の騎士団〉に奪われたっていう……」

ジンはこれから本心を語ろうとしているのだ。ニーナはそう確信した。

「本当は海に棄《す》てられるはずだったんだけど、あの人の仕事仲間たちが刑務所から死体を盗み出して、この無縁墓地に埋葬してくれたんだ」

「どういうこと？　あなたのお父さんは……」

「詐欺師だよ。この国に一〇年以上住んでる人間なら、名前くらいは皆知ってる」

ようやく立ち止まったジンの視線の先にあるのは、周囲と比べても一際《ひときわ》小さい墓石だった。定期的に手入れがされているのか、この墓石だけは苔《こけ》やカビで覆われていない。絵柄に少し違和感がある偽造コインが数枚、墓石の側に置かれていた。

墓石に名前が彫られているが、ニーナには特に心当たりがない。

新聞なら毎日執事に読まされていたので、そんな有名人なら知らないはずはないのに。

「ああ、それは偽名だよ。警察に見つかったら、速攻で掘り起こされるだろうし」

「ねえ、本当の名前を訊《き》いてもいい？」

「ラスティ・イエローキッド＝ウェイル。……ほら、聞いたことあっただろ？」

ニーナは目を見開き、衝撃を全身で受け止めた。

ラスティ・イエローキッド＝ウェイル。

三年前に獄中で病死したとされる、伝説の大悪党の名前だ。

ジンの言う通り、この国でその名前を知らない者はそういない。

特異能力者を装《よそお》った信用詐欺で、帝国各地の資産家たちから巻き上げた額はゆうに一〇億を超えるとされている。仕事のためなら手段を選ばず、また獲物にする相手も選ばなかった。当時の政府高官から裏社会の大物に至るまで、彼に金を騙《だま》し取《と》られた人間は数多い。

「とんでもない極悪人だと思ってた。まさか、子供がいたなんて……」

「新聞にはだいぶ悪く書かれてたからなあ。……まあ、ろくでもない人だったのは確かだけど」

ジンは昔を懐《なつ》かしむように、目を細めて笑った。

「あと、ラスティは実の親じゃないよ。物心ついたときから路上生活をしてた俺を、通りがかりのあの人が拾ってくれたんだ」

「……ちょっと待って、あなたは何でそんな暮らしを？」

「後からラスティに聞いた話だけど」

ジンは露店で買っていた酒瓶を供えながら続けた。

「俺の両親は、びっくりする額の借金を抱えて放浪してたんだ。小さい無人島なら五、六個くらいは買える額だってさ、笑えない？　まあ、あの頃はそんな連中もたくさんいたらしいよ。異端者《フリークス》に職を奪われたり、実力行使で組織から追い出された普通の人間たちは、大人しく路頭に迷うしかなかったんだ」

「それで、あなたは棄《す》てられてしまった……」

「両親は裏社会の連中からも金を借りてたっぽいからね。悪い奴《やつ》らに捕まって変態に売り払われるよりは、路上に置き去りにした方がマシだって考えたんだろ」

ジンはあまりにも簡単に語ったが、彼が辿《たど》ってきた人生はニーナの想像の範疇《はんちゅう》を遥《はる》かに超えていた。

これほど過酷で、何かが致命的に間違っているとしか思えない悲劇が、あの屋敷《やしき》での優雅な生活と陸続きの場所にあったのだ。

そんなこと、ニーナは何一つ知らなかった。

「〈国民の敵〉とまで言われた悪党に当てはまる形容とは思えないけど……あの人は要するにお人好《ひとよ》しだったんだよ。金持ちどもから巻き上げた金も、ほとんど俺の将来のための貯金やら寄付やらに使って、本人は信じられないくらい貧乏な暮らしをしてた。

……まあ、あの人がまともじゃないのは否定しないけどね。何の見返りもなく仕事を続けてたのは、騙《だま》された人間の反応を見るのが大好きだったからしいし」

「詐欺の技術は、その人から教わったの？」

「色んな仕事を手伝ってるうちに、自然と」

彼の表情でわかる。ジンはきっと、育ての親のことを心から信頼していたのだろう。

――信頼。

それこそがこの世界で最も尊く、それ故に得難《えがた》いものなのかもしれない。

「ラスティさんは、確か獄中で病死したって……」

「あー、そんなの嘘《うそ》に決まってるじゃん。あの人は冗談みたいに頑丈だったから。……あの人を捕まえた〈白の騎士団〉の連中が、特異能力を使って拷問を繰り返したんだ。刑務所内の情報屋から入手した話だから確実だよ」

「……拷問、だなんて」

「どんなことをされたのか知りたい？　きっと、三日くらいメシを食べられなくなるけど」

確かに〈白の騎士団〉は救国の英雄なのかもしれない。帝国が平和と発展を三〇年近くも維持できているのは、彼らの存在を他国が恐れているからに他ならないのだ。

それでもニーナは、兄たちの本性を知っていた。

あんな残酷な人たちが所属する組織なら、ラスティを拷問死させたことも事実なのだろう。

ニーナは確かめずにはいられなかった。

「わ、私の兄たちもずっと〈白の騎士団〉にいるから、まさか……」

「その通り。二人とも、情報屋の報告書に名前が入ってた」

そういうこと、だったのか。

初めて顔を合わせたとき、ジンが向けてきた敵意にも今は頷《うなず》ける。

自分の父親を残酷に殺した人間の血縁者を恨むのは、彼の心情を考えれば当然だったのかもしれない。

「ごめんなさい。私は何も知らないで……」

「別に、あんたもただの被害者だろ。そんなのすぐに気付いたよ」

からかうように笑うジンを見て、ニーナは悲しい気持ちになってしまった。

今ので確信した。

彼の復讐《ふくしゅう》には、先がないのだ。

たとえ目的を達成したとしても、その後の人生を続けていく意思がジンにはない。

「ジン。あなたは本当に、学園の頂点を目指してるの？」

「確かにそう言ったね」

「……そんなの、間違ってるよ」

気付いた時には、縋《すが》るような言葉が口から溢《あふ》れ出《だ》していた。

「ジン、あなたのやり方は間違ってる。〈白の騎士団〉の前で、今までの茶番を全部バラしたところで何になるの？　それだけのことで国民の信頼は揺らがないし、もしかしたら情報操作されちゃうかもしれない。それに、あなたは間違いなく殺されてしまう……」

辛《かろ》うじて均衡を保っていた天秤《てんびん》が、一気に傾いていくのを感じた。

もし自分がベネットからの誘いに応じれば――ジンを裏切ってしまえば、彼をこの破滅願望から救い出すことができるのではないだろうか。

「ニーナ」

彼女の思考を遮るように、ジンが問い掛けてきた。

「詐欺師が最も絶望する瞬間とは何だと思う？」

「急に話を変えないで」

「いいから答えてよ。大切なことなんだ」

「……警察に捕まったとき？」

「違う」

「お金が全然手に入らなくて、赤字になっちゃったとき？」

「違う」

ジンはレモンの手品のときと同じ種類の笑みを浮かべていた。

「この世界に、誰一人として信頼できる人間がいないと知ってしまったときだ」

寂れた無縁墓地を吹き抜ける風が、二人の間から言葉を奪っていく。

誰も何も言わない時間がしばらく続き、風の音だけが妙に存在感を増していく。

停止した世界で、ジンの瞳が真《ま》っ直《す》ぐにこちらを捉えていた。

「人を騙《だま》し、裏切り、罠《わな》に嵌《は》める……そんな商売をずっと続けてれば、嫌でも人間不信になってしまう。全てに疲れきってしまったそのとき、利害関係もなく心から信頼できる相手が誰もいないってのは堪えると思うよ。ラスティが俺を拾ったのも、そんな孤独に耐えられなくなったからかもしれない」

心から信頼できる相手が誰一人としていない人生は地獄だ。

豪華な檻《おり》の中に閉じ込められていた日々の中で、ニーナも全く同じ恐怖と戦っていた。

「ラスティはいつも言ってた。世界にたった一人でいい。醜い部分もクソみたいな過去も全部曝《さら》け出《だ》して、それでも認め合える相手を探せって。

お互いの正体を明かし合ったあのとき、もしそんな相手がいるとしたら……あんたかもしれないって思った。俺たちは正反対の人生を送ってきたけど、一番致命的な痛みだけは同じだったから」

ジンは「まあ、全部嘘《うそ》だけど」と付け加えて笑った。

今のが本心であることくらい、もちろんニーナは気付いている。

誰よりも孤独を恐れているのに、素直に人と繋《つな》がることができない――そんなところまで、自分とジンは似通っているのだ。

もしかしたら自分も、彼のことを心から信頼できるのかもしれない。

世界に一人でも味方がいるという感覚は、どんなに素晴らしいものなのだろう。

頬に熱が生じ始めたことを誤魔化すために、ニーナはあえて「嘘《うそ》つき」と言って笑った。

「……そこで、信頼できる共犯者のニーナに、俺の本当の目的を伝えることに決めた」

「本当の目的？」

「俺は、ラスティがやり残したゲームをクリアしたいんだよ」

あまりにも突拍子のない言葉に絶句するニーナをよそに、ジンは真剣な顔で続ける。

「ラスティが〈白の騎士団〉に殺された理由を、俺と仲間で二年以上かけて調べてみた。そしたら、あの人が政府高官をカモにしたときに偶然知ってしまった情報が原因だとわかったんだ」

「どんな情報、なの？」

「ラスティが隠していた手記には、色んな単語が断片的に記されてるだけだった。まだ俺も全貌は把握できてないよ。ただ一つ言えるのは、〈白の騎士団〉も、その候補生を輩出するハイベルク校も、帝国に蔓延《まんえん》する特異能力者という存在も――全てが欺瞞《ぎまん》に満ちてるってことだ」

「欺瞞《ぎまん》、って……」

「帝国はこの学園を使って、何かとんでもない策略《ギミック》を仕掛けようとしている。それこそ、世界の在り方を根本から変えてしまうような……。そのために〈白の騎士団〉の幹部であるジルウィル・ウィーザーを学園長として送り込み、記憶操作なんて反則技をルールに組み込んだんだ」

「その陰謀を暴《あば》くのが、あなたの目的ってこと？　そしてそれが、ラスティさんの意志を継ぐことにもなる……」

「さすが優等生。理解が早いね」

「でも、私たちはただの学生だよ。そんな上層部の陰謀を、どうやって突き止めるつもり？」

「まずは〈羊飼いの犬〉を狙う」

「なに、それ」

「ラスティの手記にあった単語だよ。羊とはハイベルク校の生徒たち。羊飼いが学園長なら、その犬が意味するところは……」

「生徒側に、スパイがいるってこと？」

「その通り。もし学園の真相に近付こうとする者がいれば、各学年にいる〈犬〉が未然に排除することになっているんだと思う。そしてスパイの条件は二つ。政府と密接に繋《つな》がってるような家柄の子供。そして二つ目が」

ここまで来れば、ニーナにもジンの言いたいことがわかってきた。

「邪魔者を排除できるだけの、圧倒的な実力……。まさかベネットは」

「容疑者の一人だよ。だからアイツを真っ先に狙ったんだ」

「え、狙った？　偶然目を付けられたんじゃなくて？」

「ニーナ。制服につけてるブローチは誰が見つけてくれた？」

「ブローチ？　いったい何のこと……あっ！」

真相に気付いた瞬間、ニーナの呼吸が一瞬だけ止まる。

まさか、最初から全てがジンの策略だったなんて。

そもそもニーナがベネットと深く関わるようになったのは、紛失していたブローチを寮まで届けに来てくれたのがきっかけだった。

疑問には思っていた。いくらルディ先生を騙《だま》すために慌てて着替えたとはいえ、そんな高級品をうっかり落としてしまうようなミスを自分が犯すだろうか。

今になってみれば、ジンがこっそり回収してベネットの行き先に落としたという方が自然だ。

こうなってくると、ジンとニーナが〈決闘《コンバット》〉をした時にベネットが教室にいたことにも合点《がてん》がいく。あれも、ジンが彼のいる五組に情報を流したからではないだろうか。

ベネットがニーナを手に入れたいと思い、邪魔になったジンを排除しようと決意したのは、全てジンが書いた脚本の通りだったのだ。

「あなたはどうかしてるよ。本当に学園を――いや、帝国を敵に回すつもりなんだ……」

ただ正義感に燃えて無謀なことを言っているだけなら、きっとニーナは止めただろう。

だがジンは、新しい玩具《おもちゃ》を前にした子供のように無邪気に笑っていた。ひりつくようなスリルを心から歓迎する、真正の詐欺師の表情だ。

彼の動機は復讐《ふくしゅう》、だけではない。

世界の行く末を賭けたゲーム——育ての親がやり残した最後の大仕事を、心から楽しもうとしているのだ。

「ニーナ、あんたにはまだ引き返す道もある。今聞いたことを全部無かったことにして、元の人生に戻った方が安全かもしれない」

今さら逃げ道を用意してくれたところで、もう遅い。

どうやらニーナは、共犯者と過ごす日々で悪い影響を受けてしまったようだ。

こんな恐ろしい計画について話しているのに、胸の中から高揚感が消えてくれない。

「私も、そのゲームに乗るよ。自分の家族が恐ろしい陰謀に関わってるなら、私には突き止める義務がある。それに……」

ニーナは凶悪な笑みを口許《くちもと》に携えて言った。

「そんな楽しそうなゲームから、私を勝手に降ろさないでよ」

「……よし、交渉成立だ」彼女の覚悟を歓迎して、ジンは両手を大きく広げて笑った。「ふたりで世界を騙《だま》し通《とお》そう」

一瞬の静寂の後、二人は目を合わせて笑った。

これで二人は、晴れて正真正銘の共犯者だ。

「さて、本題に入ろうか」

いつもの、理不尽な要求をぶつけてくるときの不敵な笑みを浮かべて、ジンが告げた。

「最初のターゲット……ベネット・ロアーをハメるための作戦を伝える」

ジンは、これまでで一番の無理難題を押し付けてきた。

まずジンが、〈チェイス・タグ〉でわざとベネットに惨敗《ざんぱい》する。これでベネットはジンのことを取るに足らない相手だと認識し、更にニーナへと接近してくるだろう。

ジンが再度〈決闘《コンバット》〉を申し込んだとき、ベネットは恐らくニーナに協力を要請してくる。ああいうタイプは相手を完璧に絶望させることを第一に考えるから、ニーナに目の前で裏切られるという絶望的な展開を演出するはずだ。

そこから先はニーナの役目だった。

ベネットが最も隙だらけになった瞬間にマッチ箱を奪い取るためだけに、ジンを完全に裏切ったという演技をするのだ。

落とし穴の配置図を利用して「ジンの企《たくら》みを看破した」とベネットに錯覚させ、本当の狙いを悟らせないのが最大の肝となる。

もちろん、これまで支配者として生きてきたベネットは異常に疑り深《うたぐぶか》い人間だ。そんな人間を騙《だま》すには、生半可な演技では到底足りない。

それこそ、世界すら騙《だま》し通《とお》すような覚悟なしでは。

「行けそう?」

「当たり前でしょ。私を誰だと思ってるの?」

この状況を切り抜ける手段は一つしかない。

メソッド演技法――まだ演劇界でも完全には体系化されていない技術だが、ニーナなら完璧に使いこなすことができる。

これまで、ケイトという女子生徒に成りすまして工作をしてきたときと同じだ。

架空の人物の性格・人間関係・過去にあった出来事・信念など、あらゆる情報を徹底的に想像し、自分自身を役に溶け込ませる。一晩かけてイメージを醸成させることで、ニーナはそれを自己洗脳に近い精度で行なうことができる。

だから今回、ニーナはこういった役を演じればいい。

・ジンを破滅から救うためには、学園から追放するのが一番だと考えている。
・そのためにベネットと手を組むことを決意。彼のことも善人だと信じている。
・〈決闘《コンバット》〉当日にベネットの狂気を目の当《ま》たりにして、裏切りを後悔し始める。
・ジンを救うためには、ベネットを倒すしかないという結論に辿《たど》り着《つ》く。

自分ならやれる、とニーナは覚悟を固める。

世界を、自分すらも騙《だま》し通《とお》し、この最高難度の作戦を成功に導くことができる。

「ニーナ、最後に一つだけ金言を授ける。ラスティが、酒に酔った時にいつも言ってた台詞《せりふ》だ」

橙《だいだい》に染まっていく空を背景に、世界を敵に回す詐欺師が凶悪に笑っていた。

「真に精巧な嘘《うそ》は、一種の芸術のようなものなんだ」

芸術――ニーナは口の中でその響きをなぞる。

嘘《うそ》を美しいものだと考えたことなどなかった。

才能を持って生まれることができなかった弱い自分が、世界にしがみつくための卑《いや》しい手段だと思い込んでいた。

けれど、本当に世界を騙《だま》し通《とお》せるだけの嘘《うそ》を吐《つ》くことができれば。

少しずつ夜に近付いていく世界で、ニーナは視界が一気に開けていくのを感じた。

◇

学園に帰り着いた頃にはすっかり夜になっていたが、その時にはもうニーナは無縁墓地での出来事を忘れ去り、ジンを裏切ることだけを考えていた。

いや、本当に、そう考えていたのだ。

「……まるで化け物、だね。ニーナ」

「あなたが言いますか？」

すかさず皮肉を返すと、ベネットは力なく笑った。

あとは、このスタンガンを彼の首元に押し付けるだけでいい。

それだけでベネットは気絶し、最底辺の生徒に敗北したという致命的な弱みを背負うことになる。あとはどこか人目に付かない場所で、彼が〈羊飼いの犬〉なのかどうか確かめるだけだ。

ニーナは自分たちの力に確かな手ごたえを感じていた。

特異能力などなくとも、嘘《うそ》と演技だけでベネットのような怪物を倒すことができたのだ。

もしかしたら本当に、ラスティがやり残したゲームにも勝利できるかもしれない。

「でも……おかしいな」

恐ろしく低い声で、ベネットが呟《つぶや》く。彼はまだ抜け道を探しているようだ。

「ニーナ、どうして君は、こんな回りくどいことをしているんだろう」

「負け惜しみはいいからさ。とっととくたばりなよ」

相手が言葉で戦いを仕掛けてくるなら、それに受けて立つのはジンの役目だ。

「一応ニーナにも、あんたをバラバラにして殺すのは忍びないってくらいの良心があるんだ。それともスタンガンじゃなくて、サイコキネシスで捩《ね》じり殺《ころ》される方が好み？」

「いや、そういう話じゃないんだ。もしニーナが最初から僕を裏切るつもりなら、こんなまどろっこしいことをする必要はない。僕に正面から〈決闘《コンバット》〉を挑んだ方が、より多くのポイントを奪えるわけだしね。もしここで僕を倒したとしても、奪えるのはたった五三点。Ｃ級のジンならともかく、ニーナには何のメリットもない」

「そうでもないよ。この敗北であんたは完全に信頼を失う。もちろん、あのアホみたいな闘技会もおしまい。めでたしめでたし」

「……なるほど、口喧嘩《くちげんか》では君に勝てそうにないね」

　これで勝負は決した。

　そう判断したニーナは、項垂《うなだ》れてしまったベネットの首筋へとスタンガンを近づける。

　そこで彼女は、ようやく異変に気付いた。

　ベネットは絶望から頭《こうべ》を垂れているのではない。彼が俯《うつむ》いているのは、表情を読み取らせないためなのだ。

　――ベネットは今、必死に笑いを堪えている。

　彼の小刻みに震える身体《からだ》が、その直感を裏付けていた。

「最後に一つ言いたいことがあるんだけど、いいかな？」

「だめ、却下。ニーナ、早くスタンガンを……」

「ジン、やっぱり背後には気を付けた方がいい」

　……まさか。

　嘘《うそ》だ、そんなはずはない。

マッチ箱は確かに全部没収したし、ベネットはおかしな素振りは見せていない。

それなのになぜ、背後から〈火刑執行者《エグゼキューター》〉が迫ってきている？

それなのになぜ、ジンは赤橙色《せきとうしょく》に燃える腕に肩を摑《つか》まれている？

「クソっ！」

咄嗟《とっさ》に地面に飛び込んでいたジンは、辛《かろ》うじて炎に呑《の》み込《こ》まれずに済んでいた。

それでも、身体を焼かれる激痛は容赦なくジンを襲っているはずだ。彼が今どれほどの苦痛に苛《さいな》まれているのか、ニーナには想像することさえできない。

「ベネットっ！　あなた、まさか……」

火の人形に触れられた部分の布地は完全に焦げ付き、その奥に見える肌は焼《や》け爛《ただ》れていた。

だからこれは、痛みをもたらすだけの幻影などではない。

ベネットは本当に、ジンのことを焼き殺そうとしているのだ。

「……なんで、だよ」

意識が朦朧《もうろう》としているのか、ジンの表情は虚《うつ》ろだった。

「なんであんたは特異能力を発動できる？　こんな展開は脚本にないんだけどな……」

ベネットは穏やかな笑みを浮かべたまま、返答の代わりにもう一体の人形を眼前に呼び出してしまった。

その隣ではさらに、人間の頭部ほどの大きさの火球が生み出されている。

「いやいや……嘘《うそ》、だろ？」

火球は形状を変えながら成長し、やがて人形へと変貌していく。

ニーナは演技などとうに忘れて、膝から崩れ落ちてしまった。

――こんなの、反則だ。

マッチに火を点《つ》ける必要もなく、何の予備動作もなしで能力を発動できるなんて。

こんな恐ろしい怪物を、三体も同時に操ることができるなんて。

「ニーナ、君の演技は確かに完璧だった。すっかり騙《だま》されたよ。なんなら、君は僕に惚《ほ》れているとすら思ってた……。だけど残念。君たちには一つだけ誤算があった」

揺らめく炎のせいで、ベネットの表情を窺《うかが》い知ることはできない。

「僕は最初から、誰のことも信用してないんだよ。愛用のマッチに火を点《つ》けることが発動条件？〈火刑執行者《エグゼキューター》〉は一体までしか出せない？　君たちはなぜ、そんな嘘《うそ》をずっと信じてたんだ？」

ベネットが指を鳴らす。

それを合図に、三体の怪物が一斉にこちらへと走ってくる。

「抵抗なんていらないから、早く焼き殺されてくれないかな？」

第九章　殺意と静寂、炎の中に消えていくもの

「何ぼーっとしてんの、走れっ！」

腕を掴《つか》まれてようやく我に返ったニーナは、必死の形相になったジンに手を引かれたまま、迫り来る死の気配から全力で逃げた。

「どうしたニーナ！　君の力は偽物《にせもの》だったのか？　なぜ醜く逃げ惑う必要がある？」

ベネットはもはや正気を失っている。

一度でも捕まったら終わりだ。二人まとめて、あの恐ろしい怪物たちに焼き殺されてしまう。

「ニーナ、あんただけでも逃げてくれ」

ほとんど突き飛ばされるような形で、ニーナはジンから遠ざけられてしまう。

やはり三体の怪物はニーナには目もくれず、ジンへと殺到していった。

黒幕気質のジンは極度の運動不足だったはずだ。案の定、怪物たちとの距離はどんどん縮まっていく。

完敗だ、と思った。

自分たち二人が策略を巡らせて、メソッド演技法などという切り札まで引っ張り出してきても、ベネットはその遥《はる》か上を行っていたのだ。

もう彼の特異能力を封じることはできない。

本当の発動条件どころか、能力の限界すらわからないのだ。もしかしたら、呼び出せる〈火刑執行者《エグゼキューター》〉は三体だけではないかもしれない。

ベネットが再び指を鳴らすと、三体の人形が纏《まと》っている炎の勢いが一気に増した。やがて炎と炎は絡《から》み合《あ》い、一つの巨大な火球になっていく。

「そんなっ、やめて！」

どれだけ声を振り絞っても、感情を持たない怪物に届くことはない。

必死の懇願など無力だ。悲劇はいつだって、人の感情などお構いなしに全てを蹂躙《じゅうりん》していく。

大木を包み込むほど大きな火球が一気に膨張して、

その中から巨人のような腕が飛び出して、

等間隔で植えられた木々を激しく炎上させながら、

凄《すさ》まじい高温で周囲の空気を焦げ付かせながら、

炎が、あまりにも無慈悲な炎が、

木の陰に飛び込んだジンの全身を呑《の》み込《こ》んでいく。

「…………そんな」

燃え盛る巨腕が通り過ぎたほんの一瞬で、ジンが隠れていた広葉樹は完全に炭化してしまっていた。

あの後ろに隠れていたジンは、もう――――。

「……嘘《うそ》、だよね？」

不可逆的な終わりの光景を前に、ニーナは祈るような気持ちになる。

「いつもみたいに、嘘《うそ》だと言ってよ……。あの憎たらしい顔でさ、私のことをバカにしながら笑ってよ。ねえ、二人で世界を騙《だま》し通《とお》すんでしょ？　あなただけがこんなところでっ、そんなの絶対に許さないからっ！」

絶望的な沈黙が、彼女の心を容赦なく蝕《むしば》んでいく。

殺された。ジン・キリハラが殺された。

私の、世界にたった一人の共犯者が。

この残酷な世界で、初めて心から信頼できると思えた相手が。

何よりも耐《た》え難《がた》い事実は、彼女が今、どんな演技も纏《まと》っていないということだった。

「あはははははははっ！　いやあ、気持ちいいね。身の程知らずのゴミが焼却されていく光景は、どうしてこんなに痛快なんだろう」

「……ふざけるなっ！」

「ああ、あまり反抗的な目を向けるなよ。勢い余って殺しちゃうだろ……」

壊れた人形のような笑みをこちらに向けながら、ベネットは〈火刑執行者《エグゼキューター》〉を新たにもう一体呼び出してしまった。

彼の瞳は光の射《さ》さない空洞のように見えた。〈白の騎士団〉にいる兄たちと同じ種類の、人を殺すことを何とも思っていない悪魔の貌《かお》。

自分はこれからどうなってしまうのだろう。

他人事《ひとごと》のように考えることで、ニーナは精神の崩壊をどうにか食い止める。

「じゃあニーナ、一緒に寮に戻ろうか」

「……なに、を」

「〈決闘《コンバット》〉に決まってるだろう！　予備の誓約書を寮に置いてるんだ。ジン・キリハラを殺した記憶を、君の中から奪わなきゃいけないんだから」

「そんなこと、絶対にっ……！」

「僕が今まで排除してきたC級の連中のことを忘れたのかな？　彼らも最初はサインを拒んでいたよ。だけど僕の〈火刑執行者《エグゼキューター》〉で少し脅してやれば……続きは言うまでもないね」

「……私の力を知らないの？　私を怒らせたら、あなたなんて」

「はは、肝心の演技も破れかぶれになってるね。君がみんなに言われているような化け物じゃないことくらい、流石《さすが》にもうわかってる」

いつの間にか四体の人形に囲まれているニーナには、もはや絶望しか残されていない。

「しかし、記憶封印なんてシステムを作った学園長は極悪人だね。敗北者の記憶が消去されるおかげで、僕はまだ何の罰も受けていない」

耐《た》え難《がた》い高温と恐怖で、一秒ごとに意識を失いそうになる。

「さあ早く寮に戻ってサインだ。……ああ、安心していいよ。僕だって、君のような女性を焼き殺そうとまでは思っていない。本当だよ」

飼い犬にするような仕草で、ベネットが頭を撫《な》でてくる。

全てを力でねじ伏せて支配することに、恍惚《こうこつ》を覚える異常者。

そんな事実を指摘する力すら、ニーナには残されていない。

「あ、そうだ。どうせ記憶が消されるなら、今から君に何をしても許されるよね」

楽しい遊びを思いついたような口調でそう言うと、ベネットは火の人形たちに指示を送った。

四体が連携して、ニーナを取り囲むように近付いてくる。

「あ……やめて、来ないで」

こんな状況なのに、とっくに希望など途絶えてしまったのに、生きたまま焼かれたくないという恐怖だけが湧き上がってくる。

ニーナは膝の震えで何度も転びそうになりながら、必死に逃げ惑った。

無様な姿を見て興奮したベネットの哄笑《こうしょう》が鼓膜に張り付く。燃え盛る怪物たちに行く手を阻《はば》まれ、進行方向が限定されてしまう。学生寮に誘導されていることなどとっくに気付いているのに、ニーナにはどうすることもできなかった。

　こんな恐怖を味わうなら、ここまで喪失感に打ちのめされるくらいなら、やはり誰のことも信じなければよかった。

　たった一人で光の射《さ》さない世界を進み続けていれば、こんな気持ちになんてならなかったはずだ。嘘《うそ》が剝がれたその先にどんな罰が待っていたとしても、仕方のないことだとして受け止められたはずだ。

　希望なんてものを信じてしまったのがいけなかった。

　ニーナは、そんな曖昧なものに縋《すが》るしかなかった自分の弱さを恨んだ。

「ああ可哀想《かわいそう》に、ひどく震えているね。だけど心配はいらない。どんなに怖い思いをしても、数時間後には全部忘れられるんだから」

　ベネットの言う通り、かもしれない。

　全てを忘れてしまえば、また振り出しに戻ることができる。

　こんなに早く学園から脱落した自分を、父は許さないだろう。スティングレイ家から追放され、どこか遠い場所で、劣悪な環境の中、ひっそりと余生を過ごすしかなくなるのだろう。

　それでも、この苦しさを抱えたまま生きていくよりは遥《はる》かにマシなのではないか？

　失ったものの重さに押し潰されるよりは、よっぽど。

「そろそろ寮だよ、ニーナ。さあ目一杯楽しもう。僕が君に飽きてしまうまで」

学生寮の扉が遠くに見えた瞬間、ニーナはままならない感情のうねりに内側から呑《の》み込《こ》まれてしまった。

そんなの嫌だ。ジンのことを忘れたくない。

——やっぱり嫌だ。

たとえ思い出すたびに痛みが襲い掛かってくるのだとしても、ジンとともに戦った日々を忘れることなんてできるはずがない。

世界にたった一人の、心から信頼できる共犯者。

彼が記憶の中からも消えてしまったら、ニーナは心の居場所を失ってしまう。こんな自分が、生きていてもいいと思える理由がなくなってしまう。

一歩進むたびに、ニーナは大切な何かが擦り減っていくのを感じた。

◆

怯《おび》えながら逃げるニーナにも、近付いてくる寮の景色にも、地面スレスレを飛びながら後ろをついてくる立会人《ジェイク》にも、ベネットはさしたる感傷を抱いてはいなかった。

これまで特異能力で物事を思い通りに進めてきた彼にとって、学園での日々は全てが予定調和のように思えるのだ。初めから結果が見えているゲームほど退屈なものはない。

今回の〈決闘《コンバット》〉も同じだ。

奥の手を隠しておいた以外には何も特別な努力をしていないのに、目障《めざわ》りなジン・キリハラを葬《ほうむ》ることができた。

ベネットは、これからの学園生活に想《おも》いを巡らせてみる。

入学試験免除組の一角であるニーナを打ち負かしたベネットは、間違いなく同学年の中で抜きん出た存在になる。

まずはその名声を利用して、例の闘技会の規模を拡大させてみよう。

今はまだ吹けば飛ぶようなC級の連中しかいないが、あと二ヶ月もすればもっとランクの高い参加者も現れるだろう。その頃にはようやく、参加費と称してポイントを納めさせるフェーズに移行することができる。

何もせずともポイントを稼げる仕組みを構築してしまえば、もうベネットに敵《かな》う者などいなくなるだろう。

闘技会のメンバーの中でも、特に見込みがある数人は側近として迎え入れてやることも考えている。たまに狩りの獲物を提供するなどの見返りを与えれば、彼らは従順な部下として動いてくれるはずだ。

万全な体制を整えたら、次は自分以外の入学試験免除組を潰しに行こう。

見かけ倒しだったニーナ・スティングレイはともかく、その他の実力者たちと戦うには充分な兵力を確保する必要があるはずだ。決して焦《あせ》らず、三年間という長いスパンで計画を練らなければならない。

とはいえ、まずは目の前で震える少女で楽しむのが先だ。

学園長による記憶封印措置がなければ、あのスティングレイ家の令嬢を痛めつけるなど絶対に考えられないことだ。これまで強大な力に守られてきた少女をどのように料理しようかと考えるだけで、脳髄が甘く痺《しび》れていくのを感じた。

「……もう嫌だ。やめて」

恐らく無意識のうちに漏れだしたであろう呟《つぶや》きが、僅かに聴こえてくる。

ニーナは決して馬鹿ではない。そんな懇願が意味をなさないことくらい知っているはずだ。

地面に倒れ込んでしまった彼女は、無意味なものに縋《すが》らなければならないほど追い込まれているのだ。

「なぜ恐れる必要があるのかな？　どうせ、全部忘れるのに」

あえて自分の中の優しさを総動員させて、ベネットは微笑《ほほえ》みかける。

この表情が最も効率よく恐怖を与えられることを、彼は経験則から知っていた。

「絶対に許さない。スティングレイ家を敵に回したらどうなるか……」

自分の中にある加虐心が、更に刺激されていく。

「いい加減学習しなよ。君は全部忘れるんだ。これから君がされることも、僕への怒りさえも。

どうやって告げ口するつもりなのかな?」

そろそろ我慢の限界が近付いてきたところで、ようやく学生寮の前に辿《たど》り着《つ》いた。

今のベネットには、何の変哲もない木製の扉が、楽園への入口のように思える。

週末なので残っている生徒は少ないだろうが、今は誰にも鉢合わせしたくない。至福の時間を誰かに汚されてなるものか。

ドアノブを回し、扉を手前に開く。

扉を押さえて入室を促してみたが、ニーナは一切反応を示さない。

これ以上ないほど具体的となった恐怖に氷漬けにされてしまったのか、彼女はエントランスの方を向いたまま微動だにしなかった。

「ほら、早く入れよ。どうせ君の運命は変わらない」

もう紳士の仮面を被《かぶ》っている必要はないだろう。

ベネットはニーナを強引に立ち上がらせ、背中を蹴り飛ばして無理矢理寮の中に飛び込ませる。それから、扉を閉じてゆっくりと後に続く。

そこでようやく、エントランスの中に目を向けた。

――ベネットは、即座に理解した。

ニーナが凍り付いていたのは、恐怖に支配されていたからではなかった。

ただ、目の前に広がる光景の異様さに呆然《ぼうぜん》としていただけなのだ。

エントランスには、二〇人ほどの生徒が集結していた。

彼らの顔には見覚えがある。ベネットが主催する〈闘技会〉の参加者たち。ジンに唯一残された協力者のエマ・リコリスの姿もある。

何より不可解なことに、全員がベネットに敵意の眼差しを向けていた。

「…………は？」

どういうことだ？

週末になぜこんな数の生徒が集まっている？

そもそも、さっき寮を出たときには誰もいなかったじゃないか。

それになぜ、彼らは自分のことを睨《にら》んでいる？

慌ててニーナを振り向くが、彼女も自分と同じように困惑していた。

視線は完全に泳いでおり、誰かが答え合わせをしてくれるまで一歩も動き出せないほど混乱しているのがわかる。

つまり、ニーナはこの状況に一切関与していない。

だとすれば誰だ？

誰の命令で、彼らはここに集められたんだ？

「ベネットさん……これは本当ですか」

誰かが、ベネットの足元に数枚の写真を投げつけた。

水に張られた板の上にでもいるように、足元が不安定になっていくのを感じる。身体を屈《かが》めて写真を拾うだけの動作が、今は酷《ひど》く困難なことのように思えた。

どうにか拾い集めた写真を、一枚一枚検分していく。

――三枚の写真に収められていたのは、この上なく濃密な地獄だった。

燃え盛る火の人形に追い立てられている、二人の男子生徒たち。

写真の中に閉じ込められているはずの悲鳴が、次元の壁を超えて聴こえてくる錯覚。

その向こうで腹を抱えながら笑う人影は、間違いなくベネット自身の姿をしていた。

「……………誰だ」

ベネットはエントランスに集まった生徒全員を睨《にら》みつける。

誰がこんなものを撮影した？

誰一人として取り逃がした記憶はない。C級狩りの犯人を知っている者は全員、学園から追放されているはずだ。

一体誰が――――。

「相手に思い込みを植え付けた時点で、詐欺《ペテン》は九割成功したようなもんなんだ」

人垣が二つに分かれ、奥に潜んでいた人物が姿を現した。

夜の底を煮詰めたような色の瞳と、真意を悟らせない不気味な笑み。肌の色も含めて、この国では何もかも異質な存在——ジン・キリハラが、こちらへと歩いてきている。

衣服や肌は煤《すす》で汚れており、左肩には生々しい火傷《やけど》があったが、どう解釈しても死んでいるようには見えない。

どうやって部下たちを集めた？

この写真はいつ撮った？

いや、そもそもこいつは……どうしてまだ生きているんだ？

様々な疑問が波濤《はとう》のように押し寄せて、冷静な思考を保てなくなる。

唯一わかっているのは、これまでの全てが茶番でしかなかったということくらいだ。

つまり、あの〈決闘《コンバット》〉には何の意味もなかった。

そんなもので勝利を収めようなどと、ジンは一欠片《ひとかけら》も考えてはいなかった。

今この状況を作り上げることが、彼の本当の目的だったのだ。

「あんたの負けだよ、ベネット。戦うべき盤面を読み違えるからこうなる」

信じていた者に裏切られた絶望と、沸騰する怒りを抱えたベネットの部下たち。事態の全貌をいまいち把握しきれていない様子のエマ。奇跡の生還を果たした共犯者を、ほとんど泣きそうな顔で見つめているニーナ。学生寮のエントランスにいる二三人は、固唾《の》を呑んで事の行く末を見つめていた。

◆

彼らの視線を一身に浴びながら、ジンは一歩一歩ベネットへと近付いていく。

「……なぜ生きてる」

ベネットの声は震えていた。

「確かにっ、確かにお前は炎に呑《の》まれたはずだ！」

「さあ、なんでだろう。答えがわかったら耳打ちで教えてくれる？」

巨人の腕を模した業火《ごうか》が襲い掛かってきた瞬間、ジンはニーナにも秘密で作らせていた落とし穴に飛び込んでいた。

無軌道に逃げていたように見えて、ジンは最初からその地点だけを目指していたのだ。

あとはベネットがニーナに気を取られている隙を見計らって穴から這《は》い出《だ》し、学生寮に先回りしていただけだ。

もちろんジンには、そんな単純なトリックを明かすつもりはない。

「ああそれと、披露したいのは写真だけじゃない」

ジンはエントランスのソファに置いてあった再生装置のボタンを押すよう、近くにいた生徒に指示した。

磁気テープ特有のざらついた音声が、静寂に包まれた空間を駆け巡っていく。

『はははははっ！　逃げろ逃げろ！　もっと早く走らないと、僕の怪物に食べられてしまうぞ』

『どうせ君たちの記憶は消えるんだ。この拷問が罪に問われるはずがない！』

『まだ足りない……。昔殺した相手はもっと愉快に鳴いていたよ』

『ああ、もう気を失ったのか。今回は早いな。また次の標的でも探さないと……』

映像などなくても、その場にいる全員がベネットの狂気を鮮明に想像することができた。

退学者の記憶封印措置を悪用した、過剰なほどの暴力。おまけに過去の殺人を仄《ほの》めかすような発言まである。

社会のルールに照らし合わせるまでもない。

ベネット・ロアーという男は、正真正銘の極悪人だ。

「お、お前はっ……！」

「なんか苦しそうだけど、酸素吸引が必要かな？　まあ自業自得《じごうじとく》だけど」

「いいから答えろ、ジン。お前はどうやってこれを知った！」

「お、それは自供と受け取っていいのかな？　……まあ警察の真似事《まねごと》はともかく、あんたがC級狩りの犯人だと気付いたのは割と最初の頃だよ。俺とエマが、あんたが主催する会合に参加したことがあっただろ？　その頃にはもう怪しいと睨《にら》んでたんだ」

「ふざけるな！　どんな根拠があって……」

「あー、根拠なんてないよ」

ジンは平然と言い放った。

「ただ、胡散臭《うさんくさ》いと直感したんだ。これだけ強力な特異能力を持つエリートが、弱者救済のための慈善活動なんてするわけがない。さぞかし、裏で悪いことをやってるに違いないってさ」

「……そんな、曖昧な理由で」

「俺は疑《うたぐ》り深《ぶか》い性格なんでね。C級狩りがあんたの自作自演って仮説を最初に立ててから調査を始めたんだ。もし俺の勘違いだったら、あとで謝れば許してくれるだろと思って」

ベネットの表情が歪《ゆが》んでいくのがわかる。

彼の内側で渦巻いているのは怒りか、それとも絶望か。

「まず俺は、あんたの生い立ちを調べ上げた」

相手の表情を観察しつつ、ジンは続ける。

「ベネット、あんたはラスケット地方の一大地主の家に生まれた。父親は広大な土地で農園や蠟燭《ろうそく》工場なんかを手広く経営してるみたいだね。大富豪の一人息子で、しかも強力な特異能力者だったあんたは、ガキの頃から傲慢な性格だった。全てを思い通りに進めないと気が済まないタイプ。あんたの家が揉《も》み消《け》した事件まで含めれば、悪い評判は腐るほどあったよ」

本当は、順序が逆だ。

国中に顔が利《き》くガスタの仲介でラスケット地方にいる探偵とコンタクトを取ったのは入学の半年前。入学試験免除組の中に〈羊飼いの犬〉がいると踏んでいたジンは、事前に六人全員のプロフィールを可能な限り調べ上げている。

とはいえ、この場ではそんな裏側を伝えない方が効果的だろう。

「あんたの本性は、力による支配が大好きな生粋のサイコ野郎。そんな奴《やつ》が、学園に入った途端に改心して慈善活動に身を捧《ささ》げるなんて展開はありえないんだよ」

「……この写真はどうやって？」

もはや何も取り繕わずにベネットが訊《き》いてきたが、その質問にだけは答えるわけにはいかなかった。

この写真を見るたびに、ジンの胸には耐《た》え難《がた》い鈍痛が襲い掛かる。

それは、彼が一生背負っていかなければならない種類の痛みだ。

まずジンは、ベネットの周囲にいるC級の生徒数人に接触した。もし部下の結束力を高め、意のままに動く下僕《げぼく》にするつもりなら、最初は彼らの中から狩りの標的を選ぶはずだからだ。

自分と近しい誰かが犠牲になれば、脅威はより具体性を帯びてくる。あとは強力な指導者が仮想敵を作り上げ、自分たちにもできそうな対抗策を示してくれるだけで、弱者は漠然と救われた気持ちになるものなのだ。

国家ぐるみの洗脳事業でもよく使われる手法。ベネットはそれを、無意識のうちに使いこなしている。

内情を探っているうちに、次の標的となりそうな二人組の目星はついた。

どちらもベネットのやり方に不信感を抱いており、放置すれば反乱分子にもなりかねない可能性を秘めていた生徒だ。

今のうちなら、見せしめとは勘ぐられない絶妙なタイミングで、将来の不安要素を排除することができる。それに、反抗的な態度を取る二人を屈服させるというのはベネットのような加虐主義者《サディスト》が好みそうなことだ。

だからジンは、その二人に取引を持ち掛けた。

多額の報酬を条件に、ベネットに〈決闘《コンバット》〉を申し込んでほしい、と。

危険性も充分説明したものの、元々学園での生存競争に嫌気が差していた二人は、ジンが小切手を渡した時点で決意を固めたようだった。多額の金を手にして提携校に行けるなら、その方が幸せかもしれないと笑っていた。

〈決闘《コンバット》〉の日時と場所さえ摑《つか》んでおけば、あとはどうにでもなる。

開始位置の近くにある木に録音装置を括《くく》り付《つ》けた上で、茂みの中に隠れていたジンは一部始終を撮影し続けた。

二人はジンが呼んだ救護班によって助け出されたが、一週間程度の入院を強いられることになった。心を棄《す》てた異端者《フリークス》による蹂躙《じゅうりん》の光景をただ見ているしかないもどかしさを、ベネットは一生理解できないだろう。

既に学園での記憶を失った二人は、あの時感じた恐怖をもう覚えていない。それが唯一の救いだと、ジンは何度も自分に言い聞かせた。

そこから先は、実にスムーズに進んだ。

証拠写真を入手したジンは、まずエマに協力を依頼した。

ベネットの部下は二一人。彼らを一人ずつ抱き込むなどという目立つ行動は、ベネットに警戒されているジンにはそもそも不可能。

だからジンは証拠写真のコピーと、『当日は午後一時一〇分に学生寮に集合』『ベネットに悟らせないため、時間が来るまで別の場所に隠れておく』『ベネットから奪ったポイントは全員に分配する』などと記したメモを封筒に入れ、エマに配ってもらうことにしたのだ。

エマのコミュニケーション能力と善良さこそが、不可能を可能にする切り札となる。

――この状況を見る限り、どうやらその判断は正しかったようだ。

身体を張ってベネットを釣り出してくれた二人、部下たちを説得してくれたエマ、そして重大な決断をしてくれた二一人に心から感謝しつつ、ジンはベネットに詰め寄っていく。

「あんたはただ学園を追放されるだけじゃない。危険思想を持った特異能力者として警察に引き渡されるんだ。面白い言い訳が思い付いたら教えてくれる？」

ベネットは肩をがくりと落とし、顔から一切の表情を消失させてしまった。

これで全てが解決したと、この場にいる全員が思った。行く末を見守っていた生徒たちの騒《ざわ》めきによって、空間から静寂が追い払われていく。

弛緩《しかん》した空気の中で、ジンだけが警戒の糸を張り巡らせていた。

ふと目が合ったニーナにも緊張は伝播《でんぱ》し、二人の間には音を伴わない言語が交わされる。

──油断するな。まだ何も終わっていない。

この男はまだ、逆転の目を探し続けている。

「……まんまと騙《だま》されたよ。君の奥の手は、エマとの〈決闘《コンバット》〉でポイント上の保険を作っておくことだとばかり思っていた。最低限、退学だけは免《まぬが》れるための消極策だと……。まさか、僕の知らないところで部下を寝返らせていたなんてね」

顔を上げたベネットは半月状の笑みを浮かべていた。

ただ、目には一切の感情が宿っていない。口の形から笑みだと判別することはできるのに、まるで実体が伴っていない。

こんな表情を作れるのは、致命的なほどに壊れている人間だけだ。

「いや、君たちはよく頑張ったと思う。確かに、その写真や音声は重大な証拠になり得る。然《しか》るべきところに提出されれば、いくら僕でもただでは済まないだろうね」

無駄な足掻《あが》きはやめろ、大人しく投降しろ、などという野次を大量に浴びせられても、ベネットは少しも動揺していない。

彼は間違いなく、既に勝ち筋を見つけ出している。

「いいよ、認めてやろう。確かに僕はＣ級狩りの首謀者で、仮想敵を自ら作り上げることでそこにいる連中をまとめ上げた嘘吐《うそつ》きだ。磁気テープの中の僕が口走っている殺人の供述も真実だよ。まあアレは事故みたいなものだし、起訴すらされなかったけどね」

「どうした、いきなり開き直って。突発的に人生が嫌になった？」

「虚勢を張るのはやめよう、ジン。本当は気付いてるんだろう？」

「何のことかな」

「ああ、とぼけなくていい。こんな証拠を突き付けたところで、何の意味もないことくらいわかるはずだ。君たちの主張がどんなに正しくても関係ない。――僕には、君たち全員を消し炭にする力があるんだから」

最後の一言で、エントランスは一気に混沌《こんとん》へと呑《の》み込《こ》まれてしまった。

まさか、流石《さすが》にそんな真似《まね》をするはずはない。

ここにいる全員を殺してしまうなど、それこそ悪魔の所業なのだから――。

だが、彼らは知ってしまっている。

写真や磁気テープに記録されたベネットの狂気を。

目の前の男が浮かべている、人間として破綻しきった笑みを。

「〈火刑執行者《エグゼキューター》〉の最高火力は一二〇〇度。人体なんて簡単に消し炭になってしまうだろうね。わかるかな、消し炭になるんだよ。誰一人として、痕跡すら残さずに世界から消滅するんだ。肝心の死体がないのに、誰が僕の殺人を証明できる？」

「本当にできるわけ？　あんたに、そんな真似《まね》が……」

言いながら、ベネットを論理で打ち負かすことなど不可能だと気付いていた。

狂気と暴力の気配をチラつかせた交渉ほど強力なものはない。

本当に全員を殺す必要すらないのだ。見せしめに何人かを火炙《ひあぶ》りにしたあと、他の全員に退学という逃げ道を提示してあげるだけでいい。

ベネットが本当に虐殺を決行しかねないという懸念《けねん》があるだけで、誰も交渉のテーブルに着くことすらできなくなる。

真に厄介なのは、炎を纏《まと》った怪物を呼び出す能力などではない。

圧倒的な力を持つ強者だけに許された、全てを意のままに動かす交渉力——そんな反則めいたカードをいつでも切ることができるからこそ、ベネットはこれまで支配者として君臨し続けてきたのだ。

いくら策略を巡らせ、精巧な嘘《うそ》で相手を追いつめることができたとしても、強者は最後の最後で開き直ることができてしまう。

盤面ごと破壊されてしまえば、弱き者たちに為《な》す術《すべ》などはない。

「こっ、ここには立会人《ジェイク》もいるんだぞ！」誰かが苦し紛れに叫ぶ。「殺人なんて許されるわけがない。なあ、そうだろ⁉」

『何言ってんだ、てめー』

ブリキ人形の無機質な目が、どこでもない場所を見上げていた。

『オレ様は〈決闘《コンバット》〉のルールを監督するためだけにここにいるんだ。てめーらが殺されようがどうしようが、一切知ったこっちゃねー』

「……だそうだ、君たち。やっと理解できたかな？　学園《ここ》では力こそ全てなんだ。特異能力者を前にして、正義だの真実だのは何の意味も為《な》さない。弱者に生まれてしまった君たちは、ただ大人しく僕の糧《かて》になるしかないんだ」

ベネットは何の予備動作もなく、眼前に五つの火球を呼び出した。

火球は冗談のような速さで成長を続け、五体の人形へと姿を変えていく。〈火刑執行者《エグゼキューター》〉たちが踏みつけている床には炎が移っていないという事実が、あれらが人智《じんち》を超えた存在であることを物語っていた。

この学園は世界の縮図だ。

強力な特異能力を持って生まれただけの人間たちが全てを牛耳り、持たざる者たちの人生は損なわれ続ける。〈白の騎士団〉を有する帝国が領土を拡大していく裏では、奇跡に愛されなかった国々が不利益を被《こうむ》り続《つづ》けている。

世界のシステムは全て強者にとって都合がいいようにできていて、そこから弾《はじ》き出《だ》されてしまう誰かの感情など気にも留めないのだ。

だから、幼き日のジンはブリキの箱を抱えて路上に立たなければならなかった。

だから、ラスティはたった一人で世界と戦わなければならなかった。

だから、ニーナはあのとき噴水の前で涙を流さなければならなかった。

「最初に殺すのはもちろん君だよ、ジン。言っておくがこれは脅しじゃない。君だけは絶対に殺す。自死に逃げることすら許さない。僕自身の誇りにかけて、確実に消し炭にしてやる」

五体の〈火刑執行者《エグゼキューター》〉が一斉に身を屈《かが》める。発条《ばね》のように身体をしならせ、一気に飛び掛かってくるつもりなのだろう。

視界の端で、ニーナが何かを叫んでいる。

恐らく、全部諦めて逃げてくれとか、そういった種類のことを言っているのだろう。

――それでも、ジンは動かなかった。

口許《くちもと》に凄絶な笑みを湛《たた》え、歓喜と興奮で目を見開き、狂気に満ちた遊戯を歓迎している。

「怪物が、ふたり――――」

ニーナは小さく呟《つぶや》いた。

そうだ。ジンは最初からまともではなかった。

ただの人間が、嘘《うそ》と策略だけで怪物たちと戦おうという発想自体がどうかしている。それも、極上のスリルを心の底から楽しむように。

悪魔のような力を持つベネットに対抗できる存在がいるとしたら、ジンのような精神の怪物だけなのかもしれない。

だからニーナは、これ以上目を逸《そ》らさないことに決めた。

共犯者として、共に世界を騙《だま》し通《とお》す仲間として、結末を正面から受け止めることに決めた。

「さあ、消し炭になれっ！」

ベネットの合図を引き金にして、五体の怪物が弾丸のように飛び出した。

大気を焦がしながら迫る人形たちは手足を最大限に広げている。これでは生き延びることはおろか、最初の一撃を回避することすら不可能だろう。

全身に叩《たた》きつけられる熱風。

直接触れずとも火傷《やけど》を負わせるほどの高温。

眩暈《めまい》がするほどに濃度を増した死の気配。

その向こうに見え隠れする、ベネットの壊れ切った笑み。

ジンは全てを受け入れるような表情で、右手を正面に掲げていた。

「————掻《か》き消《き》えろ」

業火《ごうか》に包み込まれたジンは断末魔の絶叫を上げる。直《す》ぐにそれも途絶えて、醜い焼死体に変換されていく。ベネットは満足げな表情を浮かべ、生き残った生徒たちの中から次の犠牲者を探し始める。

誰もが覚悟した結末は、しかし現実のものにはならなかった。

殺到する〈火刑執行者《エグゼキューター》〉たちがジンに触れようとした瞬間、全てが無に変換されたのだ。

恐ろしい怪物たちの軍勢も、

副次的に生み出された輻射熱《ふくしゃねつ》も、

エントランスを満たしていた濃密な狂気も、

初めから何も存在しなかったかのように消滅してしまった。全てがただの幻でしかなかったかのように、後には静寂以外の何も残りはしなかった。

静まり返る世界の中に、誰かの呟《つぶや》きが響き渡る。

「特異能力を、無効化した……？」

特異能力者は、自分の中に一個の独立した物理法則を飼っている。

科学的な研究がほとんど進んでいないことが示しているように、それ自体に外部から干渉するのは不可能だとされてきた。

ジンが今やってのけたのは、そんな俗説を真っ向から否定する超常現象だ。

怪物たちがひしめくハイベルク校においても、他者の特異能力を無効化できる人間など誰も聞いたことがない。

「貴様、どうやって……！」

「あれっ、ベネットくん。今度こそ完全に余裕が消えてしまったみたいだけど」

青ざめた表情で膝をつくベネットに、ジンがゆっくり近付いていく。

誰もが、何も言わずに結末を見届けることしかできない。

「それで、何だっけ？　俺たち全員を消し炭にすれば万事解決？　どういう思考回路なら、そんな妄想を信じることができたのかな？」

罪人に不吉な宣告をする刑務官のように、ジンは温度のない声で締めくくった。

「あんたは終わりだよ、異端者《フリークス》。騙《だま》し甲斐《がい》もなかったな」

完璧な、一切の抜け道が用意されていないほどに容赦のない敗北を叩《たた》きつけられ、ベネットは頭を抱え込んでしまった。

その反応もジンにとっては想定通りだ。

勝者としての人生しか知らなかった男が、これほど決定的な屈辱に耐えられるはずがない。

「うううううう………」

万策尽きた男が最後に選んだのは、全てを放り投げて逃走することだった。

何とか立ち上がったベネットは、熱に浮かされた子供のような不安定さで扉へと歩いていく。

だが、その退路は完全に断たれていた。

扉の前に、腕を組んだニーナ・スティングレイが立ちはだかっていたのだ。

「こんなことをしておいて今更逃亡ですか、ベネットさん？」

「……あ、あ」

一度偽物《にせもの》だと見破った相手でも、心神喪失状態にあるベネットには怪物にしか見えなかったことだろう。

それほどまでにニーナの笑みは壊れ切っていて、噎《む》せ返《かえ》るような死の気配を漂わせていた。

ニーナは緩慢な動作で、胸元に取り付けられているブローチを外してみせた。

ニーナ・スティングレイがブローチを外した瞬間、彼女がこれまで封印していた特異能力が解放される。見境なく周囲の全てを破壊し尽くす、本当の怪物が誕生してしまう——。

学園中に広まっている噂話《うわさばなし》。

ジンとニーナが二人で作り上げた最初の嘘《うそ》。

彼女の掌《てのひら》に収まった宝石の赤い輝きが、ベネットにはこの上なく不吉なものに思えた。

「楽しみですね、ベネットさん？　あなたがどこまで正気を保っていられるのか」

人智《じんち》を超えた禍々《まがまが》しい存在が、人の形を模して創った何か——。

この場にいる全員がそう感じてしまうほど壮絶な笑みを貼り付けて、ニーナが首《こうべ》を垂れるべネットへと手を伸ばした。

まるで、その無防備な頭部を握り潰そうとするかのように。

「死にたくない奴《やつ》は伏せろっ！」

ニーナの意図を正確に読み取った共犯者が、声を荒らげた。

全員の視線が自分から外れたのを確認してから、ニーナは床を蹴りつけて飛翔《ひしょう》。

床と水平に振り抜かれた右脚が、放心するベネットのこめかみを正確に捉えた。

ただでさえ恐慌《きょうこう》状態にあったベネットが、側頭部への衝撃で意識を保っていられるはずがない。失神してしまった怪物を見下ろして、ニーナは乾いたように笑った。

「……あれ、もう壊れちゃいましたか」


「…………勝った？」

エマがそう呟《つぶや》いたのを合図にして、堰《せき》を切ったように歓声が巻き起こった。

誰もがジンやニーナに感謝の言葉を叫び、まだ命があるという奇跡を祝い合った。

辺りを見渡してみると、〈決闘《コンバット》〉の立会人を務めていたブリキ製の猫の姿はもう消えていた。仕事さえ終われば、他の生徒たちに用などないということだろう。

喧騒《けんそう》の中で、ニーナはジンの姿を探した。

みんなを救ったはずの張本人は、完全に気配を消して奥の方にある誰かの部屋へと歩いていた。生徒たちはまさか主役のジンがいなくなるとは思っていないようで、そちらに目を向ける様子もない。

ニーナは近くにいたエマにベネットを拘束しておくようにお願いすると、人知れず歓喜の渦から離れていくジンを追いかけた。

「……待って！」

呼び止めることができたまではいいが、いったい何を言えばいいのだろうか。

感謝を伝えることも、勝利を祝って微笑《ほほえ》みかけることも、どれも適切とは言えない気がする。

戦いを終えた共犯者にかけるべき言葉とは何か。

引き延ばされた一瞬の中で、先に口を開いたのはジンの方だった。

「途中から薄々気付いてたけど、ベネットはハズレだったみたいだね。暴走して生徒を虐殺しようとする危険人物が、〈羊飼いの犬〉であるわけがない」

「でも、無駄足なんかじゃないよ。ベネットを倒したおかげで、みんなを救うことができた」

「……別に、人助けがしたかったわけじゃないんだよなー」

確かに、当初の目的は学園長のスパイを炙《あぶ》り出《だ》すためだったのかもしれない。

でも最後には、ジンはみんなを守るために動いてくれた。

明らかに作り物とわかる不機嫌な表情を見れば一目瞭然だ。

かけるべき言葉が、ようやく見つかる。

「…………お疲れ様、ジン」

それ以上の言葉は、今はいらない。

抱きついて彼が生きていた喜びを噛《か》みしめたいけれど、それも我慢しよう。

なぜなら、ジンはずっと限界を超えて戦っていたのだ。

飄々《ひょうひょう》とした表情と、全てを手玉に取るような余裕を纏《まと》っていたとしても、ジンがただの人間である事実は変わらない。

左肩の火傷《やけど》は相変わらず痛々しいし、火炙《ひあぶ》りにされる激痛を何度も味わうことなど想像もしたくない。

それでも必死に戦い抜いたジンの背中に、ニーナは必要な分だけの言葉を掛けることとしにしたのだった。

「あとで手当てしに行くから。部屋の鍵は開けといてね」

「あー、いらないいらない。こんなの寝てりゃ治るし」

「そんなのわかってるよ。ただ、私が勝手にやるだけだから」

彼の戦いはこの先も続くのだ。脂汗を浮かべながら痛みに耐えている姿を誰かに見られるわけにはいかない。

そんな弱さは、自分だけが知っていればいい。

扉の向こうに消えていく後ろ姿を見送りながら、ニーナは人知れず拳を握り締めた。

エピローグ

ベネット・ロアーが〈決闘《コンバット》〉に敗れて退学処分になったというニュースは、瞬く間《またたくま》に学園中を駆け巡った。

彼がC級狩りと称して暴虐の限りを尽くしていたことも、過去の犯罪行為への疑惑がきっかけで警察に拘束されたことも、様々な脚色や誇張を交えながら広まっていった。

ただ、生徒たちを最も驚かせたのは、今回の事件を受けてハイベルク校が各新聞社に送り付けた声明文の方だった。


今回ベネット・ロアーが起こした事件について、当校は生徒間で取り決めたルールに基づいた正当な競争の結果であると認識している。過去の犯罪行為が原因で拘留されているのは事実だが、入学前に生徒たちが何をしていようと当校の関知するところではない。また、既にベネット・ロアーには記憶封印措置を施し退学処分にしているので、これ以上当校が責任を追及されるのは甚だ遺憾である。

学園長ジルウィル・ウィーザーの特異能力による記憶封印措置が生徒の暴力行為を助長しているとの声もあるようだが、そのような主張に根拠は一切ないと考える。

そもそも当校は優秀な特異能力者を〈白の騎士団〉の候補生として送り出すための養成機関であると同時に、限られた椅子を奪い合う競争の場なのだ。記憶封印は情報漏洩《ろうえい》対策というだけではなく、競争に敗れた生徒たちが一生の心の傷を負わずに済むための温情措置でもある。

それに、ベネット・ロアーとの〈決闘《コンバット》〉の結果を受けて退学処分となった五人の元生徒も、今はほぼ全員特筆すべき後遺症もなく快方に向かっている。

よって、当校は政府並びに司法機関、各新聞社の批判には断じて屈しない。

今後も、〈決闘《コンバット》〉の奨励および退学者への記憶封印措置は継続していくと宣言する。


週明けに教室棟の案内板にも張り出されたこの声明文を読んで、全ての生徒がこの学園の本質を理解した。

実際、声明が出された翌日には、四人もの生徒が自主退学を申し出ている。

ベネットのような怪物すら肯定される異常な世界において、早々に己の可能性に見切りをつけて去っていく彼らを責める者はいない。

恐らく、この動きは今後更に加速していくことだろう。

混迷を極めていく学園の様子に、最も戸惑っているのはニーナ・スティングレイなのかもしれない。彼女が共犯者のジンとともにベネットを罠《わな》に嵌《は》めたからこそ、この混乱が巻き起こったのだから。

とはいえ、いい方向に転がったこともある。

かつて制御の効かない怪物としてただ恐れられていた彼女に対して、クラスメイトたちが敬意の視線を向けてくれるようになったのだ。声を掛けられることも増え、教室での居心地は少しだけマシになってきたように思う。

一緒にC級の生徒たちを救ったと見做《みな》されているジンは、朝から教室の前の方で男子生徒たちに囲まれていた。好奇心旺盛なクラスメイトたちからの質問攻めに遭うジンは、珍しく狼狽《うろた》えているように見える。

そんな光景を微笑《ほほえ》ましく思いながら眺めていると、エマ・リコリスが目を輝かせながら話しかけてきた。

「すごいねニーナちゃん。何かもう、すっかり救世主じゃん」

そのまま隣の席に座ったエマは、オレンジ色の毛先を跳ねさせながら軽やかに笑っていた。

あの勝利が嘘《うそ》の上に成り立っているということへの罪悪感もあったが、顔に出すわけにはいかない。

ニーナは予《あらかじ》め用意していた回答を紡《つむ》ぐ。

「そんな、滅相もありません。エマさんの協力があったからこそですよ」

「えー？　わたしなんて、よくわかんないまま封筒を配ってただけだよ？」

「みんなから愛されているエマさんだからできたことです。その点、私は……」

「もっと胸張りなよ。ニーナちゃんたちに救われた人はいっぱいいるんだから！」

気恥ずかしさを覚えてしまい、ニーナは思わず顔を伏せてしまう。

思えば彼女は、入学当初から何も変わらない態度で接してくれていた気がする。

人の善意を疑うようになったのはいつからだろう。

善意に対して、感謝ではなく警戒が真っ先に生じてしまうようになったのは。

この世界に、誰一人として信頼できる人間がいないと知ってしまったとき、詐欺師は本当に絶望してしまうのだという。いつか、ジンが語ってくれた言葉だ。

これから自分は変われるかもしれない、とニーナは思った。

押し寄せる絶望を一人で耐え忍ぶのではなく、心から信頼できる誰かとともに、絶望に立ち向かっていく強さを手に入れることが、ようやくできるのかもしれない。

「エマさん、これから私と……友人になってくれますか？」

ニーナは、初めてこの教室の中で本心を口に出すことができた。

「あはは、いきなりどうしたの？　もうとっくに友達じゃん、私たち」

「そっか、そうですよね。……ありがとうございます」

いずれ、どちらかの記憶から消されてしまうような儚《はかな》いものなのかもしれない。

それでも、ニーナはこの関係を大切にしていきたいと思った。


その日最後の授業が終わると、ニーナはいつものように寂れた噴水を目指した。

ベンチに座っていたジンが、読んでいた本から顔を上げる。

「どうしたのニーナ、なんか顔色悪いけど。食あたり？」

「心労に決まってるじゃん。こんなに注目されて、胃に穴が開きそうだよ……」

「ストレス解消なら、頭頂部と顎の下のツボを両手で同時に押してあげるといいみたいだよ。足を肩幅に開いて腰を落としながらやると、もっと効果的だって聞いた」

「え、ちょっとやってみる……って、冷静に考えたらそれ、凄《すご》く間抜けなポーズにならない？」

「ここでやってみなよ。悩みとか全部アホらしくなってくるから」

「なんか、別の深刻な悩みが発生しそうだけど……」

真偽の分からない情報がスラスラ出てくるジンは、相変わらずタチの悪い嘘吐《うそつ》きだ。それでもニーナは、これからも彼の共犯者としてやっていかなければならない。

だから、最後にあのことを確認しなければならないだろう。

「ジン、あなたも特異能力者だったなんてね」

「本当にただの一般人なのって、もしかして私だけだったりする？」

「ん？」

少し寂しい気持ちもあるが、実のところニーナはそれほど怒ってはいなかった。

目的を達成するためには味方すら騙《だま》してしまうのがジンのやり方なのは知っていたし、何よりも、そうでもしなければベネットを倒すことはできなかった。

ふたりの他に誰もいない石畳の上で、ジンは気の抜けた声で答える。

「あー、あれも全部嘘《うそ》。ただのトリックだよ」

「……………はぇっ？」

「特異能力を無効化するなんて反則じみた力が使えたら、もっとマシな人生を送れてる」

「で、でも一体どうやって」

ジンは例の悪戯《いたずら》めいた笑みを浮かべた。

「ベネットの特異能力は、無尽蔵に炎の化け物を生み出せるなんて万能なものじゃない。マッチに火を点《つ》けるのとは別に、真の発動条件があったんだ」

「何それ、どういうこと？」

「この一ヶ月間で、ヒントはたくさんちりばめられてたんだよ」

ジンはすらすらと種明かしを始める。

「たとえばベネットは、他の生徒が学生寮の自室に立ち入ることを極端に嫌っていた。たとえばベネットがC級狩りを行なう場所は、いつも学生寮からほど近い並木道だった。そして、学生寮からかなり離れた体育館《アリーナ》で〈実技試験〉が行なわれる際には、必ず近くのトイレの個室が、ひとつ埋まっていた」

「……ん？　話が見えないよ」

「それらのヒントから推測できることは一つ」

ジンは人差し指を立てて続ける。

「ベネットの〈火刑執行者《エグゼキューター》〉は、予《あらかじ》め自室で何らかの準備をしておかないと発動できないんだ。学生寮から離れた場所で発動するためには、誰にも見つからない場所を代わりに使う必要がある。それこそ、トイレの個室なんて最適だろうね」

「……だからあなたは、発動条件がマッチじゃないと気付いたんだ」

「実際に、二回目の〈チェイス・タグ〉の時に隣の個室から様子を伺ってみたけど、人の気配は全くなかったよ。ベネットはあの個室で何かしらの準備をしたあと、鍵に細工をして外から開かないようにしておいた。そして、何食わぬ顔で集合場所に戻ったんだ」

「まさか、あの時にそんなことが」

「もちろんヒントはそれだけじゃない。ベネットの祖父は、一介のロウソク職人から成り上がった大富豪だった」

「ロウソク職人……」

「特異能力が本人の生い立ちやトラウマに影響を受けて形成されることもあると考えたら、〈火刑執行者《エグゼキューター》〉の本当の発動条件は『自分で火を灯《とも》したロウソクが近くにあること』だと推測できる。〈決闘《コンバット》〉の会場がいつも例の並木道なのも、たぶんロウソクがある学生寮から離れすぎないためだよ」

「でも、あくまで推測だよね？　たったそれだけの情報で〈決闘《コンバット》〉に臨むなんて危険だよ」

「この疑り深《うたぐぶか》い俺が、ちゃんと検証しなかったと思う？」

ジンは夜と同色の瞳を妖しく光らせた。

「二回目の〈チェイス・タグ〉でベネットと対戦したときに、俺はある詐欺《ペテン》を張った。ニーナ、あんたはあの時、ベネットにマッチ箱がすり替えられたことを伝えてただろ？　実は、それ自体が罠《わな》だったんだ」

「それは前に聞いたよ。わざと企《たくら》みを見破らせて、ベネットを油断させるためでしょ？」

「それは表の目的だよ、ニーナ。優れた嘘《うそ》には、必ず二重三重の仕掛《ギミック》けがある」

息を吸うのも忘れて、ジンの次の言葉を待っている自分に気付く。

真に精巧な嘘《うそ》とは、一種の芸術のようなものなんだ――――いつか彼が語った金言を、ニーナはこっそりと思い返していた。

「俺はあのとき、マッチ箱のすり替えは実行しなかったんだ。ベネットが気付けるように懐《ふところ》に手を伸ばしたけど、実際は、一度抜き取ったマッチ箱をそのまま元に戻しただけ」

「あっ……」

ニーナにも、ジンが仕掛けた罠《わな》の全貌が見えてきた。

共犯者として過ごした日々で、すっかり嘘吐《うそつ》きの思考を身につけてしまったようだ。

「俺はマッチ箱には一切細工をしていない。それなのにベネットは、随分おかしなことを言ってきたよ。『このゲームが始まる前に、予備の箱と交換させてもらったよ』『君がトイレに行ってる間に、実証は済んでるんだ』『案の定、君がすり替えたマッチに火を点《つ》けても能力は発動しなかった』とかさ」

「それであなたは、例の発動条件が真っ赤な嘘《うそ》だって確信したんだ」

「そう、あれは本当に迂闊《うかつ》な発言だった。もし本当にマッチに火を点《つ》けるのが条件なら、特異能力が発動しないなんてことはありえない」

ジンは口の端《はし》を凶悪に歪《ゆが》めた。

——相手に思い込みを植え付けた時点で、詐欺《ペテン》は九割成功したようなもんなんだ。

レモンの手品を見せてくれたとき、ジンが語った台詞《せりふ》を思い出す。

あの時、バスで街に向かっている頃にはとっくにレモンが鞄《かばん》に仕込まれていたのと同じように、全ての準備はベネットと対峙《たいじ》する遥《はる》か前に完了していた。

いざ戦いが始まってからベネットがジンの策略を警戒したとしても、全てが手遅れだったのだ。ジンが戦っていたのは最初から全く違う盤面だった。

「あとは簡単。〈決闘《コンバット》〉の当日にベネットが寮から出たのを見計らって、奴《やつ》の部屋に忍び込んで火のついたロウソクを奪った。それをエントランスの隅にあるテーブルに置いて、紐《ひも》を括《くく》り付《つ》けておいたんだ。もちろん、その真下には水を張ったバケツを用意して」

「あなたが紐《ひも》を引けば、ロウソクがバケツの中に落下して——火が消える」

「その通り。あれだけの人数が集まってれば、床を這《は》っている細い紐《ひも》になんて誰も気付かないしさ。いざ聞いてみれば、なんてことのない仕掛《ギミック》けだっただろ？」

些細《ささい》な情報から相手の狙いや弱点を読み取り、いくつもの策略《ギミック》を織り交ぜて思考を誘導し、最後の一手を確実に通す。

本当の狙いがどこにあるのか、どの盤面において自分が騙《だま》されていたのか、相手は全てが終わった後になってもわからない。

これこそが、ジンの詐欺師としての技量の凄《すさ》まじさなのだ。

彼は本当に、嘘と詐欺《ペテン》だけで、人智《じんち》を超えた力を持つ怪物を倒してしまった。

「……本当に、世界を騙《だま》し通《とお》しちゃった」

「ニーナのおかげだよ。あの反則じみた演技力がないと、この作戦は成立しなかったし」

二人は顔を見合わせて、どこまでも純粋に笑った。

自分はとんでもない極悪人になってしまったな、とニーナは思う。

大勢を騙《だま》し、悪人とはいえ一人の生徒を地獄に突き落としておいて、こんなふうに楽しそうに笑っているのだから。

「なーんか悪い顔してるね。ニーナ、やっと嘘《うそ》の魅力がわかってきた？」

「少なくとも、あなたの壮大な計画がもっと楽しみになってきた」

ハイベルク校と〈白の騎士団〉、そしてこの帝国が覆い隠している嘘《うそ》を暴《あば》くという狂気のゲーム。かつて伝説の詐欺師ですらクリアできなかった、最高難度の大仕事。

屋敷《やしき》の中で終わりの時を待っていた頃の自分なら、絶対に目を背けていたはずだ。

それなのに今、ニーナの胸の中には熱を持った感情が宿っている。

「しかしアレだね。スティングレイ家のお嬢様が帝国に喧嘩《けんか》を売ろうとしてるなんて、もし誰かに知られたら……」

「誰にもバレなければ、何もしてないのと同じだよ」

「おお、よくわかってるじゃん」

「それに、精巧な嘘《うそ》は芸術みたいなものなんでしょ？」

「はっ、あんたも立派な極悪人だ」

どうせ、特異能力者なんてものが幅を利かせている世界はまともではない。

だったら、たまには自分たちみたいな存在がいてもいいはずだ。

悪意と欺瞞《ぎまん》をもって巨悪と戦う、タチの悪い劇薬のような存在が。

「最初、ニーナに共犯関係を持ち掛けたのは、ただの打算だったんだ」

吹き抜けていく春の風の中で、ジンは真剣な顔になって呟《つぶや》く。

「学園中に悪名を轟《とどろ》かせてるあんたを利用すれば、色々とやりやすくなるはずだって」

「……うん」

「でもあんたは、俺がこれまで見てきた異端者《フリークス》たちとは違った。どこまでも普通で、しかも善良な人間だった。エマも、証拠写真を撮るために身体を張ってくれた二人も、この前協力してくれた二人もそうだ。みんなを、ただ目的のために利用するだけの相手にはしたくなくなった。だから、アレだよ。……一応感謝しとく」

「……いったいどうしちゃったの？　あなたから、そんな言葉が出るなんて」

「……もちろん嘘《うそ》に決まってるだろ、こんなの」

バツが悪そうに頭を掻《か》くジンを見て、ニーナの悪戯心《いたずらごころ》が刺激される。

「ねえ、もう一回言って。なんかあんまり聞こえなかったから」

「俺は同じことを二度言えない病気なんだよ。発作で倒れてもいいの？」

「そんな嘘《うそ》はいいから、ほら！」

「い、や、だ！」

本気で嫌がるジンを見て、ニーナは心の底から笑った。

彼女はもう一人きりではない。

一緒に世界を欺こうとする、共犯者を得ることができた。

背中を預け合って暗闇に立ち向かう、心から信頼できる仲間を得ることができたのだ。

「そろそろ、無駄話は終わりしない？」慣れないことをする気恥ずかしさを誤魔化すように、ジンが淡々と言う。「次の作戦を伝えるから」

ニーナは真面目な顔で頷《うなず》きながらも、ジンの下手な演技を微笑《ほほえ》ましいと思った。

彼がそんな不器用な表情を晒《さら》してくれるようになったという事実だけで、この一ヶ月の戦いを肯定できる気がしたのだ。

太陽はもうほとんど沈みかけていて、橙《だいだい》と紫の綺麗《きれい》なグラデーションが世界を染めている。

きっと彼女は、この瞬間を一生忘れることができないだろう。

これから幻想に塗れた世界を騙《だま》しにいく二人の前に、作り物のように美しい光景が広がっているのだから。

これではまるで、よくできた嘘《うそ》みたいだ。

「ねえ、本題に入る前に一つだけいい？」

「あー、なに？」

「こちらこそありがとうね、ジン」

嘘《うそ》のように綺麗《きれい》な空の下で、ニーナは自分の中に新たな秘密が芽生えたのを感じた。

幸い、演技には自信がある。私ならきっとやれる。

たったいま芽生えてしまった感情だけは、絶対に隠し通さなければ。

INTERLUDE

幕間

黒いフードを被《かぶ》った人影が、静寂に包まれた夜の森を進む。

その人物は、先程ベネット・ロアーの自室から出てきたばかりだった。

退学処分になった彼の部屋は三日後に引き払われることになっている。それまでには、ジン・キリハラが部屋を訪れるだろう。彼も見込みはほとんどないと考えているだろうが、有益な情報を入手できる可能性はゼロではない。だから必ず探しにくるはずだ。

だから、黒いフードの人物はプレゼントを仕込んできた。

ただ一言、『はじめまして』とだけ記された紙切れを。

それだけでジンは理解してくれるはずだ。お前の本当の狙いなど、こちらは全てお見通しだということを。それに気付いた上で、下らないゲームに乗ってあげようという情け心を。

そもそも、彼の行動には違和感があった。

ハイベルク校での生き残りレースに臨む上で、真っ先に入学試験免除組を狙うなど愚策にもほどがある。それに、ベネットとの戦いでジンは結局五三点しか獲得できていない。

大量のポイントを獲得するにしても、確固たる評価を手に入れるにしても、もっと御しやすい相手などいくらでもいたはずなのだ。

そんな生き急ぐようなやり方は、初めて対面したときの印象にはまるでそぐわない。

何か、別の目的があるのは明らかだ。

たとえば、各学年に潜んでいるはずの〈羊飼いの犬〉を炙《あぶ》り出《だ》すため、だとか。

あれだけの生徒を巻き込みながら大立ち回りを演じれば、誰もが『ジン・キリハラは入学試験免除組を積極的に潰そうとしている』と認識するだろう。ベネットがハズレだと判断した時点で、ジンはとにかく目立つことに舵《かじ》を切ったのだ。

自分に牙が届く可能性が生じた時点で、〈羊飼いの犬〉はジンに接近せざるを得なくなる。本当に粛清しなければならない危険人物なのかを判断するために。彼がどこまで情報を知っているのかを確かめるために。

つまりジンは今後、自分に近付いてくる者全員を疑うことができるようになる。お互いが素知らぬ顔で腹を探り合う、悪意に満ちた騙し合い《コン・ゲーム》が始まるのだ。

もしこの推測が当たっているとしたら、彼は大した策略家だ。

特異能力を掻《か》き消《け》してしまう力も含めて、彼には底知れない何かを感じる。少なくとも自分は今、一連の推測をただの考えすぎだと笑い飛ばすことができていない。

「……おもしろい」

気付いたら声が漏れていた。

一ミリ先も見渡せないような暗闇の中では、誰かに聞かれる心配もない。だから、このフードと仮面を取ってしまっても問題はないだろう。

「騙し合い《コン・ゲーム》なら、ちょうど私の得意分野だ」

木々の切れ間から、蒼白《あおじろ》い月明かりが射《さ》し込《こ》んできた。

オレンジ色の髪と深緑色の瞳が一瞬だけ露《あら》わになり、直《す》ぐに闇の中に溶け出していく。

ポケットから取り出した棒付きの飴《あめ》を咥《くわ》えながら、彼女は喉の奥で笑った。

To Be Continued...

あとがき

突然ですが、カルロス・カイザーという有名な詐欺師をご存じですか？

彼は八〇年代のブラジルで活動したサッカー選手なのですが、現在では〈最高の詐欺師〉などという異名で呼ばれています。なんと彼は、サッカーの実力がほとんどないにもかかわらず、嘘《うそ》と詐欺《ペテン》だけで二〇年間以上も複数のサッカークラブと契約して大金を稼ぎ続けた大嘘吐《うそつ》きだったのです。

彼の手口は実に鮮やか。酒場で仲良くなったスター選手に推薦させて契約を取り付けたり、ジャーナリストを買収して自身の能力を称《たた》える記事を書かせたり、試合に出場させられそうになると医師に偽《にせ》の診断書を書かせて病欠したり。ギャングとの繋《つな》がりがある強面《こわもて》のオーナーが試合出場を命令してきたときには、コンゲーム映画もびっくりな作戦で無事ピンチを切り抜けてしまいました（どんな手を使ったのかはぜひ調べてみてください）。

このようにやりたい放題だった彼ですが、現在に至るまで詐欺行為で逮捕されたことは一度もありません。それどころか彼は「決してサッカーをしない偉大なサッカー選手」と称賛され、ついには半生が映画化されるまでに至ってしまいました。

騙《だま》される側さえも拍手を送りたくなるような芸術的な嘘《うそ》の数々が、こんな嘘《うそ》のような奇跡を作り上げたのです。

ここまで読んだ方はお察しの通り、本作「嘘《うそ》と詐欺《ペテン》と異能学園」は、カルロス・カイザーの逸話から着想を得て生み出されました。

常に冷静沈着で、倫理観がトチ狂っていて、芸術的な嘘《うそ》で周囲を魅了する一流の詐欺師が、正体を隠してエリートだらけの異能学園で暗躍する——。どんな物語になるのか作者の私も予測できないままノリノリで書き進めてきましたが、いかがだったでしょうか。二人の嘘吐《うそつ》きたちに騙《だま》される快感を、存分に味わっていただけていれば幸いです。

最後になりますが、本作の刊行に携わっていただいた担当編集のお二人、素晴らしいイラストを描いてくださったkakao様、作品をより良くするためのアドバイスをくれた友人、そして本作を手に取ってくださった読者の皆様に格別の感謝を申し上げます。誠にありがとうございました。

詐欺師たちの戦いはまだまだ続きます。それでは二巻でお会いしましょう！

野宮　有

◉野宮　有著作リスト

「マッド・バレット・アンダーグラウンド」（電撃文庫）
「マッド・バレット・アンダーグラウンドⅡ」（同）
「マッド・バレット・アンダーグラウンドⅢ」（同）
「マッド・バレット・アンダーグラウンドⅣ」（同）
「嘘と詐欺と異能学園」（同）

本書に対するご意見、ご感想をお寄せください。

ファンレターあて先
〒 102-8177　東京都千代田区富士見 2-13-3
電撃文庫編集部
「野宮　有先生」係
「kakao 先生」係

本書は書き下ろしです。

電撃文庫

嘘《うそ》と詐欺《ペテン》と異能学園《いのうがくえん》

野宮《のみや》 有《ゆう》

2021年7月10日　初版発行

発行者　青柳昌行
発行　株式会社KADOKAWA
〒102-8177　東京都千代田区富士見2-13-3
0570-002-301（ナビダイヤル）
装丁者　荻窪裕司（META＋MANIERA）
印刷　株式会社暁印刷
製本　株式会社暁印刷

ISBN978-4-04-913678-4　C0193　Printed in Japan

電撃文庫　https://dengekibunko.jp/

電撃文庫創刊に際して

文庫は、我が国にとどまらず、世界の書籍の流れのなかで〝小さな巨人〟としての地位を築いてきた。古今東西の名著を、廉価で手に入りやすい形で提供してきたからこそ、人は文庫を自分の師として、また青春の想い出として、語りついできたのである。

その源を、文化的にはドイツのレクラム文庫に求めるにせよ、規模の上でイギリスのペンギンブックスに求めるにせよ、いま文庫は知識人の層の多様化に従って、ますますその意義を大きくしていると言ってよい。

文庫出版の意味するものは、激動の現代のみならず将来にわたって、大きくなることはあっても、小さくなることはないだろう。

「電撃文庫」は、そのように多様化した対象に応え、歴史に耐えうる作品を収録するのはもちろん、新しい世紀を迎えるにあたって、既成の枠をこえる新鮮で強烈なアイ・オープナーたりたい。

その特異さ故に、この存在は、かつて文庫がはじめて出版世界に登場したときと、同じ戸惑いを読書人に与えるかもしれない。

しかし、〈Changing Times,Changing Publishing〉時代は変わって、出版も変わる。時を重ねるなかで、精神の糧として、心の一隅を占めるものとして、次なる文化の担い手の若者たちに確かな評価を得られると信じて、ここに「電撃文庫」を出版する。

1993年6月10日
角川歴彦

第27回電撃小説大賞
大賞
受賞作
孤独な天才捜査官。
初めての「壊れない」相棒は
ロボットだった——。
菊石まれほ
[イラスト] 野崎つばた
ユア・フォルマ
紳士系機械 × 機械系少女が贈る、
ＳＦクライムドラマが開幕！
相性最凶で最強の凸凹バディが挑むのは、
世界を襲う、謎の電子犯罪事件！！
最新情報は作品特設サイトをCHECK!!
https://dengekibunko.jp/special/yourforma/
電撃文庫

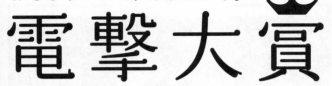